U0074475

兩個半輩子

星寧——著

目次

第一章　難相處的人

「你看看這期雜誌的標題，說過多少次了，標題不明確就沒辦法吸引到讀者。」會議室裡，女人皺緊眉頭不客氣的說著，一旁的職員始終低著頭不敢看她，偌大的會議室裡瀰漫著低氣壓，即使開著二十四度的冷氣，裡頭的每個人還是緊張的冒出冷汗，「還有內文，作者寫的東西太學術性了，你覺得讀者看得下去嗎？你去請作者修正，如果不行就先用備用稿，不要交這種無趣又沒品味的報導出來。」

女人一頭肩上三公分的俏麗短髮，額前的長瀏海向兩側中分，身上穿著女版的小西裝以及西裝長褲。即使只有一百六十三公分的身高，但是踩著五公分的高跟鞋，要駕馭這身裝扮倒也游刃有餘。她的身上沒有任何多餘的配飾，手上不擦指甲油、沒有戒指、沒有耳環，只有左手上的手錶以及頸間的極簡鎖骨鍊。

「總編不好意思，我修整完後再重新交一份草案給妳。」

「CONSTANCE在台灣設立雜誌社分公司，整個團隊努力了十年才在台灣市場佔有一席之地，你們以為這些成就是這種隨便的報導就可以達到的嗎？」蕭聿沁眼神銳利的掃視著眼前的各部門編輯，「有幾分能力就做多少事，沒有能力，歡迎你們隨時向社長提出辭職；如果有能力，就給我好好用到工作上，不要想著偷雞摸狗，交一份小學生都寫得出來的報導。」

「你。」蕭聿沁把桌上的那份雜誌草案不客氣的還給負責的職員，「重新做一份給我，我晚上九點前要。」

「九點前？可是……」職員還想說些什麼，卻在下一秒接收到蕭聿沁掃來的銳利眼神，連忙閉上了嘴，一句話也不敢吭。

「還有問題嗎？」

「沒、沒有。」

「沒問題就散會吧。這次雜誌出刊後就是下期的選題會，麻煩各位好好準備，我希望能夠看到出色的提案。」蕭聿沁重重的嘆了口氣，不耐煩地低頭檢閱手上的簡報，卻像是想起什麼似的忽然抬頭，「對了，Vivian，妳過來一下。」

原本正打算離開的Vivian聽到她的話，連忙放下手上的東西走到她旁邊：「總編有什麼事要交代嗎？」

「明天下午的封面拍攝，我記得是請當紅的柯宇來吧？都聯繫好了嗎？」蕭聿沁說著翻開拍攝專案的資料夾，打算跟她核對項目。

「是，我昨天都再次確認過了，攝影組會提前兩個小時到公司的小攝影棚做準備……」

「喂？媽，妳晚上手術我沒辦法到了。」蕭聿沁原本專心聽著Vivian的報告，卻被這句話打斷了思考，她下意識地往會議室門口看去，只見剛剛被她要求留下來加班的職員一邊走出會議室一邊小聲講著電話，「我公司這邊臨時要加班……對，我有空再去看妳。」

「總編？」Vivian報告到一半，想著怎麼都沒有得到回應，抬頭一看卻見蕭聿沁恍著神，「總編？怎麼了嗎？」

蕭聿沁這才回過神來：「抱歉，妳繼續。」

「攝影組會提前兩個小時到公司做準備，那彩妝師的部分我請他們開拍前兩個半小時到現場，不過柯宇的經紀人說柯宇會帶妝過來，所以應該不用到這麼久。」

蕭聿沁聽著點點頭，柯宇在業界一向是公認的敬業，對於他的造型她並不擔心：「那服裝呢？這次要拍的是比較輕便隨性的風格，柯宇的服裝一直都是比較正式的，服裝組那邊有沒有準備幾套？」

「有，我有交代下去了。」

「好，明天下午我還有一個會，開完會後我先去服裝組那邊看看，如果有時間的話我會到現場看拍攝，要是有什麼狀況妳再電話跟我聯絡。」畢竟柯宇是演藝界的大咖，CONSTANCE好不容易才把他請來了，她這個總編不去一下實在不妥。

CONSTANCE，美國知名媒體的雜誌社分公司，在台灣已經設廠十年，但這十年間在分公司中的表現始終平平，雖不是墊底，但也不是頂尖，一直到近幾年蕭聿沁接手總編輯後，狀況才有明顯的好轉。但蕭聿沁顯然不甘止步於此，她的最大目標，是讓CONSTANCE成為台灣第一大雜誌社。

而近幾年雜誌社帶起來了，總公司給的經費自然多出不少，也因為這樣，這期的雜誌才能請到柯宇來協同拍攝。不過據說也是因為柯宇降低了拍攝費用，否則雜誌社只怕依舊請不起他。至於為什麼……傳聞是因為柯宇和雜誌社的副座是摯交，所以友情相助。不過既然是傳聞，自然也沒有人敢亂傳，畢竟對方可是柯宇，要是傳出去被聽到了，只怕有吃不完的官司等著打。

「啊？總編，妳確定妳要去嗎？其實這個交給其他編輯去盯應該就可以了。」Vivian遲疑著，「妳行程表已經很滿了，這樣妳會沒時間休息。」

「社長對這次的雜誌有很高的期待，而且這次要呈現給讀者的面向跟以往不同，不親自去盯一下我不放心。」蕭聿沁淡淡的說著，拿起一旁的原子筆在章程上簽下名字，「這文件我簽好了，妳等一下順便幫我送到副座那裡。」

「好。」Vivian連忙接過那份章程，「那我先去確認一下明天要拍攝的東西。」

「等等。」Vivian正準備離開，卻被蕭聿沁一聲叫住，這讓已經轉過身的她哭喪著臉，每次要離開時被總編叫住，要嘛是多一份工作，不然就是被臭罵一頓，完全沒好事啊！但哀怨歸哀怨，她還是認命的回過身來。

「總編還有什麼要交代的嗎？」

「妳知道阿德怎麼了嗎？」她指的是剛剛被她要求加班的編輯，在雜誌社裡大家都是以綽號相稱的，畢竟所有人一起工作，直接叫全名顯得太有距離。

「阿德？」原本以為會被臭罵的Vivian一愣，沒想到蕭聿沁會問這種跟工作不相干的問題，一時間讓她有些反應不過來。

「他媽媽前段時間被診斷出體內有腫瘤，好像是今天要開刀的樣子。」

「開刀？妳知道在哪家醫院嗎？」

「我昨天經過茶水間聽到他在講電話，是在榮民總院。」

蕭聿沁點了點頭，擱在一旁的手機響起會議即將開始的提示聲，她一個伸手將提醒關閉，不忘說道：「妳先去處理明天的拍攝，我還有會要開。」

Vivian點頭表示明白，一個欠身後離開會議室。蕭聿沁收拾著自己桌上的文件，等等開完會後還有兩場會議，會議結束後得審閱下一期雜誌的各項細節，明天看完拍攝還有一場雜誌社室內設計的會要開。

沒錯，雜誌社都已經十年了，總公司撥了一筆款項下來打算重整公司，明天要開的會便是要討論總編辦公室以及副座辦公室的裝潢。雖然說這樣的會議不該是她來負責，但偏偏負責單位的主管請假，其他組員也不敢隨意做決定，只好由她來接手。

蕭聿沁看著手機行事曆裡滿滿的行程，這幾天大概連三個小時都沒辦法睡滿，不過她並不在意，畢竟這十年來她都是這麼活過來的，無論是當初她還是一個小職員，還是現在她成了雜誌社總編，從二十五歲到三十六歲，她都是這樣過的。

在女人最青春燦爛的年華裡，CONSTANCE就已經是她所擁有的全部。

離開會議室前，蕭聿沁撥了通電話：「我要請妳幫我辦件事。」

隔天下午，編輯部的成員們如火如荼的做著拍攝前的準備工作，外聘的彩妝師中午便到場準備，攝影團隊也在不久後抵達，但是不知道為什麼，平常上通告總是準時的柯宇今天居然遲到了。

還不只遲到，過了約定時間半個小時柯宇依舊沒有到現場準備，這讓負責的Vivian急慌了，再兩個小時就要開始拍攝，就算柯宇帶妝到場，也還有服裝跟造型的設計，甚至她還得挪一點時間跟柯宇再次核對溝通拍攝的內容。兩個小時根本不夠用，勢必會拖到拍攝的時間。

而且這是在服裝已經送到場的前提下，偏偏服裝根本還沒有到現場，服裝組表示要等總編確認過後才會將服裝送過來，而總編十分鐘前才開完會，就算馬上趕到服裝組，一套套衣服確認下來至少也要半個小時的時間。她原本想著沒關係，反正換個衣服也就幾分鐘的時間而已，就算服裝晚一點才送來，她也可以先跟柯宇討論拍攝內容，以及先讓設計師設計造型。

但柯宇就是沒來啊！Vivian在心裡哀號著，主角根本沒有到現場，這樣她什麼也沒辦法做，何況這次的攝影請的是外面的攝影團隊，拍攝拖一個小時就要加一個小時的錢，柯宇還不知道什麼時候會到，這樣拖下去雜誌都還沒大賣就要賠慘了！

而且總編又這麼重視這期的雜誌……Vivian想到這裡打了個寒顫，以總編的個性，要是這次的拍攝搞砸了，她就準備被公司辭退回家吃自己了吧？

實在不想坐以待斃，Vivian咬著牙撥通柯宇經紀人的電話，電話響了將近半分鐘才被接起，Vivian連忙開口：「喂？您好，請問是茜姐嗎？我是今天雜誌社拍攝的負責人，想請問你們在……蛤？妳說什麼？」

「我們在趕拍攝的路上遇到車禍，柯宇內臟出血，現在在手術室。」另一頭的茜姐有些焦急的說著，Vivian仔細聽了一會，電話裡背景聲音雜亂，甚至還能聽到醫院的廣播聲，看來茜姐並沒有騙她。

「但今天是我們的拍攝期限，今天沒有拍的話雜誌無法出刊啊！」Vivian有些焦急的喊著，前幾次的拍攝都因為柯宇的工作延後而一再拖延，今天已經是最後一天了，要是今天沒有拍攝，這期的雜誌一定會窗掉。

「柯宇是真的沒辦法拍攝了，你們隨便找個人替補吧！我們會付違約金的。」茜姊說著頓了頓，「先不跟妳說了，醫生來了，我先去看一下。」

茜姐說著急急忙忙的掛了電話，Vivian哀怨的吼了一聲，違約金柯宇是一定得付的，但是她現在臨時去哪裡找另一個模特兒啊？合約都是幾個月前就簽好的，臨時要找人對方也不一定能夠配合，再加上這次要拍的風格是偏向輕鬆隨興的，有幾個人能夠勝任？

「妳趕快去找個臨時模特兒吧，專業的我看是請不到了。」拍攝團隊的負責人拍拍她的肩膀，這家拍攝公司跟雜誌社合作很久了，彼此間都算熟識，「反正接下來的時間我們也沒有案子，今天拖到的時間我們不加錢，你們雜誌社也真夠慘的……去你們公司找個看起來還算可以的，剩下的請設計師幫忙，大不了請你們美編修個圖就能上版面了。但不要忘了跟你們社長報備一下，至少有人幫你背書。」

嗯嗯！Vivian用力點頭，反正就死馬當活馬醫吧，她連忙傳了訊息給社長，沒一會社長傳了指示回來：「非常時期，只能這樣了。我要進會議室來不及通知蕭總編，妳要記得跟她說一下。」

Vivian看著訊息呼了口氣，這種時候找公司最大的人是再正確不過了，社長都答應了，其他人也不至於多說什麼。在腦海裡將公司各部門的男生都跑過一遍，Vivian列出了大概的名單，正打算去把人都找過來，身後卻忽然傳來陌生的聲音：「那個不好意思，我想請問你們公司的二號會議室在哪裡？」

Vivian轉頭一看，卻在看到男人的同時愣了一下，她不敢置信的上下打量著……七分頭、白色T恤、牛仔褲再搭上簡單的鞋子，這不就是他們要的隨興風格的模特兒嗎？

Vivian又仔細的看了一番，身高差不多一百八十公分，身材比例也不錯，雖然身形看起來有點瘦，但還算能夠上鏡；相貌一般，但不至於到醜，就是那種……普通的鄰家男孩吧？用在這期的雜誌上也許有不一樣的亮點！

「小姐？」男人見她愣愣地盯著自己，還以為她沒聽見自己說的話，又重複問道：「我想問……」

「先生！你可不可以幫我一個忙？」男人話都還沒說完便被Vivian激動的打斷，他有些不明所以，他明明是來問路的，怎麼現在反而有人請他幫忙了？

「幫、幫什麼？」

「幫我們雜誌社拍下一期的封面照片，你放心！我們會給你豐厚的工資的，只要你願意幫我們這個忙就好！」Vivian雙手合十的拜託著，拜託幫幫她了，這是她唯一能夠在公司活命的機會啊！

「呃可是。」男人伸手指了指另一個方向，「我今天來這裡是為了開會，會議一個半小時後開始，所以……」

「沒關係！到時候拍完我帶你到會議室，我可以替你解釋！」Vivian再次信心滿滿的打斷他的話，公司近期沒有什麼重大會議，何況是雜誌的封面拍攝，全公司都知道其重要性。今天不管是哪個部門的會議，就算是副座、社長也沒有關係，只要不是跟總編的會議，她都有信心能夠用這個理由說服對方！

男子有些為難的思考著，說實在的在會議中遲到是他從來不會做的事，那也太不敬業了，但眼前這個女生看起來很著急的樣子，不幫忙好像也說不過去。

「先生，算我拜託你了，我這件事要是辦不好，我就真的不用想在公司混了。」Vivian哭喪著臉，但那不是演出來的，畢竟以蕭聿沁的個性，底下的人要是連這點事都辦不好，她是怎麼也不會讓她留下來的。

「好吧，我幫妳這次，但妳要記得幫我解釋。」男子無奈的答應，Vivian聽到這話睜亮了眼，連忙跑到旁邊拿了備用的拍攝合同過來：「那麻煩你在這裡簽名！」

幾分鐘後，男人簽完所有的文件，Vivian請化妝師帶他進去化妝後再次確定合同無誤，葉子珩，三十一歲……Vivian看到這裡愣了一下，葉子珩？為什麼這個名字好熟悉的感覺？

「人選確定啦？」攝影團隊的負責人扛著一箱飲料回來，雖然棚內有冷氣，但現場的工作人員一直站在燈光下多少會熱，還是需要一點飲料解渴。

他的話打斷了Vivian的思考，她抬起頭看向攝影大哥：「嗯！王大哥，那剩下的就麻煩你了。」

「我這邊是沒有問題啦。」王大哥說著頓了一下，旋即挑起不懷好意的笑容，「但妳接下來應該要跟你們總編報告這件事吧？請妳加油囉！」

王大哥說著大笑三聲，轉身走進棚內做準備。Vivian一個人在原地愣了一會，旋即哀號出聲，她怎麼都忘了，她還得跟總編報告臨時換模特兒的事，總編知道了一定會把她釘個半死的。儘管百般不願，Vivian最終還是拿起手機撥給蕭聿沁，只是忍不住在心裡哀號著，她當初到底為什麼要來這家雜誌公司上班啦！

另一頭，開完最後一場會議，蕭聿沁也不管自己根本沒吃午餐，急急忙忙的趕往服裝組，封面照再一個半小時就要開拍了，可沒有半點時間給她浪費。

「總編！」服裝組的負責人見她趕到，連忙起身迎接，裡頭零星的員工狼吞虎嚥的吃著飯，服裝組今天可以說是忙翻了，一直到現在都下午三點了，還有組員沒吃午餐，「您來啦！」

「嗯。」蕭聿沁依然是那張冷淡的臉，微微頷首算是答覆。後頭幾個服裝組的成員聽到蕭聿沁來了，嚇的嗆了一下，一個個都想站起身來，卻被蕭聿沁以眼神示意坐下，沒他們的事窮緊張什麼？「我來看今天拍攝的服裝。」

「我知道，Vivian有交代過，那總編我們服裝間裡面請。」負責人恭敬的帶路，蕭聿沁也沒有遲疑，一個轉身便跟著她往服裝間走。

「這裡。」走進服裝間，裡頭的衣櫃、移動式衣架琳瑯滿目，這是服裝部用來收納衣服的地方，空間不大，但各式衣服應有盡有，每次公司雜誌需要拍攝時，蕭聿沁都會請服裝組整理適合拍攝主題的衣服，並在拍攝前做最後的檢查。大部分的衣服都是合作廠商提供的，少部分則是由服裝部採買回來，還有一些是公司的員工捐出來的，其中副座捐的衣服便佔了一半，蕭聿沁不用想也知道，那一大堆的衣服一定是那女人衝動購物下的傑作。

負責人帶她到其中一個移動式衣架前：「因為Vivian提到這次的風格是比較輕鬆隨興的，所以我挑了一些比較休閒的衣服，像是……」

「這件不行。」蕭聿沁像是根本沒有聽她說話，忽然從架上抽出一件衣服，一口打斷她的話，「現場的燈光是鵝黃色的，這件衣服會看不出亮點，拿一件白襯衫來換。」

「好的，我馬上去。」負責人聞言連忙頷首，就怕稍微慢一點便會被蕭聿沁罵個臭頭。沒一會負責人拿了件白襯衫回來，蕭聿沁接過襯衫看了幾眼，一邊在腦海中思考著，柯宇的身材不錯，這件襯衫剛好可以顯身材，一點隨興加一點性感，的確是不錯的畫面。

她這才滿意的點頭，正想說些什麼卻被手機鈴聲打斷，見是Vivian打來的，蕭聿沁皺著眉頭接起電話：「怎麼了？」

「那個總編……」電話那頭的Vivian斟酌著用詞，「今天的拍攝柯宇來不了，但是、但是我們有請到臨時模特兒了！」

「柯宇來不了？」蕭聿沁聽著皺起眉頭，一旁的負責人抖了一下，任誰都感覺得到服裝間裡突然下降的氣壓。她忍不住祈禱著，她只是想混口飯吃，拜託總編可千千萬萬不要把氣發到她身上啊！

「理由？」

另一頭的Vivian自然也感覺到了蕭聿沁的不滿，戰戰兢兢的回著：「他的經紀人說他們在趕通告的途中發生車禍，柯宇內臟出血被送進手術室開刀。」

「車禍？」蕭聿沁有些不耐煩的深吸一口氣，這也太荒謬了，什麼時候不出車禍偏偏拍攝當天出車禍？「妳確定臨時模特兒沒問題？社長那邊呢？妳報備了嗎？」

「確定沒問題！合約我都簽好了，也跟對方檢查過證件。」聽到蕭聿沁沒有過於責罵，另一頭的Vivian稍微放鬆了一點，分貝也因此高了起來，「現在只差服裝到場，我們就可以開拍了。社長那邊我也說過了，社長說可以。」

「那模特兒的身形跟柯宇一樣嗎？不一樣的話我這邊的服裝要調一下。」蕭聿沁說著瞥了眼前的移動式衣架一眼，順手又從旁邊抽了條領帶掛上去。領帶是很好用的配件，不管臨時模特兒身材怎麼樣，加上領帶就是加分。

「模特兒身高跟柯宇一樣，一百七十八公分，身材的話稍微瘦了一點，但是請設計師調一下應該沒有問題。」

「好，那妳請現場準備一下，我現在過去。」蕭聿沁說完馬上掛斷電話，大步流星的朝門口走去，不忘揚聲向後頭的負責人交代，「衣服沒有問題，麻煩現在送到棚內。」

「是！」負責人在後頭大聲說著，就怕蕭聿沁沒有聽到似的。一直到蕭聿沁走遠後她才鬆了口氣，在心裡暗自慶幸著，好險蕭總編忙到沒有時間罵人，不然她大概也會掃到颱風尾。

快步前往小攝影棚的路上，蕭聿沁不忘撥了通電話給副社長，令她訝異的是那女人居然難得的秒接她的電話：「妳在哪？」

另一頭的女人聽出她正在不爽，難得的沒有多開玩笑，認真的答著：「我在飯店啊！收一下行李準備回去了。」

「妳朋友住院了，現在沒辦法來拍攝，Vivian請了個臨時模特兒過來，我現在要去現場看狀況。」

「妳說柯宇？」

「嗯哼。」蕭聿沁隨意答著，說真的她對柯宇實在沒有半分興趣，何況她現在還正在火大！「妳朋友捅了個大婁子給我，妳最好現在、馬上、立刻給我趕回來處理！」

蕭聿沁暴躁的吼完這句後一把掛掉電話，另一頭的女人揉揉耳朵，加快了收拾行李的速度。蕭聿沁很少對她發脾氣的，能讓她發脾氣的絕不是小事，想是這幾天成堆的文件快把她給搞瘋了。想了想，女人打了個寒顫，她還是趕快回公司好了，不然以蕭聿沁的個性，她還真不知道該怎麼哄她。

幾分鐘後，蕭聿沁風塵僕僕地抵達現場，Vivian見她來了連忙迎上前：「總編。」

「嗯。」蕭聿沁隨口應了一聲，掠過Vivian直接往棚內走去，現場的攝影師正在測試燈光角度以及各項攝影器材，葉子珩坐在化妝間裡頭，化妝師正在進行化妝作業。蕭聿沁上下打量了眼，不得不說Vivian

的眼光還算不錯，這男人的確適合這種隨興又帶著一點慵懶的風格。

「總編，您覺得他還可以嗎？」Vivian見蕭聿沁一雙眼直盯著葉子珩，想也知道是在評估他的上鏡程度，她忍不住暗自祈禱著，拜託總編不要說不可以，否則這種時候她上哪裡去找人啊？

「可以。」蕭聿沁雙手抱胸淡淡的回著，微轉過頭看向後方的Vivian，「妳確定他的資料妳都看過了？」

「看過了！都沒有問題！」

蕭聿沁微微頷首，後頭的走廊傳來腳步聲以及輪子的滾動聲，兩個女人雙雙回首，只見服裝部的員工推著移動式衣架疾步走來，一旁的造型師看到那一排的衣服簡直像看到救星似的連忙迎上前，沒有服裝她還真不知道要怎麼用整體造型，只能一直在旁邊乾等著。

拿了合適的衣服後，造型師快步走進化妝間要葉子珩換上。十分鐘後葉子珩從更衣室裡出來，讓現場的人都看呆了眼，只見他上半身的襯衫微微敞開著，再配上設計師幫他設計的造型，完美詮釋了什麼叫做慵懶！

現場開始拍攝，攝影師要求葉子珩在白幕前擺出姿勢，但畢竟葉子珩是第一次當模特兒，哪可能知道要擺出什麼動作？逼不得已下，攝影師們一個個放下手上的攝影機示範給他看。一群男人比手畫腳的畫面實在滑稽，一旁的化妝師、造型師以及Vivian相繼笑了出來，但一旁的蕭聿沁卻皺起眉頭轉身看向Vivian：

「他不是模特兒嗎？連怎麼擺姿勢都不知道？」

「呃……總編，我跟您解釋一下。」Vivian背後冒出了冷汗，嗚，在總編底下工作她早晚會得心臟病，公司能不能給她一點賠償啊？「其實他不是專業的模特兒，只是……」

「不是專業模特兒？」蕭聿沁提高了分貝，一口打斷她的話，皺得更緊的眉頭彰顯了她的不滿，「妳說妳請了臨時模特兒來，我還以為妳至少請了個有經驗的，結果妳……唉！」

蕭聿沁氣極，連話都懶得說，講到最後用力的嘆了口氣，一雙眼不爽的直盯著Vivian瞧，見她始終不敢說話，她才冷冷地開口：「解釋。」

「總編，我也知道該找一個有經驗的模特兒來，但是一般簽約都是至少一個禮拜前就簽好的，我們當天才臨時找人根本找不到。」Vivian低著頭悶悶地說著，活像隻受挫的小白兔，蕭聿沁看著一愣，眼底掀起了波瀾，像是想起什麼似的。她深吸了一口氣緩緩閉上眼，等到再次睜眼，她的眼裡恢復了一片冷漠，彷彿剛剛的一切都沒有發生。

想當然的，始終低著頭的Vivian根本沒發覺，只是自顧自地繼續說著：「我真的很努力的找了，可是一直找不到臨時模特兒，所以才請他來幫忙的。」

蕭聿沁淡淡的看著她的頭頂一會，最終轉身看向正在攝影的棚內，嘆了口氣後開口：「知道了。」見她沒有多做刁難，Vivian暗自在心裡呼了口氣，偷偷抬起頭瞥了蕭聿沁一眼，果然適度的裝可憐還是有用的，以後犯錯可不可以都裝可憐啊……這樣就不用整天被總編罵到臭頭了。

蕭聿沁又在現場看了半個小時，一直到手機響起即將開會的提示聲才準備離開，離開前Vivian不忘問道：「總編等等！這一部分拍完了，我們準備拍下一張，那造型的部分還有哪裡需要更改的嗎？」

原本已經轉身要離開的蕭聿沁被硬生生的叫住，穿著高跟鞋的左腳甚至拐了一下，她沒好氣的轉過身子走回現場，仔細看著葉子珩的一身裝扮，的確是足夠慵懶了，但總覺得好像還是少了些什麼。

蕭聿沁看了眼旁邊的移動式衣架，一把抽起自己方才親手掛上的領帶：「這個領帶，Vivian妳幫他繫上。」

她本來打算叫那位模特兒自己繫上的，但是因為這一幕的設定需求，模特兒手上沾滿了各式顏料，要他繫領帶實在有困難，不得已下只好叫Vivian幫忙了。

她說著將手上的領帶塞到Vivian手裡，沒想到Vivian卻有些為難的開口：「總編對不起，我、我不會繫領帶。」

蕭聿沁皺起眉頭，她不會繫領帶？她轉身看了下周遭，服裝師和造型師不知道跑哪裡去遛噠了，現場的工作人員都扛著攝影機，好像也只剩她有空出的手可以去幫模特兒繫領帶。

輕嘆了口氣，畢竟是工作需求，蕭聿沁還是走到白幕前，仔細的幫男人繫上領帶，還不忘幫他整理了下領子，這讓一旁的工作人員面面相覷，他們怎麼也沒想過蕭聿沁會有親手幫人繫領帶的一天，雖然只是為了工作，但也足夠讓他們吃驚了。

在蕭聿沁幫他繫領帶的同時，葉子珩仔細的打量著眼前的女人，第一個出現在腦海中的詞，是毫無情感的機器人。她的眼裡彷彿只有工作，就像是一個為工作而活的人，沒有情感、沒有起伏，這讓他忍不住懷疑，這樣活著真的快樂嗎？

「謝謝。」見蕭聿沁幫他理好了衣著，葉子珩不忘道謝，雖然這女人實在不是他會想接近的類型，但最基本的禮貌他並不會忘。

「不會，辛苦了。」蕭聿沁揚起帶著客套的笑容，眼底卻看不見多少笑意。

公司裡的所有人都知道，除了副座以外，極少有人能夠看到總編真正的笑容。當然也不是沒看過，只是這種情況少之又少，深植在大家腦海中的大多是總編嚴厲的面孔。

稍微交代幾句後，蕭聿沁轉身離開現場，攝影師們也再度開機準備開拍。只不過……葉子珩有些不安的看著手上的錶，會議再二十分鐘就要開始了，這到底要拍到什麼時候啊？

抵達會議室後還有一小段時間，蕭聿沁又把手上的資料翻看過一遍，她一向不是會拿空閒時間來滑手機的人，何況她朋友本來就不多，真有事也會直接打給她，實在沒有隨時讀訊息、回訊息的必要。

蕭聿沁看著先前的會議記錄深嘆口氣，由於原本的負責人請了長假，所以裝潢設計的會議直接由社長強硬的接手，這個設計師已經跟副座及社長開過三次會議了，不過前三次她手上都有其他會議，所以不方便到場。這下好了，她根本不知道設計師長什麼樣子，也不知道對方到底好不好溝通，只知道對方叫葉子珩。據說是設計界的新星，設計創作獨特，接了幾個案子便自己開了公司，而且他還真的有兩下子，信義區幾間著名的豪宅都是請他設計的。

蕭聿沁暗忖著，案子接多了名氣自然也就響了，但就是不知道會不會因為紅了就心高氣傲。畢竟她在業界十幾年，雜誌社又需要多元的題材，跟各行各業多少都有些認識，看的自然也就多了。有多少人一出社會便風風火火人人吹捧，但又有多少人能夠走到最後？社會到底是現實的，太多人成功了之後便忘了初衷、忘了本質，最後只能落得失敗的下場。

那他呢？他會不會也是其中之一？

想了許久，蕭聿沁回過神來看了眼左腕上的手錶，卻在看到錶上的時間後皺起眉頭，離約定的會議時間都已經過了二十分鐘，設計師怎麼還沒來？第一次跟她開會就放她鴿子嗎？

手機傳來震動聲，蕭聿沁原本以為是設計師打電話來，沒想到來電顯示居然是副座？蕭聿沁皺著眉頭接起手機，沒好氣地開口：「基本上妳應該知道，我每天下午都有會要開，尤其是這個時間。」

「我知道我知道。」另一頭的女人連忙哄著，奇怪，蕭聿沁今天怎麼火氣特別大？不是都找到臨時模特兒了嗎？「我是要跟妳說，我大概再一個小時進公司，進公司前想買杯咖啡，妳要嗎？」

「不要。」蕭聿沁一秒回絕，不過下一秒她的嘴角浮現淡淡的笑意，「我要珍珠奶茶。」

「……好。」電話那頭的女人沉默數秒，最後無奈的笑了出來，這十幾年來大概也只有珍珠奶茶能夠讓暴躁時的蕭聿沁冷靜下來，「好啦不吵妳開會，我掛了。」

「欸。」葉子珩還沒來，蕭聿沁難得想多聊一點，「妳之前跟負責整修的室內設計師開會的時候，對方常遲到嗎？」

「遲到？」女人狐疑地複述著，像是不解她為什麼會問這個問題，「沒有啊！而且他跟妳一樣，都會提早二十分鐘到會議室做開會準備。」

「……結果跟我開會就遲到了。」

「他遲到？他怎麼可能遲到？」女人驚呼著，「葉子珩如果會遲到，那全天下的人都要遲到了。」

「妳也太浮誇了。」

「哪裡浮誇？葉子珩在業界是出名的敬業有禮，從來不曾遲到的。我就是知道妳討厭會議遲到的人，才跟社長提議說請他來負責設計裝潢的欸……該不會出事了吧？」

「有這麼剛好的嗎？柯宇出事葉子珩也出事？」

「感覺不太可能，還是對方知道是妳負責跟他開會，所以嚇跑了？」

蛤？蕭聿沁皺起眉頭，這女人現在是在噹她嗎？她哪有這麼可怕？頂多是辦事嚴肅了一點而已。門外傳來敲門聲，沒一會Vivian打開會議室的門將頭探入，蕭聿沁連忙說了句：「欸先不跟妳聊了，我有事要辦。」

她說著掛了電話，Vivian領著一個男人走了進來，蕭聿沁仔細一看卻陡然一愣，這不是剛剛那個臨時模特兒嗎？她有些不明所以的看向Vivian，雙手一攤，用眼神說著：怎麼回事？

Vivian哭喪著臉，一直到剛才拍攝結束葉子珩提起她才知道，原來她臨時請來的模特兒居然是今天要跟總編開會的設計師，難怪她剛才核對資料的時候覺得這名字很耳熟，副座曾經提過這個人啊！她怎麼忘了！

事已至此，Vivian也只能硬著頭皮開口：「總編，這位是今天跟您開會的設計師。」

什麼？蕭聿沁皺起眉頭，這似乎已經成了她的習慣動作，她看了眼資料上的名字，抬頭問道：「你就是葉子珩？」

葉子珩乾笑著微微頷首，他也沒想到今天負責跟他開會的居然是剛剛在現場碰到的女人。蕭聿沁點了點頭，頓時明白事情的來龍去脈，她微微瞇起眼看向Vivian，一字一字的開口：「所以妳不只找了個沒有經驗的臨時模特兒，找的還是我的開會對象？」

「總編，對不起，我真的……」

「算了，事情出於柯宇，我也不會重罰妳。」蕭聿沁的話讓Vivian睜亮了眼，總編什麼時候這麼善良了？她家的總編果真人美心善，待在這家雜誌社一定是她這輩子做過最正確的決定！

不過下一秒蕭聿沁說的話卻讓她心底一涼：「就罰妳寫三千字的悔過報告就好，我明天上班要看到它在我的桌上。」

三千字？Vivian的肩膀頓時垮了下來，三千字的報告要怎麼寫啊？她原本還跟朋友約好今天晚上要一起去唱歌的，這下計畫又泡湯了。

見她愣在原地，蕭聿沁揚起微笑，一雙眼卻銳利的看向Vivian：「還有什麼問題嗎？」

看到她那笑容，Vivian背脊一涼，連忙搖搖頭跑出會議室。蕭聿沁看著她的背影輕嘆口氣，Vivian到底還是太年輕，許多事都沒辦法想的周全。想起一旁還有個葉子珩，蕭聿沁這才收回眼神站起身，乾脆俐落的伸出右手：「葉先生，您好。我是CONSTANCE的總編，蕭聿沁。」

「蕭總編，您好。」葉子珩也不彆扭，伸出右手回握。蕭聿沁暗自打量著眼前的男人，資料上標明他今年才三十一歲，的確，看起來還挺年輕，只怕說他二十八歲都有人相信。年紀輕輕的就能開一家設計公司實在不簡單，而且人看起來也挺謙虛的，至少到目前為止，跟他相處起來並不會感到不舒服。

而葉子珩表面上看似鎮定，心裡卻忍不住狐疑著，他曾經看過這家雜誌社的資料，如果他沒記錯的話，官網上總編的名字是徐家榆，為什麼到了這裡卻變成了蕭聿沁？甚至雜誌社簽訂的合同裡面，還有一條特別註明不得洩漏公司內部人事消息，難道這條命令跟蕭聿沁有關？又為什麼雜誌社要隱瞞總編的身分？

「那就開始吧。」蕭聿沁沒發現他的失神，一臉公事公辦的坐回位子，迅速翻閱桌上那早已被她看過無數次的會議資料，「會議記錄上面說，上次副座跟你開會討論的是職員區的裝潢，關於這部分你還有什麼問題嗎？」

「沒有，已經開始繪製設計圖了，等設計圖畫好會送來公司給總編以及副座確認。」

嗯哼，蕭聿沁輕點點頭，繼續看著手上的資料，確認沒有一絲遺漏。不得不說葉子珩的工作效率還真的不低，上次開會才一個多禮拜前的事，距離交稿期限也還有很長一段時間，但他居然已經開始動工了。不說這個，光從他能夠一進會議室就跟上她的開會步調，甚至馬上進入狀況，就已經彰顯了他是個有能力的人。

這男人，是真的不簡單。

「好，那這次開會就討論我跟副座的辦公室裝潢。」

她跟副座？葉子珩微微一愣，馬上提出問題：「那會長的部分？」

「會長的部分他之後會親自跟你洽談，我不了解他的需求，所以沒辦法告訴你。」

「好。」葉子珩從胸前的口袋裡拿出原子筆記錄著，蕭聿沁注意到他身上穿的依然是剛剛拍攝用的衣服，想是服裝組的組長覺得他適合，便直接把那件襯衫送給他了。

「那總編的辦公室想要什麼樣的風格？」

「越簡單越好，也不要多餘的擺設。」蕭聿沁一邊翻閱葉子珩先前提供的設計參考，一邊淡淡的答著，她本來就喜歡簡單的風格，歐式風格的過度華麗反而會讓她頭痛。

「您是指極簡風吧？」葉子珩想了一會，「那總編辦公室裡的沙發，我幫您換成象牙白的，這樣看起來會簡單一點。另外副座之前開會有稍微提到，您辦公室裡的鐵櫃要換掉，我想換成胡桃木的櫃子看起來會比較輕鬆一點。」

「嗯，可以。」蕭聿沁點了點頭，難得的對會議速度感到滿意，「副座辦公室的部分，副座喜歡華麗的風格，我的想法是幫她設計歐式風格的裝潢、沙發跟櫃子，可以的話裝個軌道燈……」

「總編，不好意思。」葉子珩打斷了她的話，這讓始終低頭看著資料的蕭聿沁抬起頭來，她微微皺起眉頭，對於自己的話被打斷有些許不滿。但葉子珩顯然並不在意，只是自顧自地說著：「因為雜誌社各部門有相對的預算，副座的辦公室如果要用這樣的裝潢，可能會稍微超出副座能使用的預算範圍。」

「我的辦公室如果只換沙發跟櫃子，預算還剩多少？」

「還剩一百萬左右。」

「那就把我這邊剩餘的預算挪給副座。」蕭聿沁乾脆的說著，說實在的她並不在意自己的辦公室有沒有重新裝潢，就算維持原樣她也無所謂，重新裝潢她還得重新適應一次工作環境，想想就覺得麻煩。

「但公司的經費這樣挪用沒有問題嗎？」葉子珩依然有他的顧慮，畢竟萬一出問題，要懲處的可不只是做決定的蕭聿沁，就連設計公司也得負一定程度的責任。

「我之前問過財務部了，公司的這一大筆款項都是用來重整的，只是因為部門的關係所以分配了預算，只要這筆預算是用來裝潢公司，不管怎麼用都不會有問題。」蕭聿沁難得的沒有對於他一連串的問題生氣，只是淡淡的解釋著。畢竟是公司的合作對象，她還是得客氣一點，否則要是傳出去，公司的形象也會跟著受到影響。

兩個人又在會議室裡開了一個小時的會，一直到討論的差不多了，葉子珩才收拾東西離開。蕭聿沁又在會議室裡待了一會，打算等確定今天的會議沒有任何紕漏後再回辦公室。

叩叩兩聲，會議室的門被敲響，蕭聿沁看著手中的最後一份資料，頭連抬都沒抬：「請進。」

「總編。」門口傳來Vivian的聲音，蕭聿沁將手上的資料看到一個段落後才抬起頭來，「副座請妳會議結束後去她那邊一趟。」

副座？蕭聿沁低頭看了眼手錶，也對，她都開了一個多小時的會了，副座也差不多到了：「知道了，我現在過去。」

蕭聿沁說著拿了東西走出會議室，將剩下的那疊資料交給Vivian收拾。走往副座辦公室的途中會經過員工辦公區，幾個員工壓根沒發現她走近，依然自顧自的交談著。

「欸，結果上次你真的改草案改到九點才去醫院陪你媽媽啊？」

「對啊！總編嚴厲的要死，我哪敢跟總編說我要提早走？」

「但總編也太不近人情了，那天你明明很明顯的就想跟總編說，總編居然完全沒發覺，還是她其實有發覺，只是假裝不知道？」

「不說這個了啦！講總編有夠掃興的。對了，你們有人送蘋果到醫院給我媽嗎？」

「哪可能，我們根本不知道你媽住哪。」

「那就奇怪了，病房那天收到一籃蘋果，但沒有署名，我還以為是你們送的。」

蕭聿沁聽到這裡揚起一抹帶著嘲諷的笑，加重了走路的力道，高跟鞋與地板敲擊的聲音迴盪在辦公區裡，一群員工一個個閉上了嘴做自己的事。眼神還不時交流著，總編剛剛應該沒有聽到那些話吧？

#

走到副座辦公室前，蕭聿沁禮貌的敲了下門便開門進入：「副座。」

「阿芸。」女人皺著眉頭看向她，「不是都說了不用見外？我們都認識十幾年了，妳見到我就副座副座的叫？」

蕭聿沁雙手抱胸倚著牆，翻了個大大的白眼：「葉欣潼小姐，在公司妳是我上司，我本來就應該這樣叫，而且我也跟妳說過很多次不要再叫我阿芸了，妳還不是照樣叫的順口。」

葉欣潼笑著從辦公桌起身，不打算在這個話題上多做停留，用下巴指了指沙發區的方向：「妳的珍珠奶茶在那邊。」

蕭聿沁嘆了口氣，本來還打算等等再看一會文件的，看來短時間內是很難從這裡離開了。她邁開步伐走向沙發區，拆開吸管套後插入吸管，將自己摔進沙發裡大口的喝著珍珠奶茶，葉欣潼自然的接過她手上的吸管套，幫她拿到一旁的垃圾桶丟棄，兩人一句話也沒吭一聲，但所有動作一氣呵成，畢竟都認識了十年，哪可能連一點默契都沒有。

「說吧，找我什麼事。」過了幾分鐘，見葉欣潼始終沒有說話，蕭聿沁索性自己開口，要是沒有什麼大事，葉欣潼絕對會把珍珠奶茶送到她的辦公室，而不是叫她來這裡拿，甚至還刻意放在沙發區這裡，擺明了就是有事要找她談。

「妳又知道我找妳有事？」

「我還不了解妳？」蕭聿沁說著又喝了口珍珠奶茶，一雙眼直盯著葉欣潼看，彷彿要把她盯出一個窟窿，「說。」

葉欣潼嘆了一口氣，有些為難的開口：「雜誌社上一期的雜誌大賣，創下歷年銷售紀錄。」

「嗯，我知道啊，業務部有給我報表。」

「我話還沒說完。」葉欣潼無奈的打斷，蕭聿沁就是急性子，每次別人話都還沒說完就急著開口，「總公司派了幾個記者下來，想要採訪CONSTANCE台灣部門的總編並製作專題。」

蕭聿沁手上的動作一頓，辦公室的氛圍頓時僵了下來。蕭聿沁緩緩放下手中的飲料，安靜了一會後點點頭，吐出的字句帶了點艱澀：「……嗯，那就通知徐家榆準備接受採訪吧。」

「妳不試著以總編的身分接受採訪嗎？」

「如果可以的話，公司還需要聘請一個總編代言人嗎？」蕭聿沁淡淡的答著，臉上早已恢復了平靜，「從十八歲那年我被那個老狐狸盯上開始，我就注定不能在出版界拋頭露面了。」

「可是妳都已經改名叫蕭聿沁了，難道……」

葉欣潼還想多說些什麼，卻被蕭聿沁一口打斷：「改名只是為了讓自己不要過度張揚而已，那個人看過我！名字可以騙的了人，但外貌沒辦法。」

「妳真的打算一輩子都不公開妳的身分嗎？就這樣一直瞞下去？」葉欣潼有些不滿的開口，其實是在為蕭聿沁不平，十幾年來，公司有多少規劃、多少業績都是蕭聿沁一手創造出來的？但是卻礙於她不能在出版界出現，所以公司特地找了一個總編代言人，所有的功勞、所有外界的目光全都落在那個人的身上，偏偏那些都是蕭聿沁努力了好久才得以成功的，「就算公司規定每個員工入職前都必須簽訂條約，註明不得洩漏任何人事機密，但那老狐狸用盡心力在對付妳，妳真的以為妳在這裡當總編的事情他不會知道？」

「怎麼可能？」蕭聿沁嘲諷一笑，「他絕對知道我在這裡當總編，他之所以不動手，其中一個原因是要讓我不敢在業界張揚，也就是當個地下總編，只要我不露面，他便暫時不會有動作，一個人努力了很久卻得不到應有的名聲、回報，這種痛苦那傢伙是再清楚不過的。相對的，只要我露面了，他就會選擇將CONSTANCE全盤毀滅，在這種情況下，我選擇的當然是當個地下總編。」

「另一個原因是，他在等待機會。」蕭聿沁雲淡風輕的說著，不知道的人還以為她在說別人的故事。見葉欣潼滿臉不解地看著她，蕭聿沁才開口解釋，「那老狐狸知道CONSTANCE對我來說有多重要，也知道我多想讓CONSTANCE成為全台第一的雜誌社。他在等的不過是我夢想實現的那一刻，等到我的夢想實現了，他就會動手搞垮CONSTANCE。而談判的籌碼，自然是我離開這間公司，只要我離開，他就會放過CONSTANCE。被迫離開自己一手壯大的公司，那種痛苦妳知道、我知道，那老狐狸自然也知道。」

「那妳還一心想帶起CONSTANCE，如果維持現狀的話，妳至少可以一直待在這裡啊！」葉欣潼苦口婆心的說著，她當然能理解她的想法，但是一想到也許某一天，蕭聿沁會犧牲自己換回CONSTANCE，她便覺得心疼。從這家公司創立起她就一直很努力，但無論她多麼努力，好事總是沒有她的份，而等到她的夢想成功的那天，她又得被迫離開公司嗎？這家公司的榮耀是蕭聿沁拚命努力來的，但是該屬於她的她從來都沒有得到過。

「欣潼。」蕭聿沁難得的叫了她的名字，一雙眼定定地看著她，眼裡滿是堅定，「只要CONSTANCE能夠成為全台第一的雜誌社，犧牲一個我也值得。」

「我不管，萬一到時候社長真的受到壓力逼妳辭職，我一定堅決反對。」葉欣潼不滿的說著，「只要底下的人堅決反對，他也不能拿妳怎麼樣。」

「我知道妳不會悶不吭聲。」蕭聿沁拿起手上的珍珠奶茶又喝了一口，「所以等時候到了，我會自己離開。」

「妳……」葉欣潼氣極，拿起自己放在一旁的咖啡狠狠灌了幾口，過了一會才不滿的嘆口氣，「算了，懶得跟妳說，反正我也說不過妳。」

她跟蕭聿沁認識了那麼久，蕭聿沁的個性她再清楚不過，只要是她說出口的話就絕不是玩笑，蕭聿沁是真的會選擇離開這裡。她自然覺得不必做這樣的犧牲，但她也知道CONSTANCE對蕭聿沁有多重要，畢竟在這十幾年孤單的日子裡，CONSTANCE是她僅有的精神支柱，也是她唯一的期盼。

而身為她的朋友，她能做的，就是努力讓這種事發生的機率降到最低。

「欸，我不在的這幾天，妳到底多操Vivian啊？」葉欣潼知道自己說服不了她，索性開啟另一個話題，「我剛剛回來的時候，她一臉感動的看著我，好像這幾天受了委屈似的。」

蕭聿沁手撐著頭，手肘抵在沙發的扶手上，懶懶的瞥了她一眼，這是她少有的放鬆神態：「妳好意思問我？妳出去玩、社長出差，雜誌社大大小小的事都我在處理，她是我身邊少數能用的人，我不請她幫忙還能請誰？」

「最好是，以前再多工作也沒聽妳說需要人幫忙。」葉欣潼笑了笑，「妳是有意栽培Vivian吧。」

蕭聿沁饒有深意的看了她一眼，沒想到她的用意居然被葉欣潼看出來了：「嗯，Vivian是個合適的總編人選。」

「總編人選？」

「嗯哼。」蕭聿沁聳了聳肩，「如果哪天我真的必須離開，就讓她接任總編的位子，不過她的能力遠遠不夠，還需要一點磨練。」

「妳還真的已經在為離開做準備了？」葉欣潼瞪大雙眼不可思議的看著她，手上的咖啡杯重重擱在桌上，話語中全是不滿，「欸！妳在做決定前可不可以跟我討論一下？」

「跟妳討論幹嘛？」對於她的怒火蕭聿沁可完全沒在怕，滿臉莫名其妙的回著，「我都三十六歲了，這種事情我能自己作主。」

「我的意思不是妳不能自已做主，但是妳不能什麼都犧牲自己啊！妳如果跟我討論，也許我們可以想出別的辦法，而不是只能培養一個新的總編來取代妳，蕭聿沁，妳有沒有想過這樣做對妳公平嗎？」

蕭聿沁敷衍的隨意點著頭，葉欣潼想也知道她根本沒在聽。知道她不想談論這個話題，她再次嘆了口氣：「算了，以後不跟妳聊這個，每次聊這個我都一肚子火，反正妳也聽不進去。」

「啊妳自己都說妳三十六歲了，妳跟妳男朋友什麼時候要定下來？」

「還不想。」蕭聿沁早喝完了飲料，起身將垃圾丟進回收箱裡，「我都在忙工作，哪有時間處理結婚的事。」

「妳就不怕到時候妳人老珠黃，妳男人不願意娶妳啊？」

「如果真的是這樣，那這種男人也不值得我嫁。」蕭聿沁雙手插進西裝褲的口袋裡淡淡的答著，「不跟妳說了，我還要回去看編輯部交來的雜誌草案。」

「嗯，掰掰。」見她只想著工作，葉欣潼也不攔她，「欸妳記得吃飯啊！還是妳要跟我一起去吃？」

「不用，我還不知道要忙到幾點。」蕭聿沁一把打開副社長辦公室的門，卻在離開前頓下腳步，「妳記得打電話通知徐家榆接受採訪，她也需要一點時間準備。」

「知道了。」葉欣潼有些不甘願的回著，但她也知道這是她們所剩的唯一辦法。想讓蕭聿沁繼續留在這裡，她們只有這個選項。

「態度記得好一點。不管怎麼樣，檯面上她還是CONSTANCE的總編，而且這件事也跟她沒有關係。」蕭聿沁說著便打算關門離開，沒想到卻被葉欣潼一把叫住：「欸。」

「看到CONSTANCE今天的成就，即使這些成功全算在另一個人頭上，妳也覺得快樂嗎？」

「……嗯。」

「蕭聿沁。」葉欣潼認真的望向她的側臉，那堅毅冷漠的臉龐即使看了十年她依然不習慣，曾經的她可不是這個樣子的，「我希望妳快樂，但不要假裝快樂。」

蕭聿沁聽完這話沒多說什麼，轉身關上門離開，她當然知道葉欣潼在說什麼，但她並沒有說謊。只要是有關CONSTANCE的一切，即使沒有外顯，但她都是打從心裡的快樂著。

走回自己的辦公室，蕭聿沁遠遠的便看到辦公桌上的一疊文件，雖然葉欣潼回來了，但緊接著便是下一期雜誌的準備期，桌上的文件、公文不減反增，只怕這幾天又得忙到半夜。

深吸一口氣，蕭聿沁理清所有思緒，拿起其中一份文件準備開始審閱，一旁的總編標識牌卻不小心被她掃落，她皺著眉頭起身去撿，卻在撿起的同時頓了一下，標識牌上亮晃晃的寫著「徐家榆」三個字，而那三個字硬生生的刺痛了她的眼。

就連在她專屬的辦公室裡，總編標識牌上的名字，也始終不是她的。

#

幾個禮拜後的下午，蕭聿沁開完會回到辦公室，坐到辦公桌前點開直播平台，今天是徐家榆接受專訪的日子，總公司甚至特地安排了直播頻道。畫面中徐家榆坐在咖啡廳裡頭接受專訪，一身的黑色小西裝以及高跟鞋，不知情的人還以為她真的是CONSTANCE的總編。噢不，某方面來講，她也的確是。

蕭聿沁專注的看著，沒漏掉任何一絲細節，一個小時後專訪結束，蕭聿沁伸手點了下滑鼠關閉視窗，不得不說徐家榆也真的演得有模有樣，所有的說詞沒有半點紕漏，對CONSTANCE的了解非常深入，連她都忍不住懷疑徐家榆是不是真的在這間公司工作了十幾年，否則怎麼能夠說的這麼詳細？

手機響起震動聲，蕭聿沁看著來電顯示一愣，她怎麼會打來？儘管疑惑，她依然接起電話：「喂，忌莫。」

「妳還真難得會秒接電話。」另一頭的忌莫懶懶的說著，其實她正看著網路新聞，上頭大大的標題寫著CONSTANCE總編輯徐家榆接受美國總公司採訪，她不用想也知道現在的蕭聿沁心情不會太好，「我看到妳們公司的新聞了。」

「嗯。」

「心情不好吧？」另一頭的忌莫悄悄嘆了口氣，明白她的難受，「要不要出來走一走？」

「晚上有空嗎？陪我喝酒。」

「又喝酒？妳每次心情不好來找我，都是叫我陪妳喝酒，我是妳的酒友是吧？」她的話讓蕭聿沁輕笑出聲，聽見她的笑聲，忌莫這才放心一點，「好啦，我有打聽到一家不錯的酒吧，晚上陪妳去。不過妳要先來健身房找我。」

「健身房？」蕭聿沁不解，「現在是上班時間，妳在健身房幹嘛？」

「欸我沒跟妳說過？我朋友開了家健身房，我義氣相挺來當教練。」忌莫解釋著，「剛好，妳來找我我順便帶妳健身，妳整天都忙著工作一定都沒有運動。運動會產生多巴胺跟內腦啡……」

「是腦內啡。」蕭聿沁忍不住打斷她的話，這傢伙連腦內啡都搞不清楚，真的能當健身教練嗎？反正也沒心情工作，蕭聿沁難得的想提早離開公司，隨手拿了包包便走出辦公室：「妳把地址發給我，我現在過去。」

第二章　斜槓青年

半個小時後，蕭聿沁照著忌莫給的地址來到健身中心，忌莫老早便在裡頭等著，見她到了連忙迎上：「來啦？」

「嗯。」蕭聿沁淡淡的應了聲，對於這個場合不太習慣。

「我有幫妳準備衣服跟運動鞋，妳先去更衣室換上。」

瞧她一身的西裝外套跟西裝長褲，腳上甚至踩著五公分以上的高跟鞋，這身裝扮能運動才有鬼。不過蕭聿沁可不依，感到莫名其妙的蹙起眉頭：「我又沒有說我要來運動。」

「妳來健身房不運動要幹嘛？」忌莫可一點都不怕她，直率地問著，「酒吧也還要兩、三個小時才會開，難不成妳要坐在旁邊滑手機等我下班？」

蕭聿沁一噎，難得的被堵住了嘴。也是，她又沒帶文件來，也不能在旁邊看文件，總不可能在這裡發呆三個小時吧？想了想，蕭聿沁不情願的放下手上的包包，接過忌莫準備的衣服走進更衣室裡。

進入更衣室，蕭聿沁上下打量著裡頭的裝潢，令她感到訝異的是這裡的更衣間牆壁居然是用大理石打造的，黑色大理石在燈光的照耀下閃著光芒，不難看出這家健身房的老闆是個很有品味的人。

十分鐘後，蕭聿沁從更衣室走出來，換下西裝的她穿上忌莫準備的黑色T恤跟白色短褲，腳上穿著白色慢跑鞋，那快要及肩的短髮則綁起了小馬尾，讓原本冷冰冰的她多了一點人氣。忌莫看著滿意的點點頭：「妳穿這樣果然好看，我本來還打算給妳短版T恤讓妳走性感風的，但妳一定會生氣，所以就算了。」

蕭聿沁聽著揚起絕對不帶笑意的笑容，皮笑肉不笑的回著：「妳要是敢這樣，我們就不用當朋友了。」

「幹嘛這樣。欸對，欣潼呢？她沒說要跟妳一起來？」她們三個是大學同學，彼此間都熟識，而且葉欣潼和蕭聿沁又在同一家公司，三個人約起來也方便，所以只要時間許可，她們三個都會約出來吃飯聊天，甚至會到彼此家中過夜。

「她不知道我要來找妳。」蕭聿沁一邊做著暖身操一邊說道，「她在跟我們公司合作的設計師討論辦公室裝潢的事，所以我沒找她。」

「設計師？妳們公司有室內設計師？」

「沒有，是外聘的。不過社長有意在雜誌裡搞一個室內設計的專欄，如果設計公司願意的話，可能之後會跟他們談合作。」

哦哦，見她暖身的差不多了，忌莫領著她走往另一頭，兩個女人雙雙踏上跑步機，一連串的操作之後快步走了起來。

「欸，妳不是說妳是來健身房上班的，這樣一直陪我可以嗎？」

「可以啊！這個時段又沒有我的學生。」忌莫聳了聳肩，沒有學生的情況下，她只要注意一下現場的狀況就可以了，何況這個時段人本來就少，否則她怎麼會還在這種時候叫蕭聿沁過來？為的就是要讓她發洩心裡的不快，「跟妳說，我多有義氣，我們健身房老闆今天本來要請吃飯，我為了陪妳去喝酒，剛剛打電話跟他說我不去了。」

「妳有聚餐就去啊，妳不怕妳老闆找妳麻煩。」蕭聿沁說著皺起眉頭，雖然她處的領域和忌莫不同，但各行各業的生存模式其實並沒有太大的差別。她也知道職場有多麼險惡，一大堆老闆知道員工不去聚餐便認為員工難搞，甚至趁機在之後的工作上刁難員工，難保忌莫的老闆不會是這種人。

「不會啦！妳忘了我說老闆是我朋友？他人真的很好也很老實，不會計較這些。」

「對，妳說妳朋友，我怎麼沒聽過妳有這號朋友，還搞健身房？」蕭聿沁說著按下跑步機上的加速按鈕，她今天絕對要跑個痛快，好好地把所有的不甘心發洩出來。

「一個木匠介紹的，我不是有一陣子去木工廠攝影，那時候跟那邊的木匠交了朋友，沒多久就介紹給我認識了。」忌莫見她跑了起來，自動加大了聲音，「我那朋友超厲害的，還開了間室內設計的公司，等一下他應該會過來，我再介紹你們認識。」

「嗯哼。」蕭聿沁隨口應著，如果是平常她絕對對交朋友沒有興趣，不過忌莫的眼光一向不差，交的朋友也都是值得深交的類型，她從沒懷疑過忌莫看人的眼光。

看她那敷衍的答法，忌莫明白她想專心跑步，索性閉上了嘴不再說話。蕭聿沁平常不是喜歡運動的人，但難得有可以好好發洩的時候，不愛運動的她硬是跑了整整一個小時，一直到她跑累了，伸手將跑步機的速度調慢，忌莫才再次開口：「對了，我一直忘了問妳，妳上次為什麼突然叫我送一籃蘋果到醫院去？」

嗯？蕭聿沁一邊快走一邊調息，過了一會才回道：「公司職員的媽媽開刀，想說還是要意思意思的送些水果過去。」

「可是妳又不是喜歡做場面的人，妳蕭聿沁欸，哪可能特地送水果只為了意思意思的表示一下？」

蕭聿沁瞥了她一眼，有時候她都不知道交到她們這些朋友是好還是壞，忌莫和葉欣潼都太了解她了，總能一眼看破她的想法，想瞞都瞞不住。她嘆了口氣如實招來：「他媽媽開刀的當天，他的報告沒有做好，所以被我留下來。」

「喔……」忌莫揚起瞭然的笑容，「但妳又不想拉下臉收回成命，畢竟他工作沒做好是事實，可是心裡又覺得過意不去，所以送一籃蘋果當作賠罪，是嗎？」

這女人可不可以不要這麼了解她？每次被忌莫看透她都覺得難堪。蕭聿沁瞥了她一眼，有些彆扭的點頭：「嗯。」

「不對啊，那妳幹嘛不署名？這樣妳員工都不知道那籃蘋果是妳送的，搞不好還會在私底下說妳不近人情。」

蕭聿沁微微挑眉，腦海中想起上次在員工辦公室裡聽到的談話，不得不說忌莫還猜得真準，連這種事都猜出來了。她聳了聳肩滿臉的無所謂：「他們愛講就講，我又不是會在意別人說什麼的人。」

忌莫無語，蕭聿沁這個人就是這樣，只做她認為對的事，別人說什麼她一概不管，雖然說這樣不是不好，但難免會讓周遭的朋友替她不平。

「欸！老闆來了！」

「老闆，要去吃飯了嗎？」

後頭傳來員工熱絡打招呼的聲音，兩個女人雙雙關掉跑步機回過頭，不過因為跑步機的區域在健身房的最底端，蕭聿沁沒能看清楚來人，只是用手肘推了推忌莫：「欸，妳朋友來了，妳不去打個招呼？」

「嗯，那我去一下，妳在這裡等我。」忌莫說完根本沒等她回答便跑著離開，蕭聿沁拿起忌莫替她準備的礦泉水便是一陣猛灌，跑了一個多小時也流了不少汗，不補充點水分實在不行。

「欸大家準備一下，準備吃大餐囉！」男人的聲音自門口的方向傳來，想是忌莫口中的朋友，也就是這家健身房的老闆。不過那聲音讓正在喝水的蕭聿沁一頓，為什麼她覺得這聲音那麼耳熟？

應該是她想多了吧，蕭聿沁繼續手上喝水的動作，她的朋友裡也沒有誰是開健身房又當室內設計師的，而且世界上聲音相像的人也不少，應該是她認錯了。

「欸阿葉。」隱約可以聽見忌莫打招呼的聲音，沒多久後腳步聲走近，蕭聿沁想著大概是忌莫準備下班了，伸手將掛在跑步機上的毛巾抽起掛上脖子，不忘擦了擦臉頰以及頸間的汗珠。

眼尾瞥見從轉角處走來的人影，蕭聿沁下意識的轉過頭，卻在看到來人時一愣。只見忌莫帶著一個男人走了過來，只是那個男人她居然也認識？

「阿葉，跟你介紹一下，這是我朋友蕭聿沁，在一家雜誌社工作，搞不好你們以後會有合作機會也說不定。」

她的話葉子珩根本沒聽清，他跟蕭聿沁一樣當場愣在原地，本來想著忌莫說要介紹朋友給他，認識一下也不錯，但他壓根沒想過忌莫的朋友居然是蕭聿沁。

忌莫根本沒注意到愣住的兩人，自顧自地又看向蕭聿沁：「這是葉子珩，他是室內設計師跟這家健身房的老闆——」

「欸忌莫。」反正他們認識的事忌莫早晚要知道，蕭聿沁也實在沒耐心等她繼續說下去，一把打斷了她的話，「不用介紹了，我們認識。」

她說完這話抬起頭看向眼前的葉子珩，禮貌的頷首示意：「葉先生。」

「蕭總編。」葉子珩也點頭當作打招呼，無意間瞥了眼她身上的穿著，這讓他再次錯愕。過去一個月因為雜誌社室內設計案的關係，他們兩個碰見的次數也不算少。但平常跟她碰面都是在雜誌社裡，而她也總是穿著一身小西裝，一臉冷冰冰的樣子，他實在沒想過蕭聿沁穿著一般短T短褲的模樣。

蕭聿沁表面上平靜無波，但握緊寶特瓶的手彰顯了她的彆扭。她實在沒想過會在這種地方遇上自己的工作對象，而且對方居然還是忌莫的朋友？她該先感嘆世界太小還是感嘆命運捉弄人啊？

不過……蕭聿沁暗自觀察著眼前的男人，她沒記錯的話，公司的資料上寫著葉子珩今年才三十一歲，他甚至比她小了五歲，年紀輕輕就又開設計公司又開健身房的，有這麼成功的斜槓青年嗎？

「蛤？你們認識？」這下換忌莫錯愕了，這兩個人在生活上壓根沒有交集，怎麼可能會認識？「欸等等等等，該不會阿葉就是妳剛剛說的那什麼……妳們公司的室內裝潢設計師？」

「嗯。」蕭聿沁看了葉子珩一眼，嘴角再度掛上她的招牌制式笑容，「這陣子雜誌社要重新裝潢，所以跟葉先生有些合作。」

「欸欸欸。」忌莫滿臉莫明奇妙地瞪了她一眼，「你們兩個也太生疏了吧？都已經離開公司了，直接叫本名就好，有必要這麼見外嗎？」

「葉子珩。」忌莫說完伸手指了指葉子珩，接著又轉過身指向蕭聿沁，「跟蕭聿沁，ＯＫ？」

一男一女尷尬的僵笑，現場的氣氛涼到極點，也就只有忌莫完全沒發覺。葉子珩像是想到了什麼，忽然問道：「所以妳今天說要陪朋友喝酒不能來聚餐，是為了陪她啊？」

什麼？蕭聿沁一個眼神飄向忌莫，她有沒有搞錯？居然連這種事都跟葉子珩說？她就不能說要陪朋友就好嗎？提她們要喝酒幹嘛？

「嗯，對啊！」偏偏忌莫完全沒有發現她那銳利的目光，「她哦，每次心情不好都會找我喝酒。」

心情不好？葉子珩聽著有些驚訝。不過他很快便掩下情緒微笑問道：「還是既然大家都認識，妳要不要跟我們一起去聚餐？」

一旁的忌莫睜亮了眼連忙幫腔：「對欸！我剛剛想說你們不認識，讓妳去也很尷尬，但既然都認識，就一起去吃飯嘛！」

蕭聿沁一個涼颼颼的眼神往忌莫瞪了過去，忌莫連忙閉嘴，一邊不滿的咕噥著，她也知道蕭聿沁不喜歡人多的社交場合，但總得偶爾出去走走，不然她要永遠當個邊緣人嗎？

見忌莫閉嘴，蕭聿沁揚起微笑看向葉子珩：「不好意思，我晚點還打算回公司工作，所以可能不方便一起。」

「妳就算喝完酒要回去工作也要吃飯吧。」忌莫再次咕噥道，見蕭聿沁的眼神又瞪了過來才連忙喊道：「好好好，不去就不去。」

看到她們兩個的互動，葉子珩揚起了淺笑，輕點點頭：「沒關係，那就改天有空再一起吃個飯。」

蕭聿沁點了點頭，輕聲說了句「那我先走了」便掠過葉子珩離開，忌莫見她走的飛快連忙跟上，離開前不忘對葉子珩擠眉弄眼的，想也知道在暗自計畫著什麼。

葉子珩一開始還不懂，後來忌莫嫌他笨，湊到他耳邊說了幾句話，葉子珩才瞭然的笑了出來，揚手比個ＯＫ的手勢，忌莫見狀才滿意地轉身離開。

葉子珩無奈的看著兩人的背影輕笑，看來今晚會很熱鬧呢。

換回原本的西裝套裝後，蕭聿沁領著忌莫準備離開健身房，健身房裡早已沒有半個人，大門的鐵捲門也已經被關上，想是員工們全去吃大餐了。

忌莫帶著蕭聿沁從後門離開健身房，葉子珩還特地留了幾盞燈給她們，以免她們在黑暗中撞到健身房的器材，器材壞了是小事，健身房裡一大堆重物，萬一人被壓傷了那才叫不妙。

確定健身房的門都鎖好以後，忌莫直接坐上蕭聿沁的車，反正兩個人都要去同一個地方，也沒有必要開兩台，何況有人載她也樂得輕鬆。開車前，忌莫不忘小心的繫上安全帶，她可沒忘記蕭聿沁每次開車都開得飛快，連一般道路都當成高速公路在開。

「欸，我好餓喔，我們先去吃晚餐好不好？」

「妳餓了？」蕭聿沁抽空瞥了眼車上內建的電子鐘，「才六點半，妳這麼早就餓了？」

忌莫沒好氣地扯扯嘴角：「我又不是妳，每次都忙到半夜才吃晚餐。而且妳要喝酒也得吃點東西墊肚子吧？空腹喝酒妳就不怕胃痛？」

「好好好。」蕭聿沁連忙應聲，她最怕的就是忌莫和葉欣潼嘮叨，這兩個女人碎唸起來比那些難搞的工作夥伴還可怕，「妳想吃什麼？」

「我知道有一家新開的小吃店！在建和路上！」忌莫知道她答應了，瞬間睜亮了眼，「怎麼樣？妳有沒有興趣？」

蕭聿沁有些狐疑的瞥了忌莫一眼，總覺得有哪裡奇怪。忌莫是個喜歡讓別人決定的人，平常問她要吃什麼，忌莫都會說她決定就好，怎麼今天這麼熱絡的提出意見？

不過蕭聿沁沒有多想，果斷地打了個方向燈迴轉，建和路在另一個方向：「嗯，就去那吧。」

然而去小吃店的路上並沒有想像中的順利，畢竟晚間七點正是巔峰時段，許多上班族正準備回家，路上塞車不說，更有許多三寶鑽來鑽去。蕭聿沁按喇叭按得都煩了，不耐煩的呼了一口氣，一旁的忌莫連忙憋住氣息，就怕自己呼吸太大聲也會惹火蕭聿沁。

所幸煎熬的時間並沒有太長，半個小時後，蕭聿沁的車子總算在小吃店外頭停下，蕭聿沁俐落的開門下車，忌莫則在她後頭連忙跟上。向櫃台拿了點單，兩個女人往店內走，蕭聿沁暗自打量著，這家店的裝潢很新，室內整潔看起來也不錯。兩個老人家在爐前忙碌著，不知道為什麼，莫名的讓人有種溫馨的感覺。

「欸？忌莫？」走進店內，兩個女人正準備找個位子坐下，不遠處忽然傳來熟悉的叫喚聲，她們倆雙雙回頭，只見葉子珩和健身房的員工圍著其中一個圓桌，這讓蕭聿沁暗自挑眉，最好是這麼剛好連吃個晚飯都能遇見？

「欸？好巧喔！」忌莫發出了一點都沒有驚喜感的驚呼聲，這便是她剛剛離開前跟葉子珩說的，她想找個藉口把蕭聿沁騙來一起吃飯，雖然讓葉子珩請她吃飯有些不好意思，但她是真的希望蕭聿沁可以多認識一些人，否則她的生活真的太孤寂了。而葉子珩知道蕭聿沁是忌莫的朋友，自然也欣然答應，表示只要蕭聿沁願意過來，他們絕對歡迎。

「是真的很巧。」蕭聿沁揚起微笑，如刀子般銳利的眼神涼颼颼的看向忌莫，像是準備要聽她怎麼解釋，「妳搞的？」

「呃……」忌莫乾笑了兩聲，明白自己不可能騙過蕭聿沁，索性直接坦白，「我想說難得有妳認識的人，既然認識了一個，妳也可以再認識更多個嘛。」

「忌莫，我不想掃妳的興。」蕭聿沁重重的嘆了口氣，直白了當的坦明。但她依然不忘壓低聲音，今天如果是別人，她大可以直接讓對方難堪，但畢竟今天在場的全是忌莫的同事，她也不想讓忌莫為難，「但妳應該知道，我很討厭人多的社交場合，那讓我覺得很虛偽。」

「我可以接受的最大範圍，只有我們坐他們的隔壁桌。」蕭聿沁淡淡地說著，「坐隔壁桌跟直接走人，妳自己選一個。」

「……坐旁邊就坐旁邊。」忌莫有些不滿的碎唸了幾句，但還是乖乖的在旁邊找個位子坐下，她也知道交朋友這種事是不能勉強的，強迫蕭聿沁走出來，只怕反而會把她搞瘋。

兩個女人畫完點單後，蕭聿沁拿了錢包準備起身到櫃台結帳，沒想到下一秒手中的點單被一把抽走，她有些錯愕的看向來人，只見葉子珩站在她的身邊低頭看著她，手上拿的正是她們的點單。見她被嚇到了，葉子珩揚起善意的微笑：「抱歉，嚇到妳了。但我說過今天這餐我請客的。」

他說完這話便往櫃台走，根本沒給她說不的機會。一旁的忌莫簡直想起身幫他鼓掌，沒錯沒錯，對付蕭聿沁就是要直接來硬的，最好是讓她愣在原地沒辦法反應。可惡，她可得找個時間跟葉子珩好好學學，不然每次蕭聿沁一發脾氣她就不敢吭聲，那也太弱了。

「為什麼我覺得妳根本在看好戲。」見忌莫在一旁偷笑，蕭聿沁沒好氣地說著，有什麼好笑的？不就是點單被搶走嗎？

「我難得看妳這麼手足無措欸。」明知道她只是被葉子珩的舉動嚇著了，忌莫還是打趣的說道，「應該把剛剛那幕拍下來傳給欣潼，她一定會把照片洗出來裱框。」

真的無聊。蕭聿沁輕嘆口氣搖搖頭，這兩個女人總愛以捉弄她為樂，她當然知道她們只是希望她能夠放鬆一點，但說實在的她並不覺得現在這樣有什麼不好。

「下一則新聞為您報導，國內知名雜誌社CONSTANCE的總編徐家榆今日接受美國總公司採訪，本台記者獨家掌握了採訪內容。」

「CONSTANCE在台灣已經設立十多年，但先前的銷售業績及評價始終平平，一直到近幾年徐家榆總編上任後，雜誌社蒸蒸日上，如今已經邁入全國前三大雜誌社，不過徐總編表示這樣的成績她還不滿意，她的目標是讓CONSTANCE成為全台最大的雜誌社。根據徐總編的說法，她每天都會在雜誌社裡忙到三更半夜才回家，也難怪能夠在短時間內創造出這樣的成績，相信在徐總編的帶領下，CONSTANCE成為台灣第一大雜誌社是指日可待的事情。」

小吃店內的電視忽然播報起這則新聞，聽到這內容的忌莫愣了一下，有些擔憂的瞥了眼蕭聿沁，雖然說這樣的報導對蕭聿沁來說應該已是家常便飯，但也難保她不會難過。

不過蕭聿沁並沒有什麼太大的反應，動手抽了幾張衛生紙開始擦拭餐具，這種新聞她早看習慣了，不差這一次。

付完帳走回店內的葉子珩也正好看到了這則新聞，下意識地看了眼兩個女人的反應，忌莫的擔憂全被他看在眼裡，這讓他更加的好奇……蕭聿沁的背後，到底藏著什麼祕密？

「欸！這家雜誌社我知道，我老婆有買。」忌莫原本想著新聞播完就沒事了，沒想到一旁健身房的同事竟聊了起來，「我老婆也說近幾年他們家的雜誌越做越好，而且有深度又有廣度。我記得他們每年都會辦一個讀者同歡會，讓公司的社長、副社長以及各個編輯跟雜誌讀者一起同樂，我老婆每年都想去，今年不知道有沒有被抽到。」

「我有聽我女朋友說過，他們家的雜誌真的蠻優的。這個徐總編真厲害，上任後就把原本不怎麼樣的公司撐了起來，也不知道吃了多少苦，佩服！」

「對啊！徐家榆真的是偶像，我老婆還說她去同歡會什麼都不求，只希望能夠跟這個徐總編拍張照或握個手，就心滿意足了。」

一旁的忌莫蹙起眉頭，他們一個個徐總編、徐總編的叫，殊不知真正的CONSTANCE總編就在這裡。雖然說對於假總編的事他們並不知情，也實在不能怪他們，但心裡就是堵堵的。而且……忌莫看向滿臉淡漠的蕭聿沁，她也不希望蕭聿沁聽到這種話。

蕭聿沁嘴上不說，但她知道，那些話肯定狠狠的刺痛著她的內心。

忌莫正打算回過頭說些什麼轉移話題，蕭聿沁忽然用腳踢了她一下，她有些錯愕的看向她，蕭聿沁只是淡淡地說道：「他們要說就給他們說，徐家榆是總編的事，對於外界來講本來就是事實。」

「欸老闆。」其中一個員工發現了站在門口的葉子珩，連忙招招手，「怎麼站在門口發呆？」

「哦，沒有。」葉子珩淺淺笑了笑往位子上走，「只是看到新聞在想事情。」

「咦？對耶阿葉，你前陣子不是說你接了CONSTANCE的室內設計案？」蕭聿沁聽到這裡往圓桌的方向瞥了一眼，卻正好對上葉子珩看過來的目光，「我記得你說全公司都要重新設計吧？你有沒有在雜誌社看到徐偶像？」

「哦……沒有。」葉子珩淡淡的回著，一旁的蕭聿沁緩緩閉上眼，心裡正想著完了，下一秒葉子珩的回覆卻讓她吃了一驚，「可能是她在開會吧，所以我沒碰見。但我有遇到另一個編輯，是她負責跟我開會的，我還不小心遲到了一下，對她有點不好意思。」

他說著瞥向蕭聿沁，跟她對上眼後微微一笑，示意她不必擔心。他本來就不是喜歡八卦的人，而且既然會瞞著就代表她有她的苦衷，他沒資格、更沒必要戳破。

「上菜囉！」老闆娘的聲音從一旁傳來，蕭聿沁回過神來說了聲謝謝，漫不經心的開始吃著碗裡的麵。不知道為什麼，有種自己的存在被肯定著的感覺。

吃飽飯後，蕭聿沁和忌莫向葉子珩打了聲招呼便駕車離開，吃飽後的蕭聿沁心情明顯的好了不少，這讓忌莫微微一笑，看來剛才在小吃店裡的事並沒有影響她多少。

想當年蕭聿沁才二十幾歲，每每看到自己的成就被歸在徐家榆身上，都會一個人在夜裡崩潰大哭，或是提著一打啤酒找她跟葉欣潼喝個爛醉。但如今看到這種新聞，蕭聿沁居然已經可以輕鬆帶過了。忌莫看著她的側臉思考著，該說她是堅強了，還是麻木了？但不管是哪個，都讓人萬分心疼就是了。

「到了。」車子停在酒吧旁邊，蕭聿沁才剛熄火便打開車門一腳跨出車外，這讓一旁的忌莫扯了扯嘴角，是有沒有這麼急著想喝酒？酒吧就在旁邊又不會跑！

兩個女人走進酒吧裡頭，蕭聿沁習慣性的打量著店內的裝潢，就像一般的酒吧一樣，裡頭盡是昏黃的燈光，但跟其他酒吧的黃光相比，這裡的光線又稍微柔和了一點；店內播著輕音樂，客人們分散在各處角落，有的輕笑交談著，也有人愁眉苦臉的搖頭嘆氣。

總有人把酒吧跟夜店搞混，記憶中也曾有人跟她說過，酒吧是世界上最複雜的場域，但蕭聿沁覺得不然，之於她而言，酒吧是世界上最具包容力的地方。瞧瞧這間酒吧，裡頭坐著或沮喪或開心的人，它承載了無數人的喜樂，以及無數的悲歡離合。

酒吧複雜嗎？蕭聿沁坐上吧檯前的椅子，腦海中終於想出了最合適的解釋。

情緒上的確是複雜的，但裡面的人並不複雜。

「兩位想喝點什麼嗎？」兩名調酒師在吧檯內忙碌著，其中一位調酒師遞上了點單，兩個女人仔細的研究了一番，「還是需要我幫兩位介紹？」

蕭聿沁看著手上的點單仔細思考著，即使是同款項的調酒，由不同的調酒師調出來的口味也會不一樣，不過如果是基酒倒是沒有這個問題。她抬頭看向調酒師：「灰雁one shot。」

「妳呢？」蕭聿沁說著不忘詢問一旁的忌莫，這傢伙研究了這麼久，總該研究出一點東西了吧？「想喝什麼？」

「欸。」忌莫小聲的湊到她耳邊，「這些酒看起來酒精濃度都好高，還是妳幫我推薦啊？我不敢喝酒精濃度太高的。」

蕭聿沁在心裡「啊」了一聲，也是，忌莫的酒量一向不好，她只顧著自己想喝酒，不小心把她給忘了：「這樣吧，妳喜歡什麼水果？或是果汁之類的。」

「啊？」忌莫不可思議地看著她，難道蕭聿沁要她到酒吧喝果汁嗎？儘管疑惑，她還是如實回答，

「我喜歡水蜜桃汁。」

一旁的調酒師聽了她們的對話，一下子便明白蕭聿沁問這問題的用意：「那我幫小姐調一杯水蜜桃風味的特調？」

忌莫眨了眨眼，最後用力的點頭，蕭聿沁不忘在一旁補充：「酒精濃度低一點的。」

調酒師點了點頭轉身開始調酒，一旁的忌莫忍不住佩服的看向蕭聿沁，看得出來她常跑酒吧，不過蕭聿沁跑了多少次酒吧，就代表她受了多少次挫折跟打壓。酒吧對她來說應該都是不好的回憶吧？這樣她究竟是真心的喜歡酒吧，還是只是喜歡這個可以接納各形各色的人的地方？

畢竟始終不能在出版界露面的她，最期望也最需要的，就是接納吧？

「這麼巧妳們也在這裡？」過於熟悉的嗓音自後方傳來，兩個女人雙雙回過頭一看，只見葉子珩從酒吧的門口走進來，一邊朝她們打招呼。他原本也想著光看背影會不會認錯，但一身西裝套裝的蕭聿沁實在太好認，根本沒有認錯的可能。

見他也出現在酒吧，蕭聿沁想起什麼似的瞇起眼回頭看向忌莫，像是要她給個解釋。忌莫自然知道她誤會了什麼，搖頭又搖手的：「這次真的不是我！剛剛在小吃店那個我認了，是我刻意把妳帶過去，但我真的不知道阿葉也要來這裡。」

「忌莫，妳應該知道我最討厭欺騙。」蕭聿沁顯然沒有被說服，依然用眼刀凌遲著她，忌莫急的都快哭了出來，這次她真的沒有啊！

「這次忌莫真的沒有說妳們會來這裡。」聽見她們的對話，葉子珩微笑著開口為忌莫解圍，「我是這家店的……常客，但我沒跟阿莫說過這裡，她也沒提過要來。」

常客？蕭聿沁聽到這才放過忌莫，葉子珩淺淺一笑，指了指她左邊的空位：「介意我坐這裡嗎？」

蕭聿沁在心裡嘆了一口氣，她實在不喜歡私底下跟工作對象有太多的交集，但是葉子珩是忌莫的朋友……應該勉強可以信任吧？三秒後，蕭聿沁點了點頭，葉子珩這才笑著坐下。

「妳的shot。」調酒師端上小小的shot杯，同時注意到了葉子珩。他有些驚訝，看著葉子珩正打算說些什麼，卻被他使個眼色讓他閉嘴。調酒師暗自咕噥著，酒吧裡只有兩個調酒師很累欸，結果葉子珩居然還在旁邊納涼聊天。

「妳喝這麼烈的酒？」葉子珩看著蕭聿沁手上的shot有些驚訝，基酒的酒精含量不低，除非是酒量極好的人，否則一般人只怕不敢隨便點shot來喝。

「嗯哼。」蕭聿沁隨意的回了一句，拿起杯子一口乾掉，有時候喝點烈酒，反而能讓自己更清醒。無論是理智上，還是情感上。

見她不太搭理自己，葉子珩也沒有太過在意，只是微微的笑了笑，轉頭看向一旁的調酒師：「給我一杯琴通寧，通寧水多一點，檸檬角幫我改成檸檬片。」

調酒師滿臉不爽的看著他，眼裡閃爍著想揍人的光芒，但最終還是點了點頭，表示等等做給他。

蕭聿沁瞥了身旁的男人一眼，琴通寧是用琴酒加上通寧水跟檸檬角製成的調酒，算是調酒中的基本款。通寧水主要用來調整調酒中的氣泡以及苦味，想要調整整杯琴通寧的口感，只要在通寧水上做調整，整杯酒就會變得不同。

尤有甚者，頂尖的調酒師還會將冰塊用開水沖過再放進調酒杯中，沖過水的冰塊融化的慢，也能夠確保整杯酒的品質。

蕭聿沁微微抿唇，沒想到這男人居然對於酒種也有研究，還挺有趣的。

第三章　深談

幾個禮拜後，確定雜誌社的總體設計圖無誤，葉子珩正式安排動工。不過因為工程期間總會敲敲打打的，怕影響到公司辦公，葉子珩還特地給了加班費，請工程師假日到雜誌社工作。在沒有人上班的時候把該打掉的地方都打掉，上班時則進行貼磁磚、放家具等較不會發出聲音的工作。如此一來工程得以順利進行，也不會影響到雜誌社辦公。

不得不說葉子珩實在細心，蕭聿沁原本還以為得在滿是噪音的環境下工作，沒想到葉子珩先替他們想到了這點，著實解決掉了一個大麻煩。

正午時分，蕭聿沁正研擬著下一期的雜誌專欄，門外忽然響起敲門聲，下一秒總編辦公室的門被一把打開。蕭聿沁連頭都沒抬，敢不等她說請進就擅自闖進來的，除了葉欣潼絕沒有第二個人。

「幹嘛？」蕭聿沁拿了鉛筆修改草稿，低著頭隨便說了句，反正葉欣潼來她辦公室十有八九是來聊天的，沒必要太認真應對，「我晚上有會要開，沒辦法跟妳吃飯。」

「我也沒有要找妳吃飯好嗎。」葉欣潼沒好氣的說著，哪有別人還沒開口就直接拒絕的？「妳的咖啡，本來要買珍珠奶茶給妳的，但想想妳昨晚應該沒睡。」

她說著將一杯星巴克的咖啡放到蕭聿沁桌上，蕭聿沁依然沒有抬頭，匆匆的瞥了一眼：「謝了。」

「妳沙發區借我一下。」葉欣潼說著便往沙發區走去，蕭聿沁還埋在文件堆裡，隨口應了一聲。葉欣潼的辦公室正在重新整修，只能在臨時辦公室裡辦公，偏偏臨時辦公室又沒有會客區，所以每每需要會客，葉欣潼都會來她的辦公室借用她的沙發區，這點她早已見怪不怪。

……等等，會客？過了幾秒蕭聿沁才意識到不對勁，葉欣潼有帶人進來嗎？抬頭一看，只見葉子珩不知道什麼時候進辦公室的，跟在葉欣潼後頭走到沙發區。見她看過來，他微笑點頭示意，搞的蕭聿沁有些不知所措的跟著頷首。

「你最近每天都在這裡監工，辛苦了。」沒注意到兩人的尷尬，葉欣潼笑著開口。她對於葉子珩的工作表現十分滿意，很少看到設計師每天到場監工的，一般的設計公司頂多派個員工過來隨便看看，而葉子珩竟從頭到尾都親力親為，「我找你來是想問你，上次有跟你提到，我們想在雜誌裡增列一個室內設計的專欄，每個月介紹一些家具、擺設或是小常識，不知道你考慮的怎麼樣？」

「這部分我想過了，能夠成為CONSTANCE的合作夥伴非常榮幸，我一定會盡力做到最好。」

「太好了。」葉欣潼可開心了，她正為了要去哪裡找值得信任的設計工作者煩惱，好險葉子珩願意，否則她還真不知道該去哪裡找人，「合同的部分我再請社長秘書去找你簽約，合作關係會在下個月的會議中宣布，到時候還得麻煩你來公司開會。」

「妳確定要給社長秘書辦？」聽見她的話，原本正忙碌的蕭聿沁從資料堆裡猛然抬頭，緊皺著眉頭開口，「她都上任一年了還丟三落四的，這麼重要的東西能給她辦嗎？」

「那不然怎樣？妳要跑這一趟嗎？」葉欣潼噘著嘴看向她，蕭聿沁已經夠忙了，總不可能這點小事還要叫她做吧？

「我沒差啊。」蕭聿沁隨手整理桌上的文件，「反正之後室內設計的專欄也得由我負責，有的是需要接洽的時候，又不差這一次。」

「對了，葉子珩。」蕭聿沁話說到一半，想起什麼似的抬頭看向他，「你上次說員工辦公室的木櫃要換掉，是要換什麼款式的？財務部說想先確認一下照片，他們做紀錄要用。」

「這個……副座那邊還沒有給我決定。」

蕭聿沁聞言沒好氣的瞪向葉欣潼，搞了半天結果問題出在她身上：「葉副座，請問您決定好了嗎？」

「呃我……」葉欣潼乾笑了幾聲，「我是有看到幾個比較適合的，但是DM上的照片難免有落差，我原本想說找個機會到工廠看一下實體再來決定。」

葉子珩輕點點頭，葉欣潼的顧慮的確有道理，萬一到時候買了櫃子卻發現不適合，臨時要換貨也有些麻煩：「還是這樣，我現在正好要去木工廠一趟，看看副座要不要一起上山看櫃子實體，我也可以順便跟您討論之後雜誌專欄的主題方向。」

「我也很想去，但是我半個小時後有一場會要開。」葉欣潼有些為難的說著，能偷溜出去玩誰不想啊？偏偏那場會議又不能不到。她說著頓了頓，轉頭看向蕭聿沁，「欸，還是妳跟他一起去？妳晚上才有會應該來得及。」

「我？」蕭聿沁滿臉莫名其妙的看向她，「我還有桌上這些文件還沒看。」

「那我幫妳看，我開完會有時間。」葉欣潼說著一把搶走她桌上的一疊文件，「妳剛好出去透透氣，忙整天了妳不累啊？而且之後的室內設計專欄不是妳負責嗎？也可以順便討論一下。」

蕭聿沁無語的瞪著眼前的女人，心裡萬分不爽卻又拿她沒辦法，最終嘆了口氣拿過包包，率先走出總編辦公室，經過葉子珩旁邊時不忘喊了聲：「走了。」

離開雜誌社後，兩人搭了電梯抵達雜誌社的地下停車場。蕭聿沁本來還打算自己開車，但畢竟要走山路，外頭又正好下著大雨，對路況不熟悉的情況下開車上山實在危險，再三考量後，蕭聿沁總算打消了自己開車的念頭，轉身坐上葉子珩的副駕駛座。

兩人驅車前往山上的木工廠，蕭聿沁看了眼手上的導航，抵達目的地居然還要一個半小時的時間，那個木工廠到底有多遠啊？

往窗外一看，雨勢在稍早已然停止，山中漫著霧氣，霧不濃，不至於影響開車視線，卻增添了不少神祕感。蕭聿沁搖下窗戶，時序入秋，外頭多了點涼意，但是並不會冷，她就這麼靜靜的看著窗外，眼底平淡無波。

已經多久沒有這樣靜靜的看著山頭了？

整整十多年的時間，她的生活除了工作還是工作，每天活得心驚膽顫，就怕自己還沒能帶起CONSTANCE，CONSTANCE便被連根拔除。別人口中的歲月靜好她從來沒能好好體會過，之於她而言，只有徐毅能垮台了，她才能擁有所謂歲月靜好。只可惜這輩子恐怕是不可能了。

葉子珩抽空瞥了眼身旁的女人，她那一頭快要及肩的短髮隨風飛揚著，她特有的清爽氣息也隨風飄來，蕭聿沁的雙眼微微瞇起，不時閉上眼睛減緩因為風吹而引起的乾澀。不知道為什麼，儘管她依舊面無表情，但葉子珩總覺得跟她的距離少了一點。

「對了，我一直想問妳，上次在健身房……妳知道我是健身房的老闆之後，眼神為什麼怪怪的。」實在不習慣車內的安靜，葉子珩忽然開口。蕭聿沁聞言回頭看向他，她還以為她藏的很好，連忌莫都沒有發覺，沒想到還是被他發現了？

她沒有立即回答，反而回過身子關上車窗，風吹久了眼睛實在有些不舒服。過了一會她才淡淡的開口：「我只是覺得奇怪，你這種身材開健身房一點說服力都沒有，真的會有客人上門嗎？」

畢竟葉子珩雖然身高一百七十八公分，身材也不錯，但是跟那些長年健身的肌肉男相比實在相差的遠，他這種身材開健身房，真的會有客人想去健身嗎？

葉子珩聞言噗哧一聲笑了出來，像是對她的疑問覺得有趣，趁著開車的空檔瞥了她一眼：「開健身房要的是錢跟教練，又不是身材。只要我請的教練身材好就好啦。」

也是，蕭聿沁聳了聳肩，算是認同他的看法。外頭又飄起毛毛細雨，蕭聿沁看著眼前的路況，視線跟剛才相比差了許多，可是葉子珩絲毫沒有減速，而且又開的極穩，饒是她一個討厭走山路的人也沒有感到半分不適。看來葉子珩應該很常跑到這家木工廠，否則不會對這裡的山路這麼熟悉。

「你說的木工廠，是忌莫跟你都認識的那個老闆開的嗎？」蕭聿沁雙手抱胸淡淡地問著，葉子珩一愣，他沒想過忌莫有告訴她這件事，她們還真的是好朋友，忌莫居然連這麼無關緊要的事都跟她說了。

「嗯，那個老闆是我的大學教授，他退休後就跑到山裡自己開木工工作室。忌莫那時候跑到工作室應徵攝影學徒，剛好碰上就認識了。」

嗯哼，蕭聿沁淺淺的點了下頭，忌莫的確有一陣子腦袋抽風似的買了一大堆相機，甚至跑到各種地方學攝影。不過也不知道什麼時候開始，忌莫便絕口不提攝影的事，她跟葉欣潼也沒有打算追問，反正她想說的時候自然會說。

兩人沒再說話，又過了二十分鐘，車子總算抵達目的地，葉子珩說聲到了便開門下車，卻被蕭聿沁一把叫住：「欸，葉子珩。」

「幫我一個忙。」

什麼？正準備關上車門的葉子珩一愣，半彎下身往車內看向她，她還真難得有開口請人幫忙的時候：「怎麼了？」

蕭聿沁微微蹙眉，一雙眼堅定地看著他：「等一下進木工廠，不要跟任何人提到我是CONSTANCE總編的事。」

「連你的教授也不行。」

葉子珩聽著她的話一愣，連教授也不行？她到底在防著什麼？不過他沒有開口詢問，蕭聿沁想說的時候自然會跟他說，實在沒有強迫她坦承的必要。葉子珩微微一笑：「知道了，我不會說的。」

他說著關上車門，轉身率先往木工廠裡頭走去，蕭聿沁在車子裡看著他的背影，好險葉子珩什麼都沒有問，否則她還真不知道該怎麼解釋。

深吸了一口氣，蕭聿沁拉開門把下車，外頭依然飄著細雨，但她也沒拿什麼東西遮著，淋這點雨不過是頭髮微濕罷了，實在沒必要矯情的又穿雨衣又撐雨傘。

講白一點，她沒這麼嬌弱。

蕭聿沁加快腳步跟上前頭的葉子珩，後者默默地稍微放慢了步伐，下雨天地板又濕又滑的，她穿著高跟鞋走這麼快，萬一不小心跌倒肯定摔的不輕。兩人走進木工廠，才剛進去便看到一個地中海型禿頭的中年男人快步走來：「阿珩！」

「老師。」葉子珩上前，師徒倆話都沒說便是一陣擁抱。

「這是……」擁抱結束，男子這才發現葉子珩身邊帶了個女生，有些曖昧的看向他，「交女朋友啦？」

「……不是。」葉子珩苦笑，這老師什麼都好，就是喜歡亂腦補，「跟您介紹一下，這是我朋友蕭聿沁；蕭聿沁，這是我剛剛在車上跟妳提到的，我的大學教授許永光。」

「許教授，您好。」蕭聿沁主動伸出手，嘴角挑起淺笑，許永光見狀連忙笑著伸出手回握，葉子珩難得帶女孩子來，而且長得漂漂亮亮的，實在讓人很難不喜歡。

「蕭小姐，不用客氣，來這裡就當自己家。」許永光笑吟吟的說著，「這裡都可以到處逛沒有問題，妳可以請阿珩幫妳介紹，他是我的得意門生，專家等級的。」

「我知道。」蕭聿沁莞爾，葉子珩的專業程度的確是一流的，這點根本不需要誰幫他背書，只要跟他工作幾個小時便心知肚明。

許永光又跟他們寒暄幾句，說了聲還有木器正在製作便回頭忙著趕工。葉子珩領著蕭聿沁走進木工廠深處，蕭聿沁默默的打量整個木工廠，不得不說這家木工廠跟她以為的完全不一樣。

在她的記憶裡，為了雜誌社的採訪，她也曾去過不少郊區的木工工作室，但那些工作室總是飄揚著木屑及灰塵，每每採訪她都得戴著口罩，否則便會嚴重過敏。這家木工廠不只光線明亮，隨手往旁邊的木櫃一摸也不見灰塵，整體空氣品質極好，若是不知道的人只怕會以為這裡是家具行。

不遠處幾個木工師傅認真的做著各自的工作，每一個細節都力求精細，幾不可察的，雙手插在西裝褲口袋裡的蕭聿沁稍微放慢了腳步，不知道為什麼特別喜歡這裡的純樸。

「這裡。」前頭的葉子珩喊了聲，蕭聿沁這才回過神來跟上，「這一區都是木櫃，以員工辦公室的裝潢來看，我會建議用深色的木材，搭起來比較不會有違和感。」

「如果要說的話，我最推薦的是這個。」葉子珩用手拍了拍一旁的黑胡桃木木櫃，「不過社長那邊好像有疑慮，不太贊同用這種款式的。」

「那這個呢？」蕭聿沁指向另一個顏色較淺的櫃子，「這兩款感覺沒差多少。」

「這一款我比較不推薦，這款是白胡桃木木櫃，白胡桃木的硬度較低，木質脆弱易斷，雜誌社的資料又多又重，如果用這種木櫃的話，每兩年就得汰換一次。」

蕭聿沁沉吟著，葉子珩還真的是良心設計師，一般的設計師恨不得顧客天天汰換家具，否則怎麼賺錢？「你剛剛說社長有疑慮，他的疑慮是什麼？」

「呃……」葉子珩斟酌著用詞，總覺得自己好像小學生在打小報告似的，「社長的說法是，因為總編辦公室裡面的木櫃用的是這種材質的木材，總編和員工之間還是要上下有別，所以員工辦公室就不要用這種木材了。」

蕭聿沁聽到這裡沒忍住，翻了個大大的白眼，什麼身分有別？全公司大概也只有社長會在意這種東西，忙工作都來不及了，哪有時間管什麼身分有別：「員工辦公室就用這種款式的木櫃，社長那邊我會處理。」

葉子珩點頭表示明白，拿出手機在記事本記下，有蕭聿沁去找社長實在替他免去了不少麻煩，畢竟只要是蕭聿沁出面，社長應該也不好說不吧？

「阿珩！你過來一下！」遠處傳來許永光的叫喚聲，葉子珩連忙回了聲好，轉頭看向蕭聿沁：「我先過去一下，妳隨意逛逛。」

蕭聿沁嗯了聲當作回應，葉子珩快步朝聲音的來源奔去，這讓蕭聿沁感到好笑，是有沒有這麼急？她聳了聳肩，轉身朝工廠更深處走去，走著走著，蕭聿沁狐疑的腳步一頓，為什麼她好像聽到了水聲？

繼續往前走，前方透出亮光，蕭聿沁向前一探，原來光源來自木工廠後方的木棧平台，平台上擺著木桌木椅，中央種了一棵大樟樹，正好替整個平台擋下了雨水。

更為壯觀的莫過於對面山頭的瀑布，兩座山間只有一條溪水相隔，站在木棧平台上甚至可以感受到瀑布帶來的涼意。就連始終波瀾不驚的蕭聿沁也暗自在心裡驚訝，沒想到這裡還有這種地方。輕靠上木棧平台的欄杆，蕭聿沁難得享受片刻的輕鬆自在，這個木工廠實在讓人很難不喜歡。

「妳這麼快就發現這裡啦？」後頭傳來葉子珩的聲音，蕭聿沁沒有轉身，只是微微側過頭向後看，「我剛剛還想說要帶妳來這裡看看，沒想到妳自己先發現了。」

背對著他的蕭聿沁淺淺一笑沒有回話，葉子珩也不在意，逕自上前走到她身邊，下一秒一杯熱茶便遞到她眼前：「給妳，教授親自泡的。」

蕭聿沁一愣，盯著眼前的熱茶沉思了一會，一般來說廠商提供的東西她都是不喝的，畢竟業界生態險惡，時不時會有合作廠商下藥性侵的案例傳出，這也讓她格外小心注意。

見她猶疑著，葉子珩頓時明白她在顧慮什麼：「妳要是不放心，我喝一口給妳看？」

聽了他的話，蕭聿沁沒好氣地翻了個小白眼，接過他手裡的熱茶輕啜一口，茶不燙，卻也不涼，溫度控制得恰到好處；陣陣茶香撲鼻而來，入口之後還會回甘，實在是上等的茶品。

兩個人都沒有再說話，就這樣站在木棧平台上，一邊喝著熱茶一邊欣賞眼前的瀑布。外頭除了水聲以及蟲鳴鳥叫外，再無其他聲音，但他們竟也不覺得尷尬。

蕭聿沁又抿了口熱茶，她好像可以明白為什麼忌莫之前這麼喜歡這裡了。

#

幾個禮拜後的晚上，開完最後一次財務會議，成功爭取到一筆雜誌預算的蕭聿沁心滿意足的回到辦公室。時針指向十二點，她連忙收拾東西準備回家。

駛出雜誌社停車場，由於已近深夜，路上並沒有太多的行車，蕭聿沁看著眼前的路況，一邊思考著下一期雜誌的合作案。上次由葉子珩協助拍攝的那期雜誌在上個禮拜出刊，意外的受到不錯的迴響，下一期的雜誌會加入室內設計的題材，想必也會有不錯的效果。不過她沒打算公開負責專題的室內設計師就是雜誌封面模特兒的事，一來容易模糊焦點造成內容失焦；二來業界生態複雜，實在不必讓葉子珩過度露面，以免造成不必要的困擾。

再說葉子珩也不是喜歡高調的人，想來他也不會希望走在路上被認出來，或是莫名被媒體纏上。這種情況連他們內行人都盡力避免，也實在沒必要讓他沾惹一身腥。

正想著，手機鈴聲忽然響起，打斷了她的思緒。蕭聿沁將車子臨停在路肩，從包包裡翻出手機一看，來電顯示「謝立強」三個字，她沒有猶豫的直接接起：「怎麼了？」

他們平常沒有通電話的習慣，只有偶爾睡前會打個電話報平安、說晚安，他今天怎麼忽然打來，而且還在這種時候？

她正納悶著，另一頭的背景聲傳來護士喊人領藥的聲音，蕭聿沁一愣，這男人在醫院？「你在醫院？我現在過去。」

她說著正打算踩下油門，另一頭的謝立強一把叫住了她：「聿沁。」

「我們分手吧。」他淡淡的說著，沒有一點音調起伏，也沒有半絲猶豫。

「什麼？」

「我也不瞞妳了。」謝立強再次開口，「我三個月前出去約炮，搞大了一個女生的肚子，現在在醫院陪她拿安胎藥。」

「三個月。」蕭聿沁一字一字的重複著，看似冷靜，但原本放鬆的手此時緩緩握緊方向盤，「你三個月前還帶我回家見家長，結果跑去約炮是怎麼回事？」

「就是帶你回家見我爸媽後，那個晚上發生的。」另一頭的謝立強輕笑，「妳記不記得那天晚上，全家的人都在誇獎妳，說我多幸運才能交到年薪比我高的女朋友、說妳多有本事，說妳多厲害。」

「蕭聿沁，妳知道嗎？跟妳在一起我一點男人的尊嚴都沒有。」他繼續說著，如果是其他人蕭聿沁絕對會直接掛斷，但此時的她只覺得不甘，為什麼她不如外面隨便一個約炮的女孩子？

「我原本也覺得沒什麼，妳優秀也是我喜歡妳的其中一個原因。但是妳真的太優秀了，優秀到我旁邊的人總說我幸運，我的能力從來沒被他們看見過。」

「別的女孩子會扭不開瓶蓋、帶她去高級餐廳她會感動，但妳不是，妳什麼都要獨立、什麼都要自己來、帶妳去高級餐廳也不見妳開心，妳也不會小鳥依人，我都懷疑妳跟我在一起是真的愛我嗎？」

蕭聿沁深吸了一口氣看向窗外，這男人有沒有想過，幸福對每個人的定義都不同，經歷了這麼多之後，高級餐廳對她來講根本不重要。她想要的不過是平平淡淡，這樣也不行嗎？

「謝立強。」蕭聿沁極冷淡的喊了他的名字，「如果你要的女朋友是小鳥依人的類型，我可以明確的告訴你，我辦不到。」

「妳當然辦不到，我們認識了十年，妳從來沒有辦到過。」另一頭的謝立強酸言酸語的，「我也不想要改變妳了，我累了。」

「所以你打算放棄我，跟那個女的結婚？」

「對。」男人肯定的回著，「我也四十歲了，該成家了，她也願意嫁。我也帶回家給我媽看過了，我媽也挺喜歡她，我們過幾天就會去辦結婚，也希望妳能給我們祝福。」

「蕭聿沁，看在以往的情分上，我要提醒妳，女人不要太強，妳這樣子哪個男人敢要妳？要是妳可以再小鳥依人一點……」

「謝立強。」蕭聿沁厲聲打斷，這種鬼話她實在聽不下去，「你給我聽好，你可以不愛我、可以放棄我，但不要告訴我我應該要成為什麼樣子。這是我的人生我的個性，你沒資格替我做主。」

「還有，要祝福，我祝福你。」蕭聿沁淡然的說著，嘴角挑起一抹冷笑，「我祝你此生不幸。」

她說著一把將電話掛掉丟到一邊，胸口因為盛怒而起伏著，對於剛才的對話覺得荒謬又可笑。謝立強以前不是這樣的人，但說到底，人都是會變的。

她明白這樣的人不值得她難過，說實在的在一起這麼多年，她對謝立強的存在早已轉為習慣，真要說難過還真沒有多少。

讓她又氣又不解，甚至讓她紅了眼眶的是……

蕭聿沁重重的呼了口氣，雙眼一閉向後靠上駕駛座的椅背，努力的深呼吸逼自己冷靜，抬起手揉揉自己的額間，覺得頭好像比剛剛又痛了一點。

也不知道過了多久，也許只有五分鐘，蕭聿沁睜開眼，眼底一如既往的平淡無波，彷彿剛才那一切都沒有發生過。她看了眼後照鏡，確定後方沒有來車後重重的踩下油門，揚長而去。

留下夜裡的一片靜寂。

隔天一早七點半，蕭聿沁駕車抵達公司。其實朝九晚五的她實在不必這麼早到，但是她前一晚看完文件後怎麼也睡不著，就連喝牛奶也沒辦法幫助入睡，想著在家也不知道能做什麼，索性早點來公司辦公。反正她的桌上永遠堆滿了文件，根本不需要擔心沒有工作可以做的問題。

將車子停在停車場，蕭聿沁這才發現不遠處停著另一輛轎車，她感到奇怪的一頓，這時間點誰會來公司？葉欣潼不可能，社長也不可能，底下的那些職員……是有可能，但是現在又不是出刊的忙碌時期，誰會這麼早到？

她沒有在這問題上過度糾結，反正等等上樓便能知道是誰，又何必在這裡瞎猜？搭了電梯上樓，員工辦公區沒有半個職員的身影，她有些狐疑的停下腳步，那剛剛那輛車是誰的？而且她總覺得眼熟，好像在哪裡看過。

昨天晚上離開停車場時，停車場裡半台車都沒有，代表那台車是在她離開後才進停車場的，但是雜誌社的專屬停車場必須有雜誌社的員工證才能嗶卡進入，如果不是職員又會是誰？

「早安。」熟悉的男聲自背後傳來，蕭聿沁被嚇了一跳，略顯驚愕的回過頭，只見葉子珩拿著保溫壺站在她後方，想是剛剛去茶水間裝水了。

「你為什麼在這裡？」

「我八點半要跟欣潼開會，想說提早來這邊準備。」

蕭聿沁這才想起，她之所以會覺得那台車眼熟，是因為那台車是葉子珩的，而她幾個禮拜前去木工廠時才搭過他的車。想到這裡，她忽然頓了頓問道：「那你怎麼進來的？你跟公司還不是正式合作，公司應該還沒給你貴賓停車卡吧？」

葉子珩喝了口水淺淺一笑，對於她的質疑並不在意：「昨天副座給了我一張臨時停車卡。」

蕭聿沁聞言一頓，的確，公司常有合作對象來開會，為了停車方便，事務部通常會寄一張臨時停車卡過去，限用次數由系統輸入，一但停車次數用完，臨時停車卡便會失效，所以也不必擔心會有閒雜人等占用公司停車場的問題。

為了行政方便，事務部也給了社長、副社長、總編各五張的臨時停車卡，萬一有急用便能直接使用，不需要到事務部申辦。

葉子珩的話成功的解答了她的疑惑，她也沒在這個問題上過度琢磨。往旁邊一看，她這才發現員工辦公室的會客區桌上放著筆電和幾疊資料，她瞥了葉子珩一眼：「那些東西是你的？」

「嗯。」葉子珩點了點頭，「我的。」

蕭聿沁再次深看了他一眼，堂堂一個室內設計公司的老闆、CONSTANCE的合作對象，居然坐在員工辦公區的會客室看資料，今天換作是其他的合作廠商，只怕會要求開一個會議室給他們吧？

這男人是真的不在乎名利，只想努力對得起工作。

她轉過身往自己的辦公室走，走到一半忽然淡淡的開口：「你東西收一收到我辦公室吧，總比坐在這裡舒服多了。」

嗯？葉子珩一愣，對於她的話有些詫異，他壓根沒想過蕭聿沁會主動叫他進辦公室。他點了點頭表示明白，轉身收拾東西跟上她的腳步。

蕭聿沁進辦公室開了空調，雖然說時序已到晚秋，但不開空調依然顯得悶熱。開完空調後，她轉身從一旁的資料櫃拿出今天開會需要用到的資料，沒一會葉子珩走了進來，兩手都拿著文件的蕭聿沁用下巴朝沙發區指了指：「那裡給你用。」

葉子珩點頭說了聲好，蕭聿沁便沒再理他，一個轉身便把自己埋進成堆的工作裡。不過不知道是不是因為昨晚沒睡的關係，她的注意力有些難以集中，總會看資料看到一半突然恍神，或是讀的資料根本沒進到腦袋裡。

不得不承認，儘管她明知沒有必要在意，但昨晚的分手還是對她帶來了一定程度的影響。

蕭聿沁深吸一口氣，好不容易看完一份文件，卻比平常多花了一倍的時間。沒有時間讓她休息，她伸手又拿起另一份資料，這是這次雜誌封面要使用的抽象畫，在歐洲文藝復興時代非常著名，也是當代極具影響力的作品。但這樣的介紹遠遠不夠，蕭聿沁思考著，她想請負責的編輯用其他角度切入這個主題，例如作者的喜好、作者的評價，甚至是跟其他同時期創作的差異，這些都能夠吸引到讀者的目光，除了娛樂性，同時也具備知識性。

雖然這麼做的確需要花比較多的時間，但是這也正是她所努力堅持的、有內涵的雜誌內容。

再往下一看，蕭聿沁微微蹙起眉頭，這幅畫的價位介紹似乎有些錯誤，這份資料應該是幾年前的價位了，但這幅畫在去年大幅升值，絕對不只這樣的價錢。

正打算拿筆將錯誤的地方圈起來，一杯咖啡忽然塞到她的面前，蕭聿沁難得的愣住，抬眸一看，只見葉子珩站在她的面前，手裡也拿著一杯咖啡。

見她錯愕，葉子珩微微一笑：「我剛剛去買了杯咖啡，想說妳看起來沒有睡好，就順便幫妳帶了一杯。」

蕭聿沁看著那杯咖啡，表面看似平靜，心裡卻滿是不解。她都已經上了妝遮掉黑眼圈了，葉子珩怎麼會知道她沒有睡好？而葉子珩像是看穿了她的想法，指了指她的眼睛：「妳的眼睛裡都是血絲，看起來就是沒睡。」

蕭聿沁聞言輕笑，伸手接過咖啡：「謝了。」

她說著瞥了眼桌電右下角的時間，有些詫異自己不過看了會文件便過了這麼久：「八點二十五了，你不是要去開會嗎？」

「嗯，所以我現在準備過去了。」葉子珩說著轉身回沙發區拿自己的東西，「先走了。」

「嗯，掰。」蕭聿沁淡淡的說著，葉子珩的背影消失在門口，蕭聿沁看著他的背影發起愣，葉子珩還真是個細心的人，居然連她眼裡的血絲都注意到了。

沒一會，蕭聿沁回過神來搖搖頭，又喝了一口咖啡醒神，接著再度將自己埋進資料堆裡。

不知道又看了多久的資料，眼睛一陣痠澀，蕭聿沁這才從資料堆中抬起頭來，看了眼時間，才發現已經十二點多了。

有些訝異居然過了這麼久，蕭聿沁放下手上的筆拿起一旁的拿鐵咖啡，喝了一大口咖啡後用力眨眨眼，昨天一整晚沒睡再加上長時間盯著資料，眼睛的疲勞程度已達上限。

打開辦公桌的抽屜，蕭聿沁從裡頭拿出人工淚液，這已經成了她辦公室的必備品，畢竟她長時間用眼過度，眼睛時不時便會感到乾澀，有一瓶人工淚液可以大大減緩她的不適。

點完人工淚液，她伸手抹去眼角多餘的水分，將藥水丟回抽屜後又再度看起了手上的文件。過了幾分鐘，門外忽然傳來敲門聲，蕭聿沁看了眼桌曆上的會議室使用時間表，這時間葉欣潼和CONSTANCE的服裝合作公司正在開會，底下的職員也都出去吃飯了，還有誰會來找她？

「請進。」

女人一身上班族的專業套裝，頭上綁了個包包頭，聽見蕭聿沁的話推開門走了進來。蕭聿沁根本沒想過她會主動跑來這裡，看見她頓時一愣：「徐家榆？」

來人正是CONSTANCE的總編代言人，也就是外界眼中的CONSTANCE總編。蕭聿沁也曾和她碰過幾次面，不外乎都是為了討論徐家榆代訪的細節，除此之外，她跟徐家榆之間幾乎沒有半點交集。

說實在的徐家榆不是個難相處的人，為人也始終客客氣氣，但蕭聿沁總覺得徐家榆跟她對話時，多了一點小心翼翼。不過她也始終不怎麼在意，畢竟她在工作上要求嚴苛，許多職員對她說話也都是戰戰兢兢的，這點她早就習以為常。

「蕭總編。」徐家榆客氣的頷首，緩步走到她面前。蕭聿沁看著眼前的女人，一時間有些不知道該怎麼反應。名義上的CONSTANCE總編跟真正的CONSTANCE總編碰頭，老實說還真的有這麼一點尷尬。

「坐吧。」蕭聿沁淺淺揚起微笑，俐落地站起身往沙發區走，畢竟徐家榆也是客人，在沙發區談事也比較正式一點，她的度量也沒有小到連椅子都不給人家坐。說穿了，徐家榆也不過是受公司之託替她發言罷了，這整件事根本與她無關。

「總編沒關係，我坐這裡就好了。」徐家榆突然叫住她，用手指了指蕭聿沁辦公桌對面的小椅子。那張椅子是特地放在那的，如此一來需要跟職員討論公事時，職員也有地方可以坐，不至於站到腳痠。

蕭聿沁也沒多說什麼，選擇尊重徐家榆的想法，轉過身走回自己的辦公桌。兩個女人雙雙坐下，蕭聿沁率先開口：「怎麼了？」

徐家榆有些欲言又止，低下頭往自己的包包裡翻找著，最後拿出一張紙以及一個盒子：「這個給妳。」

蕭聿沁一愣，她沒想過徐家榆居然會帶東西給她。她伸手接過，一雙眼卻狐疑地盯著徐家榆：「這是……」

「這是那天美國總公司專訪，總公司給的感謝狀跟紀念品。」徐家榆輕聲開口，「雖然上面印的是我的名字，但我還是想拿給妳。畢竟這本來就是妳該拿的，不該放在我這裡。」

蕭聿沁沉默，從小盒子裡拿出紀念品，那是印有CONSTANCE專屬標誌的名片夾，上頭甚至印著「CONSTANCE總編輯徐家榆」幾個大字。蕭聿沁輕挑起嘴角，揚起一抹帶著無奈的笑，一般來說總公司的專屬名片夾只有高層人員才能拿到，像是社長、葉欣潼……以及她。

但即使拿了這代表榮譽的名片夾，上頭刻的依然不是她的名字。

徐家榆並未發覺她那細微的表情變化，苦笑著繼續說道：「其實我一直都覺得很對不起妳，明明不是我的功勞卻被歸在我身上，總覺得對妳很不公平。在路上有CONSTANCE的讀者認出我叫我總編，我都覺得很心虛，這是妳努力得來的成就，外界的光環卻投注在我的身上。所以我想說……其他的我不能選擇，但至少總公司給的這個獎狀跟紀念品，我必須拿給妳。」

蕭聿沁沒有說話，只是若有所思的看著手上的獎狀跟名片夾，徐家榆知道她需要時間沉澱，也不打算多加打擾：「那我先走了。」

她說著轉身離開，卻在走到門口時被蕭聿沁一把叫住：「徐家榆。」

「我沒有怪過妳。」徐家榆愣愣的轉過頭看她，蕭聿沁淡然的說著，望著她的眼神卻是無比認真，「妳只是盡妳的職責而已，這件事不是妳的錯，我從來沒有怪過妳。」

徐家榆正打算說些什麼，蕭聿沁卻沒給她半點反駁的機會：「所以妳也不需要覺得對不起我，也不用內疚，妳只要知道妳是在盡你的職責就好。領該領的薪水、做該做的事，僅此而已。」

她的話讓徐家榆微微紅了眼眶，她輕聲說了句謝謝後轉身離開。蕭聿沁在後頭看著她的背影，過了一會才收回視線看向桌上的獎狀與名片夾。

輕嘆了一口氣，蕭聿沁依舊選擇將它們收進抽屜裡，畢竟是總公司給的，即使上頭寫的不是她的名字也值得珍藏。

她有些疲憊的揉揉太陽穴，好不容易平靜下來的心情再次有了起伏，頭也開始疼了起來。拿過一旁的拿鐵咖啡喝了一大口，蕭聿沁正打算將自己再次埋進文件堆裡，整顆頭卻忽然抽痛不已。

葉欣潼走進蕭聿沁的辦公室時，蕭聿沁正揉著兩邊的太陽穴，辦公桌上依舊放著一疊還沒看完的文件，葉欣潼見狀忍不住嘆了口氣：「妳昨晚都沒睡？」

「嗯。」蕭聿沁放下揉著太陽穴的手，整夜無眠、徐家榆突然的來訪以及員工們的八卦，一個個都嚴重擾亂了她的心神。她煩躁的無法專注，頭也不斷的抽痛著，「睡不著。」

葉欣潼看了忍不住嘆氣：「我說妳，就放自己半天假好好休息吧？妳心情不好的時候不是喜歡去海邊嗎？這裡開車到北海岸走走也不需要多少時間，去散散心吧。」

蕭聿沁才正想拒絕，話到嘴邊卻被她吞了下去。她突然想起……這時候葉子珩的健身房應該有開吧？忌莫不知道在不在，去那裡運動發洩一下好像也挺不錯的。

「……妳幫我寫假單。」反正看文件也看不下去，剩下的資料也沒多少，明天早點來上班便能解決。思及此，她揹起肩包頭也不回地往外走，留下後頭一臉錯愕的葉欣潼。

半個小時後，蕭聿沁將車子停在健身房旁邊的停車位，一邊走向健身房一邊傳訊息給忌莫：「我來健身房了，妳在哪。」

#

傍晚六點，忌莫匆匆忙忙的跑進健身房，看見站在櫃台的教練劈頭就問：「蕭聿沁呢？」

「裡面。」男教練無奈的指指跑步機的方向，「妳朋友已經跑了一個多小時了，完全沒有停下來過。」

蛤？忌莫有些瞠目結舌的看向他，要不是跟男人熟識，她甚至有些懷疑他說話的真實性。先不論蕭聿沁愛不愛運動，她一直是個很自愛的人，就算心情不好想發洩也懂得適可而止，能讓她把自己操成這樣，甚至連續跑了一個多小時……感覺不是小事。

從十幾年前那件事後，她從來沒有看過蕭聿沁這個樣子。

「欸，她來這裡的時候還好嗎？」忌莫壓低聲音問著，那問題讓男人有些無奈：「妳朋友一直都是冷冰冰的樣子，我哪看得出來。」

「她對你們已經算很客氣了，你還沒看過她工作時冷淡的樣子。」忌莫輕拍了他一下，「不跟你說了，我先去看一下她。」

她說著連包包都沒放下，直接往跑步機的方向走。這十幾年來，除了CONSTANCE以外再沒有任何事情能夠影響到蕭聿沁，她今天到底是怎麼了？說都沒說一聲就直接跑來健身房，甚至連續跑了這麼久都沒停止。

這樣的蕭聿沁，絕對有事。

遠遠的就看到那個汗如雨下卻始終沒停下腳步的女人，忌莫加快腳步往她那裡走去，揚聲開口：「欸，蕭聿沁。」

戴著耳機的蕭聿沁根本沒聽到她的話，忌莫有些不爽的上前走到她使用的跑步機旁，一個伸手拔掉跑步機的電源，跑步機漸漸慢了下來，蕭聿沁這才發現她的存在。她皺緊眉頭拿下耳機，對於她的舉動有些不滿：「妳幹嘛？」

「都跑這麼久了。」對於她的火氣忌莫可沒打算買單，逕自遞上一瓶礦泉水，「該休息了。」

蕭聿沁沒有接下，只是淡淡的瞥了那瓶水一眼，一個轉身走下她正在使用的跑步機。忌莫還以為她終於願意休息了，沒想到下一秒她走上最旁邊的那台跑步機，打開開關繼續跑，忌莫氣的嚷了一聲：「喂！」

蕭聿沁哪裡理她？帶上耳機直接當沒聽到她的話，忌莫要是再拔掉她的電源，她就再換一台，看誰比較有耐心。

「妳到底怎麼了？」又看著她跑了幾分鐘，忌莫實在拿她沒辦法，無力的靠在一旁的牆上問著，「公司出事了？」

蕭聿沁瞥了她一眼，最終還是選擇拿下耳機：「跟謝立強分手了。」

「為什麼？」

「他出去約炮把別的女人搞到懷孕，說跟我在一起沒有男人的尊嚴，而且他想成家了、女的也願意嫁，所以決定跟她結婚。」

「蛤？」忌莫只覺得荒謬，那男人居然用這種理由跟她分手？不過最令她訝異的不是這個，而是……「那妳還為了他難過？這種人？」

蕭聿沁看了她一眼，淡淡的吐出一句話：「只是想到一個人。」

她說著戴上耳機繼續跑，一旁的忌莫難得的安靜了下來，只是望著她的側臉默默嘆了口氣，蕭聿沁想到的那個人，是她吧？

那個在大學時代傷她最深、頭也不回的拋下她的人，那名字早已成為蕭聿沁不願提起的禁忌，卻也是她心中始終過不去的坎。也難怪蕭聿沁會想起那個人，因為那個人也跟謝立強一樣，是如此堅定的放棄她的。

無論是十幾年前還是十幾年後，蕭聿沁始終是被堅定拋下的那個，或許是現在的經歷跟過去的傷口引起了共鳴吧，也難怪她會是這種反應。那道她過不去的坎總會在人生的路途上忽然絆她一跤，偏偏她又摔不痛似的一次次跌倒。

「怎麼了？」熟悉的男聲傳來，忌莫轉頭看了一眼，只見葉子珩站在一旁看著她們。他才剛到健身房，聽底下的員工聊到忌莫的朋友來這裡，他直覺便想到蕭聿沁，於是決定過來看看。蕭聿沁眼尾瞥見了人影，跟著朝他看了過來，不過也就只看這麼一眼，旋即便轉過頭繼續跑步。

忌莫有些哀怨的看了他一眼，走到他旁邊低語著：「她心情不好來跑步，都已經跑了一個多小時了還不停……我知道一個多小時其實不算什麼，但她平常可是沒有運動習慣的人。我也說不動她，關掉跑步機的電源她就換一台，她在跑步我也不能強拉她下來，怕她受傷。」

葉子珩輕點點頭示意了解，一雙眼往蕭聿沁那邊看去，看她跑步的姿勢，這女人腳都快抬不起來了還不停止，是打算搞到受傷了才要罷休嗎？

「蕭聿沁，妳真的該停了。」忌莫真的看不下去，忍不住走到她旁邊擔憂地說著，沒想到下一秒蕭聿沁踩到不知何時鬆脫的鞋帶，重重往一旁摔去，忌莫眼明手快的關掉跑步機的電源，以免造成二度傷害。

「還好吧？」忌莫慌張的跑到她旁邊，跌倒的蕭聿沁早就自己翻了個身坐在地板上，一雙眼淡淡地盯著自己的膝蓋。忌莫跟著看去，只見蕭聿沁右腳的膝蓋磨破了皮，雖然沒有太嚴重，但血珠還是一點一點的滲了出來。

「一點小傷而已，沒事。」她淡然的說著，彷彿受傷的不是她的腳一樣。

始終在一旁看著的葉子珩這才緩步走到她面前蹲了下來，蕭聿沁沒有看他，對於自己在別人面前跌倒感到有些彆扭。不過葉子珩似乎沒發現她的尷尬：「發洩夠了吧？去換個衣服，我帶妳去一個地方。」

「……不要。」蕭聿沁淡淡的說著，她現在沒心情去任何地方。

「妳不是心情不好？陪妳去上次那家酒吧喝酒。」葉子珩平淡的說著，一雙眼緊盯著她，「妳都受傷了，妳以為妳還能繼續跑嗎？」

蕭聿沁沉默。的確，以她的狀況實在沒辦法繼續跑步，回到家裡也只是窩在沙發發呆而已，不如去喝點酒，至少晚上比較好入睡。

等了一會終於等到她點頭，一旁的忌莫這才鬆了口氣，她剛才真的很怕蕭聿沁不管傷口繼續跑下去，這十幾年來她一直都是冷靜自持的，失控的蕭聿沁……真的很可怕。

忌莫伸出手打算要扶她，蕭聿沁卻自己站了起來，她沒這麼嬌弱，一點小傷也要人攙扶。她拿了自己的衣服走進更衣室裡，外頭的葉子珩拍拍忌莫的肩：「沒事，我會顧著她，妳晚上不是還有事要辦？先離開吧。」

忌莫悶悶的點點頭，雖然擔心蕭聿沁，但她有急事必須馬上處理，沒辦法拖。她又交代了一會才放心離開，葉子珩站在外頭耐心等著，過了一會蕭聿沁終於從更衣間出來，將換下的衣服放進忌莫事先準備的洗衣籃裡，再換回高跟鞋從置物櫃拿出自己的包包。葉子珩看她準備得差不多了，這才朝她走了過去：「好了就走吧。」

他說著率先走出健身房，從口袋裡拿出鑰匙打開中控鎖，蕭聿沁也就這麼理所當然的上了他的車。反正她等等喝酒也不能開車，有個人載她也樂得輕鬆，何況她昨天一晚沒睡又跑了這麼久的跑步機，她是真的沒有精神再開車了。

一路上兩人都沒有多話，葉子珩始終專心的開著車，而蕭聿沁也直視著前方，完全看不出她在想些什麼。儘管如此，車內依然沒有半分的尷尬，葉子珩早已習慣了她的不多說，蕭聿沁則因為他的不多問而安了心。

半個小時後，車子停在酒吧門外，兩人雙雙下了車往店內走去。剛巧一個客人走了出來，看到葉子珩便是一陣熱絡：「欸！我們酒吧的高級技師調酒師，我今天太早來了，都沒能喝到你調的酒。」

高級技師調酒師？蕭聿沁微微轉頭看向葉子珩的側臉，高級技師調酒師可是所有調酒師裡面的最高等級，但令她訝異的不是葉子珩會調酒，而是他居然是這個酒吧的調酒師？

上次他們在酒吧碰面時，葉子珩明明說他只是這間酒吧的常客，為什麼他要刻意隱瞞他的身分？

沒一會，葉子珩跟那位熟客終於結束了談話，微笑著轉頭看向她：「走吧。」

「等一下。」他才剛轉過身便被蕭聿沁一把叫住，他有些狐疑的回過頭，只見蕭聿沁用疑惑又帶了一點質疑的眼神盯著他，「那天我跟忌莫來這裡喝酒，你沒有說你是這裡的調酒師。」

「為什麼要騙我？」

第四章　微涼

對於她的質疑，葉子珩並沒有太過意外，坦然道：「那時候如果跟妳說我是這裡的調酒師，就沒辦法跟妳拉近距離啦！」

拉近距離？蕭聿沁皺眉，她深知自己有多難相處，一般人躲都來不及了，這男人居然想跟她拉近距離？

「為什麼想跟我拉近距離？」

葉子珩像是早知道她會這麼問，彎起嘴角看向她：「忌莫的朋友都是品質保證的，不交實在可惜。」

蕭聿沁一愣，想當初她也是因為忌莫的關係而願意交葉子珩這個朋友，沒想到他們兩個想的居然是一樣的。算是被他說服了，蕭聿沁沒有多說什麼，掠過他直接往酒吧裡頭走去。葉子珩揚起淺笑，轉過身跟上她的腳步。

「欸等等。」走進酒吧後，蕭聿沁直接走到吧檯前準備坐下，葉子珩見狀連忙一把拉住她，小聲說道：「這裡人多，我帶妳去後面。」

後面？蕭聿沁納悶的看向葉子珩，他自然明白她的疑惑，一個撇頭示意蕭聿沁跟著他走。他帶著她走進吧檯裡頭，後面的牆上有一道門，蕭聿沁上次來的時候便注意到這扇門了，不過酒吧裡有員工休息室也不足為奇，她便沒有多想。

沒想到葉子珩一把打開了那道木門，頭微微一撇叫她先進去，她有些不可思議的盯著他，她一個外人進他們的員工休息室？他是有沒有搞錯？

葉子珩沒打算在這裡跟她解釋這麼多，外面還一堆客人看著他們的舉動，要是他們等等突然問起能不能進去，他還真不知道該怎麼拒絕，畢竟裡頭的空間他可沒打算開放給外人使用。

他輕推著蕭聿沁的背，眼神一邊往裡頭飄去，蕭聿沁自然明白他的意思，這才甘願走進後頭的小空間裡。裡頭一片黑暗，但沒有她想像中的那種員工休息室特有的霉味，相反的，裡頭的空氣新鮮，而且隔音良好，剛才酒吧裡清晰的談話聲半點都沒有傳進來。

知道她看不見，葉子珩小心的扶住她的雙肩讓她往左邊移動兩步，自己則走到不遠的電源處開燈。燈光一打開，蕭聿沁這才看清裡頭的裝潢，只見她眼前擺放著一張沙發，沙發後方的牆上甚至還掛著一幅畫；右手邊則有張吧檯式的長桌固定在牆上，長桌前擺放了三張高腳椅，尤有甚者，原本該是牆面的地方改建成一大片的玻璃落地窗，由於這家酒吧靠近湖邊，從落地窗看出去正好可以看到夜晚的湖景，想是特地設計過的。再往上一看，這裡的燈光並沒有太多，只有在長桌的上方有設立光源，淡淡的黃光灑落在長桌以及高腳椅上，在這裡一邊喝酒一邊觀賞晚間的湖景，絕對是一大享受。

到此時蕭聿沁才發覺，這裡根本不是什麼員工休息室，而是酒吧裡頭的另一個小酒吧，差別只在於這裡不是每個人都能進來，以及裡頭沒有吧檯跟調酒師罷了。

「這裡不是員工休息室？」蕭聿沁看向不遠處的葉子珩，有些訝異酒吧裡居然還有這樣的地方。

「不是。」葉子珩笑了笑，「我們這家酒吧有分內酒吧跟外酒吧，外酒吧就像妳剛剛在外面看到的，是給一般客人使用的，客人可以在那裡喝酒聊天；而內酒吧就是這裡，只有夠熟的朋友才能進來，是讓朋友們在忙碌的時候有空間可以喘口氣休息的。」

「那那邊呢？」蕭聿沁說著看向左邊，不遠處有一道牆，但是牆上居然還有一個木門，那木門後面是什麼？

「那是多出來的空間，想說也不知道要用來幹嘛，就先當儲藏間了。」

蕭聿沁輕點點頭，葉子珩微微挑起笑容，知道她在這裡是真的放鬆了下來：「妳想喝什麼？我去調給妳喝。」

「你是高級技師級的調酒師，應該調什麼都好喝吧。」她淡淡的說著，「你就隨便調吧。」

葉子珩輕點點頭，轉身掠過她打開通往外酒吧的木門，蕭聿沁卻在他關上門前忽然出了聲：「只要能讓我喝醉就好。」

葉子珩聞言微微皺起眉頭，一向自制的蕭聿沁居然會想要買醉，可見她的心裡承受著多大的煎熬。說實在的喝酒傷身，喝醉後醒來的頭痛欲裂也會讓人萬分不舒服，他也真的不想調這麼烈的酒給她喝。

不過那是蕭聿沁的意思，所以他最終還是點了頭：「知道了。」

他說著關上了木門，內酒吧裡頓時剩下蕭聿沁一個人，她輕嘆了口氣，隨手將包包擱在一旁的沙發上便坐上高腳椅，向外頭看去，湖泊的周圍有一條環狀的人行步道，上頭有一對情侶正牽著手走著。

時序進入晚秋，夜晚的風已經帶了點寒意，女孩子搓了搓雙手，男孩子見狀脫下外套讓她披著，女孩泛出了甜甜的笑容，兩人牽著手走遠。一直到看不見那對情侶的身影，蕭聿沁的眼神才再次回到湖面，望著波光粼粼的水面發呆。

十幾年前那段最痛苦的日子，是秋季；如今跟謝立強分手，也是秋季。說實在的她不喜歡秋天，太多的失去都遺留在那個微涼的季節。比起寒冷，她更害怕微涼，因為還有點餘溫，還有點期望。

以及這麼一點點，不甘於寒風的逞強。

她想的出神，一直到一股冰涼貼上她的手臂，她才回過神來。葉子珩不知何時走到她的身邊，手上拿著她的調酒：「諾，這杯叫床第之間，是店內酒精濃度最高的調酒。」

蕭聿沁聽著微微蹙起眉頭，取這什麼奇怪的名字？她接過調酒啜飲著，葉子珩則走到後頭的儲藏間不知道在忙些什麼，不過蕭聿沁也不在意，他忙他的事、她喝她的酒，兩者間並不衝突。

「白蘭地、蘭姆酒。」一邊看著外頭的風景一邊喝了幾口調酒，蕭聿沁忽然出聲，「橙酒，還有……」

最後一種味道她不太確定，橙酒裡面分明還夾雜了另外一種味道，但她喝不出來。

「還有檸檬汁。」忙碌的葉子珩莞爾一笑，抽空回頭看了她一眼，儘管背對著他的蕭聿沁根本沒有發覺，「妳怎麼喝得出來？」

蕭聿沁輕笑了一聲：「白蘭地跟蘭姆酒在調酒裡都算常見，味道也不難認，橙酒相對之下少見一點，但之前在其他家酒吧喝過，所以有印象。」

嗯哼，葉子珩理解的點點頭，總算從儲藏室裡找到了他要的東西，轉身朝蕭聿沁走去。她專注的看著落地窗外的湖景，一直到葉子珩的腳步聲走近才收回眼神。

一個白色箱子放到桌上，蕭聿沁仔細一看，這才發現原來葉子珩剛剛不是為了店內的事情忙碌，而是跑去找了醫藥箱。葉子珩坐上她旁邊的高腳椅，伸手將醫藥箱裡頭的東西拿了出來：「腳伸出來吧，我幫妳擦藥。」

沒想到他居然還記得她腳上的傷口，蕭聿沁的眼神在一瞬間有了波動，不過也就那一秒，下一秒她的眼底恢復平靜，依然是平常那冷淡的模樣。

「我自己來就好。」她說著放下手上的酒杯，伸手接過他手上的棉花棒及生理食鹽水。葉子珩知道她的倔強，也沒打算堅持替她上藥，反正只要她肯好好擦藥就好。否則以她那工作狂的個性，只怕傷口搞到發炎她也不管。

蕭聿沁拿著棉花棒在膝蓋上塗塗抹抹的，傷口其實不大，但偏偏這種小傷最惱人，做什麼都不方便，連長褲都沒辦法穿。葉子珩就這樣在一旁看著她擦藥，看到一半卻忽然冒出了一句：「妳跟男朋友分手了？」

正在擦藥的蕭聿沁抬頭瞥了他一眼，低下頭繼續將藥膏抹勻，過了一會才淡淡的開口：「忌莫跟妳說的。」

「她只說妳心情不好，其他的都沒透露。」葉子珩無奈的回道，一邊伸手接過她用過的棉花棒，丟到一旁的垃圾桶裡，「我今天跟欣潼開完會，經過人事部的時候聽到的。」

蕭聿沁嗤的一聲笑出一抹輕嘲，人事部的那位女職員可真八卦，在編輯部講還不夠，回到人事部還要再八卦一次：「嗯，分手了。」

「妳在難過？」

「說難過好像也不盡然。」蕭聿沁看向窗外，外頭的湖水映著人行步道上的橘色黃光，而她的眼裡映著湖水，「我只是在想，是不是只要有足夠的底氣，就不用害怕失去。」

「不一定吧。」葉子珩輕聳聳肩，「如果妳所謂底氣，是妳那渾身的刺的話。」

蕭聿沁有些不滿的看向他，他倒也沒有避開她的眼神，兩人雙眼對望，偏偏那眼神一點都稱不上是深情。過了一會，蕭聿沁懶得理他，拿起酒杯又喝了一大口，她沒有再說話，而葉子珩也不嫌煩的在一旁陪著。

都說有心事的人容易醉，平時酒量極佳的蕭聿沁在灌完一杯調酒後不支的趴在桌上，葉子珩看著她的側臉嘆了口氣，原本還想著才一杯調酒應該還好，沒想到她還是喝醉了。

想了想，他也不知道蕭聿沁的家在哪裡，索性從口袋裡掏出手機打給葉欣潼，請她到酒吧將蕭聿沁帶回去。也好險葉欣潼剛好有空，表示會馬上過來，否則他還真不知道該怎麼辦。

葉欣潼趕到酒吧時，酒吧裡早已沒有半個客人，她也沒心思去管為什麼葉子珩會在這裡，一心只想著趕快把蕭聿沁帶回自己家裡休息。葉子珩帶著她走進內酒吧，葉欣潼向右一瞥便看見側趴在吧檯桌上的蕭聿沁，她身上披著一件黑色夾克，夾克不是蕭聿沁常穿的風格，想也知道是葉子珩幫她披上的。

「蕭聿沁。」葉欣潼走到她的身邊輕喚，甚至還伸手搖了搖她，「妳起得來嗎？我帶妳回家。」

蕭聿沁微微睜開雙眼，迷濛間似乎看到了葉欣潼的輪廓，眼皮的沉重讓她再次閉上雙眼，含糊地喊了一句：「欣潼。」

葉欣潼「嗯」了一聲當作回應，仔細聽著她想說什麼。沒一會蕭聿沁才喃喃開口，聲音不大，卻足以讓葉欣潼聽見。當然，一旁的葉子珩也聽到了。

「我從來沒有被堅定的選擇過。」

「為什麼他們都不要我？」

葉欣潼聞言一愣，這不是她第一次聽到蕭聿沁這麼說，但也實在……已經十幾年沒聽她說過這話了。當初那件事，她果然還是沒有放下嗎？

#

幾個禮拜後的晚上，蕭聿沁再次踏進酒吧的大門，一眼便見到葉子珩在吧檯裡忙碌著，葉子珩眼尾瞥見人影，下意識地朝門口看去，卻在看到她時愣了愣，雖然說蕭聿沁偶爾會來這裡小酌，但好像沒有一次這麼早來：「今天怎麼這麼早？」

蕭聿沁微笑：「今天不是來喝酒，是來找你談公事的。」

葉子珩這才注意到她另一隻手上拿著黃色的牛皮紙袋，裡面擺明放了文件：「公事？公司的裝潢設計不是一向都是欣潼負責跟我談嗎？」

「我是要找你談雜誌專欄的事，本來是社長要跟你簽約的，但社長到日本的分公司做考察，要兩個禮拜才會回來。前陣子在忙這期雜誌的事，我也一直沒有時間找你簽約。但明天就要新一季的合作對象會議……會議時間社長秘書應該有聯絡你吧？」見葉子珩點頭，蕭聿沁繼續開口，「嗯，我想說明天就要進行合作對象會議了，雖然會議結束後再簽約也可以，但是這樣對你不太尊重，所以跑來這裡找你。」

葉子珩輕笑，一邊將手上調好的調酒倒進酒杯裡：「我又不在意這個。」

蕭聿沁莞爾，她知道他不在意，但是給合作夥伴的基本尊重是她一直以來的要求，不能因為葉子珩是朋友而懈怠。她一雙眼瞥向吧檯內的木門：「我們裡面談？」

葉子珩一愣，這倒是蕭聿沁第一次主動說要進到內酒吧去。前幾次蕭聿沁來小酌，他問她要不要進內酒吧喝酒，這樣一來人少又有自己的空間，但蕭聿沁總是拒絕，執意坐在吧檯前的位子。

他也曾問過蕭聿沁為什麼，然而她只是淡淡地吐出一句：「住在高緯的人不會認為雪景美麗，住在低緯的人更不解別人眼裡的熱帶風情。」

他原本還不懂她話中的涵義，一直到某天他坐在內酒吧喝酒賞湖，看著湖景才忽然明白了蕭聿沁的意思。再美的景，看久了便不覺得稀奇，所以她選擇減少進內酒吧的次數，如此一來當身心疲倦時進到內酒吧，才能夠真正的得到紓解。

「好。」葉子珩點頭，「妳先進去吧，我調好這杯酒就去。」

蕭聿沁聳聳肩表示理解，踩著高跟鞋噠噠噠的走進吧檯裡，俐落的打開木門走了進去。店內的客人一個個看著她的背影消失在門後，直到木門關上才回過神來。忍不住腹誹著，這美女是什麼來頭？跟那個調酒師又是什麼關係？

葉子珩自然明白大家奇異的眼神為何而來，不過他也沒打算解釋，不管今天他跟蕭聿沁是什麼樣的關係，都沒有向他們解釋的義務，何況他們兩個不是像他們所想的那樣。

好不容易忙完手上的工作，葉子珩將剩下的工作交給其他的調酒師，端了個酒杯打開木門走進內酒吧裡。才剛走進便見蕭聿沁抬起了頭，她在看到他手上的酒杯時緊皺起眉鋒：「我工作的時候不喝酒。」

葉子珩挑起一抹帶著無奈的笑：「我知道。」

「所以這是檸檬菊花茶。」他說著走到沙發旁將杯子遞給她，蕭聿沁微愣，接過酒杯拿到唇邊抿了一口。其實她並不喜歡菊花茶，總覺得有一種草味以及無法形容的奇怪味道，不過葉子珩的檸檬菊花茶處理的極好，檸檬汁的比例調配得當，不至於太酸卻又剛好蓋過了菊花茶的味道，幾朵菊花在杯中漂浮著，與其說是檸檬菊花茶，不如說是檸檬茶，而菊花則是拿來提味。

儘管不到非常喜歡，但至少她不排斥這個味道。

喝了幾口之後，她放下杯子抬頭看向他：「坐吧，我跟你講一下合約事項。」

葉子珩坐到她的旁邊，蕭聿沁熟練的翻開合約書，甚至還拿了鉛筆準備幫他圈出細節：「合約的部分，我們的約期會是一年，一年後如果兩方都有意願續約的話會再簽訂長期合約。內容主要是需要你的設計公司每個月提供一份室內設計的案例，我會訪問你一些室內設計相關的問題，你只管照你的專業知識回答就好，細節的部分我在撰稿的時候會做修改。」

「妳負責訪問我？」葉子珩有些驚訝，她堂堂一個雜誌社總編居然負責他的專欄，其實這種東西交給底下的職員做不就得了？

「廢話，這是我負責的部分，我不訪問你誰訪問你？」蕭聿沁無奈的聳肩，「再說底下的人都沒有相關知識背景，他們來做這個專欄不合適。」

「那妳有相關背景嗎？」

「我有去找一些書惡補過了，雖然是半調子，但還是有一點基礎。」蕭聿沁說的渴了，拿起一旁的檸檬菊花茶又喝了一口，「所以我可以繼續說了嗎？」

葉子珩微愣，他沒想過蕭聿沁居然會為了專欄特地去研究室內設計的相關資料，說實在的她大可以擺爛，直接叫他負責撰寫內容，但是她沒有，她選擇了一條最辛苦的道路，而且堅定不移的走著。

蕭聿沁這女人，是真的很在乎CONSTANCE。

「嗯，妳繼續吧。」

「酬勞的部分。」蕭聿沁說著將資料翻了頁，筆尖俐落的圈出了酬勞金額，「這是每個月的專欄報酬，另外如果你有需要特別的家具或是設計圖有版權問題，都可以跟公司請款，你可以直接找我或是葉欣潼，我們兩個去辦會比較快。另外是額外配給的部分……」

接下來的話葉子珩根本有聽沒進去，他微微轉過頭看向她認真說明的側臉。都說認真的女人最美，她平時本就是個美人，但認真工作時的她更增添了一點魅力。

「這樣你清楚了嗎？」蕭聿沁說著忽然轉頭看向他，葉子珩連忙回過神來：「嗯，合同沒有問題。」

蕭聿沁微微一笑，對於簽約速度非常滿意。她轉身從包包裡拿出原子筆：「沒問題的話幫我在這裡簽名，第二份正本你留著，另外一份我會帶回公司存檔。」

葉子珩點頭，蕭聿沁辦事他並不擔心，他在兩份合同裡簽下了自己的名字，蕭聿沁不忘開口提醒：

「對了，明天下午公司的合作會議，你記得到場。」

「我知道，我會過去。」葉子珩說著將她的原子筆交給她，蕭聿沁收回了筆，卻又再次伸出右手，該辦完的事還是得敬業地辦完：「那就……葉先生，合作愉快。」

葉子珩莞爾，伸出右手握上她的：「合作愉快，蕭總編。」

隔天下午會議結束，廠商們紛紛離開，葉欣潼和徐家榆也回到座位上收拾自己的資料。葉子珩自然也在離開的行列裡，這種時候找葉欣潼閒聊並不恰當，畢竟還有其他合作廠商在，萬一害她被冠上什麼不好的名聲，事情一定會搞到不可收拾。

誰知道他想避嫌，葉欣潼倒主動叫住了他：「葉子珩，你有空嗎？留下來一下。」

嗯？葉子珩一愣，她在這種地方這樣叫他好嗎？不過猶豫歸猶豫，他還是朝她走過去：「怎麼了？」

「公司有一筆經費，打算在下個月的第一個周末辦員工旅遊，你要不要去？要的話我就算你一份。」

「妳要讓他去？」蕭聿沁不知道什麼時候走進了會議室，手上還拿著一疊文件和杯子，想是剛開完公司的內部會議便跑來這裡，「公司會肯嗎？」

畢竟葉子珩雖然是公司的合作對象，但並不算是公司的員工。要多花一個人的金費，公司怎麼可能願意？

「公司不是說每個人可以帶一個伴嗎？可以把他算做我的伴啊！房間的部分我再調一下就好了。」

蕭聿沁聞言一頓：「妳今年沒有要帶家人？」

「沒有，我爸媽都去法國玩了，丟我一個人在台灣。」葉欣潼滿臉無奈，「妳呢？妳有問忌莫要不要去嗎？」

背後。

「問了。」她扯著嘴角聳聳肩，「她說她那天沒空，要去一家木工廠找人。」

「木工廠？她什麼時候又對木工廠有興趣了？」葉欣潼自顧自地聊了起來，完全忘了葉子珩還在她

「我怎麼知道，我也懶得問她，她想說的時候就會自己說了。」蕭聿沁說著看向葉欣潼後方的葉子珩，「所以你有要去嗎？」

「嗯，我可以去。」他剛剛趁她們聊天的時候查過行事曆了，「確定我去不會造成困擾嗎？」

「不會啊！怎麼會。」葉欣潼忍不住笑了出來，「那我就把你的名額算進去囉！」

「嗯，那我先走……」

「欸，葉子珩。」蕭聿沁一口打斷他的話，「你等我一下，我有事情想跟你討論。」

有事要跟他討論？葉子珩一愣，撇開公事不談，除了上次她分手在酒吧喝醉那次，蕭聿沁哪會跟他討論事情？

一旁的葉欣潼也愣住了，蕭聿沁要跟葉子珩討論事情？他們兩個有什麼好討論的？「那我……需要迴避嗎？」

「當然。」蕭聿沁揚起絕對不帶笑意的笑容，「葉欣潼小姐，麻煩迴避一下。」

什麼嘛，葉欣潼扯扯嘴角，蕭聿沁這傢伙居然把她當外人了。儘管不爽，她還是拿了東西走出會議室，反正她早晚能從蕭聿沁的嘴裡套出話來，倒也不差這一時。

「妳想說什麼？」一直到葉欣潼離開會議室，葉子珩才再度開口，他實在想不到他們有什麼事好談的。公事上的事情他們昨晚已經談完了，私事的話……他們之間有什麼私事可談嗎？蕭聿沁跟前任都分手一個月了，以她的個性，應該不可能重提那件事吧？

蕭聿沁沒有馬上回答，只是深看了他一眼，頭往會議室的門口輕撇：「我們邊走邊談吧。」

葉子珩點頭，兩人一前一後的往門口的方向走。會議室的大門半掩著，葉子珩見蕭聿沁兩隻手都拿著東西，一個上前打算幫她開門，沒想到蕭聿沁的動作更快，長腿一伸俐落的將門勾開，率先走了出去。後頭的葉子珩失笑，這女人還真的是……

「所以怎麼了？」

「我是想問你，你設計公司近期案子多嗎？」蕭聿沁往自己的辦公室走，遠遠的便看到葉欣潼在外頭等著，擺明了就是想聽八卦，「能不能再接一個案子？」

嗯？葉子珩一愣，對於她突如其來的提問有些錯愕：「怎麼突然這麼問？」

「我一個朋友想要重新裝修房子，可是不知道要找誰設計。」他們聊著聊著走到她的辦公室前，蕭聿沁這下也沒打算支開葉欣潼了，一把打開總編辦公室的門，葉欣潼便自然的跟在他們兩個後頭，「但我也沒認識其他可以推薦給她的設計師，所以才想說看看你願不願意接。」

「可以是可以，但可能需要一段時間，我要先把手上的案子完成。」葉子珩看了下手機行事曆，其實他這陣子已經沒有打算要接案了，畢竟案子接多了也怕影響到整體設計的品質，不過對方是蕭聿沁的朋友，他也實在不好拒絕。反正手上幾個案子都差不多告一段落了，接下這個案子應該不會有多大的影響，只是他得多熬個幾晚罷了。

「嗯，那你有空的時候再通知我。」蕭聿沁說著坐到沙發上，剛剛穿著高跟鞋站了一個多小時，雖然她已經習慣了，但腳還是會痠。何況她今天穿的高跟鞋鞋跟比以往的都還要長，腳的痠痛程度自然也會增加，「坐吧，站著不累？」

「不了，我等一下還要回公司處理事情。」葉子珩微微一笑，「對了，那妳朋友的預算大概多少？」

「沒有預算上限，只要她喜歡就好。」

「那……妳幫我約她出來嗎？我要跟她討論看看細節。」葉子珩試探性的看著她，卻見蕭聿沁愣了愣，那表情就像一時之間不知道該怎麼回答。

「我那個朋友在法國，她說希望一回台灣就能看到她家煥然一新的感覺。」蕭聿沁過了幾秒才給出了這個答案，儘管表情看似正常，但還是讓坐在她旁邊的葉欣潼起了疑心，一雙眼緊盯著她的側臉，「而且她怕生，不太擅長跟陌生人交談，可能也沒辦法清楚的告訴你需求。所以設計風格的部分由我跟你接洽，我會照她想要的風格跟你說。」

「好，那我等我手上的工作告一段落再跟妳討論，大概一個月左右吧。」蕭聿沁輕點點頭作為回覆，葉子珩用大拇指向後比向門口，「那我先走了。」

「掰。」蕭聿沁應了聲，葉子珩轉身往外走，晚點他還得跟一個客戶討論裝潢的設計圖，雖然說離他們約定的時間還有兩個多小時，但還是得回去準備一下。給客戶最好的品質，這是他的設計公司一直以來的堅持。

葉子珩離開後，葉欣潼依然直盯著蕭聿沁看，蕭聿沁本來還想裝沒事，但實在敵不過葉欣潼那帶著審視的逼人目光，她沒好氣地看向坐在她身邊的女人：「妳幹嘛？」

「妳說妳朋友要請妳幫忙找室內設計師，是假的吧？」葉欣潼瞇起眼逼近她的臉，搞得蕭聿沁跟著緩緩向後倒，眼看她都要躺到沙發上了，葉欣潼才止住動作。

「起來。」蕭聿沁騰出手拍了葉欣潼一下，這女人是打算幫她練核心肌群嗎？這個動作腰有夠酸的。葉欣潼扯扯嘴角坐直身子，蕭聿沁這才撐著沙發坐好，沒好氣地開口，「妳又知道是假的。」

「當然是假的，妳除了我跟忌莫以外還有什麼朋友？何況對方還在法國？怎麼可能。」葉欣潼嘀咕著，蕭聿沁自從十幾年前發生那件事後便再沒有交過朋友，就算有也是透過她和忌莫介紹給她，她的朋友哪有她們不認識的。

何況蕭聿沁不是一個喜歡多管閒事的人，除非是摯友，否則一般朋友請她幫這個忙，她也不一定願意幫。再加上蕭聿沁最好的朋友也就她和忌莫兩個人，但她們兩個都在台灣，近期也沒有要重新裝潢的打算，那扣除掉她們還能有誰？

「妳這是在暗諷我沒朋友嗎？」這話倒讓蕭聿沁聽出了端倪，沒好氣地瞪了她一眼，「朋友少又怎樣？質比量重要。」

「是是是，質比量重要。」葉欣潼敷衍的點著頭，「所以妳到底是在幫誰找室內設計師？」

蕭聿沁瞥了她一眼，悶悶的開口：「我啦。」

「妳家要重新裝修？」葉欣潼高聲驚呼，蕭聿沁也沒阻止她，反正總編辦公室的隔音良好，這點聲音不會傳到外頭去，「為什麼這麼突然？」

「心情不好。」蕭聿沁拿起保溫杯喝了口溫水，說的理所當然。

「那妳幹嘛不直接跟葉子珩說是妳的房子要裝修？」葉欣潼這是明知故問，見蕭聿沁瞪了過來，她才笑著開口，「覺得彆扭啊？」

蕭聿沁沒好氣的白了她一眼，起身離開沙發區走向辦公桌，一邊不滿的碎念著：「明知故問。」

葉欣潼放聲笑了出來，蕭聿沁無奈又不爽的瞥了她一眼，這女人為什麼每次都以捉弄她為樂？她人生裡就沒有其他人可以玩弄了嗎？

「欸，妳就不怕我跑去跟葉子珩說？」葉欣潼打趣的問著，儘管她知道答案。

「妳要是敢跟他說，我們就不用當朋友了。」蕭聿沁皮笑肉不笑的朝她揚起笑容，下一秒低下頭處理手上的文件，這份文件明天就得送到社長那裡，今天沒辦完不行。

才不可能。葉欣潼盯著她認真的側臉如此想著，蕭聿沁哪可能跟她斷交呢？那些能夠輕易說出「決裂」二字的友情，其實比什麼都還要堅固。

#

一個月的時間眨眼就過，雜誌社在這個月裡又出了新的一期期刊，更再次突破了歷年的銷售業績。其中又屬室內設計專欄的反應最為熱烈，許多國內知名的評論家紛紛讚揚，短短一個禮拜內便多了百名長期訂閱的讀者，CONSTANCE的總體評比也正式從全台第五名晉升為第四名。

離蕭聿沁的目標又更近了一點。

時間終於來到員工旅遊當天，不過參加員工旅遊的人實在寥寥無幾。公司的員工旅遊一向是各部門分開辦理，編輯部、人事部、總務部、財務部的員工旅遊各有不同方案，偏偏成員多達幾十人的編輯部居然只有五個人參加。原因是……

「欸，不是我在說。」員工旅遊日當天，蕭聿沁穿著薄長袖外套以及運動長褲，一頭俏麗短髮紮起了小馬尾，頭上還戴了頂白色棒球帽，有些忍無可忍的開口，「旅行社到底在搞什麼？為什麼編輯部的員工旅遊是爬山啊？」

沒錯，其他部門的員工旅遊不是去遊樂園就是去海邊玩水、浮潛，而他們編輯部的員工旅遊居然是跑到附近的山上爬山。蕭聿沁一聽到行程便果斷的說了她不要去，卻被葉欣潼苦苦挽留。葉欣潼主動擔下了編輯部員工旅遊的總召，如果整個部門都沒有人要去也就算了，偏偏有一對熱愛爬山的情侶堅持報名參加，如果蕭聿沁不去，她該有多孤單啊？

在葉欣潼的千拜託萬脅迫下，蕭聿沁總算勉強答應參加。不過……她轉頭看向不遠處的葉子珩，沒想到他居然也來了，他都不覺得爬山無聊嗎？

「我也沒辦法，就剛好我們抽到爬山的行程啊。」葉欣潼也無奈的喊著，當時蕭聿沁在跟合作廠商開會所以沒有到場，旅行社將各個旅遊方案給她和社長過目，她提出以抽籤決定各部門的旅遊地點，結果好死不死的編輯部抽到了最無聊的行程——爬山。

「算了，現在討論這個也沒意義。」蕭聿沁不耐的嘆了口氣，一雙眼看向上山的路，「按行程表來看，我們得在這裡待上一個下午，等到五點才能回飯店吃飯。反正上山的路就這條，大家就按自己的步調走吧。」

她說著忍不住看向葉欣潼再次抱怨：「我真的覺得爬山這個行程很爛，爛透了，以後不要相信社長選的旅行社。」

兩天一夜的行程，光是坐車上山就花了大半天，爬山又占了整整五個小時，晚上吃完晚餐回到旅社，睡一晚過後又要下山回家。等於說這兩天的行程根本只有爬山跟回旅社睡覺而已，這四十八小時的時間她可以處理多少文件，她當初到底為什麼要答應參加這次的員工旅遊啊？

不過抱怨歸抱怨，她還是跟上了他們的腳步，只可惜今年的員工旅遊忌莫沒有來，不然她一定可以製造很多笑點，至少有她在的爬山不會這麼無聊。

一行人緩慢的走在山坡路上，一開始大家還有些顧慮的配合著彼此的腳步，但沒一會人便漸漸散開了，其中那對情侶早已將他們拋在後頭，甚至拿出專業的攝影相機開始拍攝周遭的植物，蕭聿沁見狀輕嘆，他們對大自然可真有熱忱。

五人行的成員頓時剩他們三個，他們倒也不在意前頭那對情侶去了哪裡，反正路就這麼一條，難道還會走失嗎？何況大家都是成年人了，也該自己照顧好自己，總不可能像幼稚園小朋友一樣大手拉小手吧！再說他們三個彼此都認識，一邊爬山還可以一邊聊天，也比較不會覺得尷尬。

「欸，你們兩個先爬吧，我一會就跟上。」葉欣潼氣喘吁吁的坐到一旁的石椅上，雖然說時序已經邁入冬季，她的臉上還是冒出了細汗。

前頭的兩人雙雙回頭，只見葉欣潼從包包裡拿出水壺大口大口地喝著，蕭聿沁忍不住蹙起眉頭：「妳確定不用等妳？」

「不用，我才沒那麼弱！」葉欣潼沒好氣的說著，蕭聿沁聽了聳聳肩，轉身繼續往前走。一旁的葉子珩有些猶豫，真的就這樣放葉欣潼在這裡嗎？

「你放心，她只是想偷懶一下，五分鐘後就會跟上來了。」像是知道他在想什麼，蕭聿沁微微轉過頭看向他，葉子珩這才跟上她的步伐。

「對了，你們雜誌社這期的雜誌賣的不錯吧？」兩個人安靜地走了一會，葉子珩忽然問道，「很多新聞台都在報導你們的雜誌社，恭喜。」

「也沒什麼好恭喜的，離全台第一大雜誌社還有很長一段距離。」蕭聿沁淡然的說著，但連她都沒發現自己嘴角藏了一絲笑意，「不說我們了，你公司呢？我聽Vivian說你們公司也獲得很多的關注？」

「嗯，是不少，也陸陸續續有建商想來請我們幫忙設計，但我拒絕了。」

拒絕了？蕭聿沁有些訝異又不明所以的看向走在身邊的他：「為什麼？」

葉子珩無奈的聳了聳肩：「我們公司不算大公司，如果要包這種大工程的話品質一定會下降，但這就有違我創立公司的宗旨了。所以最後還是決定推掉那些大邀約，接一些散客就好。」

「哦？」蕭聿沁饒有深意的看著他：「這麼有想法？」

葉子珩聽了她的話挑高眉峰，開玩笑地回了她一句：「跟您比還差的遠呢，蕭總編。」

蕭聿沁莞爾，一旁的葉子珩也跟著笑了出來。想著想著，蕭聿沁忽然斂起笑容，正如同剛才葉子珩說的，CONSTANCE成了全台第四大的雜誌社，她當然覺得高興，甚至希望CONSTANCE可以一直壯大下去。但是她說過等時候到了，她會自己離開的。

當CONSTANCE壯大的同時，也代表她離開的日子，已經不遠了。

#

下午五點，旅行社安排車子載他們下山，一群人下車便往飯店大廳走，因為暈車不舒服的蕭聿沁則要了鑰匙先行回房。打開房門走進房間裡頭，蕭聿沁上下打量著房內的裝潢。右手邊是擺了無印風沙發的小客廳，裡頭甚至還有電視以及一個懶人沙發；左手邊則是簡易的小廚房，中間拉了個小螢幕阻隔了風水上的不良設計，也讓房客在客廳休閒時不會感受到來自廚房的壓力；往前一看，正對著大門的是一條小走道，走道的兩邊分別開了兩個門，其中一間是浴室，而另外三間則是獨立房間。

與其說是這是一間房間，不如說就像是一般家庭一樣，分開的小房間可以給彼此一點個人空間，而客廳又可以供大家閒聊娛樂。

蕭聿沁隨手將行李跟包包放在一旁，有些疲倦的將自己摔進沙發裡，她右手撐著沙發的扶手，左手則揉了揉太陽穴。剛剛旅行社的車子在山路上開的飛快，她原本就是不喜歡走山路的人，司機這麼一開更讓她覺得自己的五臟六腑歷經了一場大位移。真是……為什麼當初葉子珩開山路就能夠開的妥妥當當，半點都不會讓人感到不舒服，而那個司機大哥偏偏能讓人暈車暈到連飯都吃不下？

要是全天下的司機都能像葉子珩那樣開的又快又穩該有多好。

又過了一個小時，蕭聿沁因暈車產生的嘔心稍微好了一點。隱約聽到門外傳來了葉欣潼的聲音，她忍不住扯扯嘴角，哀嘆著難得能夠獨處的時間告一段落。這並不是討厭葉欣潼，跟葉欣潼相處起來非常舒服，只是她也是個需要獨處的人，想到要面對人群難免會覺得有些疲累。

想著要出去幫忙葉欣潼搬行李，蕭聿沁俐落的從沙發上起身，走到門前一把拉開房間的門，沒想到剛好聽到了令她感到荒謬的言論。

「那個……葉先生，我突然想跟我男朋友睡一個房間，可以請你自己去開一間房間睡嗎？」編輯部的女職員厚著臉皮開口，這話連葉欣潼都聽不下去，有些不滿的說了句：「當初喬房間的時候你們自己說要分開睡，哪有現在突然反悔的道理？」

「問房間的時候是一個月前啊！」那女生還理直氣壯的說著，反正她媽媽跟雜誌社的社長熟識，才不怕葉欣潼跟蕭聿沁，區區一個副座和總編算什麼？她還有社長幫她撐腰，「那時候我們才剛交往，現在是熱戀期耶！當然要住一起！而且再開一間單人房又不貴，葉先生是這麼有名的室內設計師，怎麼可能付不起？」

「貴不貴不是重點。」葉欣潼的火氣也跟著上來了，「重點是這間飯店難訂，早在前幾個禮拜就已經沒有房間了，現在臨時要訂也沒有房間！何況是你們反悔在先，真的這麼想住一起，你們也可以去另外開一間房間住，憑什麼是葉子珩要被迫搬走？」

葉子珩見兩人快吵了起來，連忙開口緩頰：「欸沒關係啦，不然我跟飯店說一下，大不了我今天晚上在大廳待著，一晚不睡也不會怎麼樣。」

「葉子珩。」蕭聿沁有些不爽的皺起眉頭，突如其來的出聲讓外頭的四個人嚇了一跳，這才發現她的存在，「你可以不要這麼濫好人嗎？」

葉子珩一愣，正打算說些什麼，蕭聿沁便接著開口：「你，進我們房間睡。」

「蛤？」這一聲是外頭的四個人同時喊出來的，誰也沒料到蕭聿沁居然會叫葉子珩進去跟她們睡，這……

「蛤什麼？」

「不、不是。」葉子珩認真的想著措詞，有些不知道怎麼解釋，「我一個男生，跟妳們兩個女生待在同一個房間裡，要是傳出去不太好吧？」

「裡面有三個獨立的單人房間，我們又沒有睡一起，有什麼關係？」蕭聿沁根本不甩那些，「身正不怕影子斜，我也沒有閒到整天都要在意外人說什麼。」

言下之意，就算消息傳出去，她也壓根不在意。

說到這裡，她一雙眼冷颼颼的看向剛才說話的女職員，輕佻起一邊的嘴角，那眼神讓女職員忍不住打了個寒顫，蕭聿沁她……好像根本不怕她有社長這個靠山似的。

用眼神給了女職員一個警告後，蕭聿沁俐落的拿過葉欣潼手上的行李轉身走進房間，不忘淡淡的說道：「葉欣潼，給妳五秒，想辦法把葉子珩拉進來。」

蕭聿沁話音才剛落下，葉欣潼便一把拉著葉子珩往房間裡衝，開什麼玩笑！任誰都看得出蕭聿沁正在氣頭上，她可沒膽子去玩老虎的尾巴。

#

半夜一點，蕭聿沁拿著筆電從房間走出，不忘小心翼翼的關門以免吵醒葉欣潼和葉子珩。其實她早在十二點就上床準備睡覺了，但她在床上翻了一個小時還是睡不著，索性拿了筆電到小客廳打企劃書。失眠已經成了她的日常，她總要等到半夜三點之後才有辦法入睡，但蕭聿沁倒也不覺得有什麼，反而樂於把那些睡不著的時間拿來工作。

打開電腦螢幕，蕭聿沁點出讀者同樂會專案的資料夾，一雙手快速的在鍵盤上游移著。CONSTANCE每年一度的讀者同樂會即將在下個月舉行，跟以往不同的是雜誌社決定在同樂會上搶先公開接下來一年的合作廠商以及部分精彩採訪預告，所有的合作人以及受訪的知名人物都會到場與讀者同樂。

打字打到一半，蕭聿沁點開另一個視窗，登入公司帳號看了下今年讀者同樂會的入選名單。今年報名的人較往年多出了許多，以往報名的讀者不過兩千人上下，今年居然一舉突破了五千次的報名人數，一來是因為今年的同樂會上有眾多經典卡司，二來近幾年雜誌越賣越好，自然增加了許多讀者。雖然說這些人跟CONSTANCE的五萬訂閱數相比根本沒有多少，但畢竟今年挑的日期正好是上班日，許多人不克參加，所以這樣的報名人數倒也在預期之內。只可惜今年由於場地太小的緣故，雜誌社只能抽出一百名讀者參加，其他的四千多名讀者恐怕只能等到明年，甚至得等更久。

手機傳來震動聲，蕭聿沁點開一看，只見統計組的組長發了一份統計資料過來，內容是今年參加讀者同樂會的讀者喜歡的雜誌內容。這是CONSTANCE一直以來的傳統，一般的雜誌社都是先將活動內容安排好後直接抽選讀者參加活動，CONSTANCE則反其道而行，先放出活動時間供讀者報名，再從抽中的讀者中研究他們的喜好，針對他們有興趣的內容安排活動。雖然這麼做比較費心費神，但也因為這樣，CONSTANCE的讀者同樂會在業界向來只有好評，每年的活動也都是完美收場。

蕭聿沁仔細的研究著由統計組發來的問卷統計資料，這一百人中喜歡文藝類型的讀者占了多數，次多的則是對於服飾設計、室內設計有興趣的讀者。那麼這次的同樂會可以以文藝類型的活動為主，也可以安排讓讀者體驗設計服飾……

啊！可以問問葉子珩有沒有推薦的室內設計軟體，反正他是合作廠商，也會在現場參與整場活動，剛好可以請他幫忙教導讀者設計的技巧以及程式運作。

想著想著，蕭聿沁的滑鼠游標移到了紀念品的欄位，一旁忽然傳來了葉欣潼的聲音：「妳這次同樂會的紀念品打算準備什麼？」

「我打算在同樂會當天讓所有人一起合照，然後做成客製化拼圖寄到所有參與者的家裡。」蕭聿沁認真的回答著，一雙手飛快地打著字。卻在幾秒後猛然抬起頭，眸子裡寫滿了震驚，「妳為什麼在這裡？」

「我為什麼在這裡。」葉欣潼揚起一抹絕對不帶笑意的笑容，「我才想問妳，蕭聿沁，現在三更半夜的，妳不睡覺在這裡打什麼企劃書？」

「噓！」蕭聿沁連忙叫她小聲一點，她這麼大聲，萬一把葉子珩吵醒了怎麼辦？「我就睡不著啊！難不成要我盯著房間的天花板發呆嗎？」

「妳就眼睛一直閉著就會睡著了。」葉欣潼可不吃她這套，「還有，活動企劃應該是活動部組長負責的吧？妳寫企劃書幹嘛？」

「活動部組長才剛上任，要她一下子做這個有點強人所難了吧。」蕭聿沁聳了聳肩，「我就稍微幫忙一下。」

「幫忙？妳手上的那些企劃都快把妳搞死了，妳還想幫活動部，拜託！妳幫了到時候功勞也是給活動部組長。」葉欣潼說著頓了頓，瞇起眼逼近蕭聿沁，「不對……妳最近真的怪怪的，妳什麼時候會好心到要幫人家了？」

「那個新上任的組長是我的國小同學。」蕭聿沁無奈的解釋著，「她來請教我之前活動的問題……我也不知道她幹嘛問我，可能覺得我資深吧。想說都同學一場，幫她寫一點企劃草案讓他們參考。」

「哦。」葉欣潼瞭然的點頭，「言下之意，這不是公事上的幫忙，是私底下幫忙朋友就是了？」

「嗯哼，而且我又沒有損失，頂多損失一點睡眠時間而已。」蕭聿沁說著尷尬的笑了笑，「也算是一種……樂此不疲？」

「誰管妳樂此不疲。」葉欣潼一點也沒在客氣，伸手將她的資料存檔後按下關機，「妳的筆電我沒收一個晚上。」

「欸！」原本坐在地上打字的蕭聿沁不依的抬頭瞪著她，「我電腦還要拿回去充電，它快沒電了。」

「妳想得美。」葉欣潼說著轉身走回房間，「要充電很簡單，我那裡有充電線，明天一定充飽電還妳，妳現在給我回去睡覺。」

還坐在地上的蕭聿沁根本拿她沒轍，就這樣盯著葉欣潼的背影消失在房間門口，忍不住長嘆了一口氣，她依然一點睡意也沒有，就算躺在床上也睡不著啊！

想著想著，她站起身坐上後頭的長沙發，拿了一個抱枕靠在扶手上，她的背則靠上抱枕，一雙長腿跟著弓起，整個人以L型的姿勢縮在沙發上。反正也還睡不著，葉欣潼收走了她的電腦，但忘了收她的手機，她依舊可以在客廳裡滑手機殺時間。

又過了半個小時，蕭聿沁隱約聽見房門打開的聲音，她在心裡暗叫不妙，該不會葉欣潼發現她依然沒睡，所以出來找她吧？要是再被她抓到，她只怕會被葉欣潼拖進房間裡一起睡，她才不要！

她有些緊張的抬頭一看，卻剛好看見了從房間裡出來的葉子珩。原本還睡眼惺忪的葉子珩在看到她時頓時醒了一半，他覺得口渴所以出來喝個水，但是誰可以告訴他為什麼大半夜的這女人居然在這裡？

「妳怎麼還沒睡？」他從廚房拿了礦泉水後朝客廳走去，一邊問道。

蕭聿沁聳聳肩，倒也誠實以告：「睡不著。」

「嗯哼。」葉子珩嘴裡還唅著水，意思意思的應了聲。順手拿過椅背上的毯子，丟到她身上，「腿蓋著。」

她穿著短褲，一雙腿又放在沙發上，雖然說她並沒有走光，但他依舊不敢直視。蕭聿沁自然知道他在想什麼，雖然覺得他大驚小怪，但還是扯著嘴角將毯子蓋到腿上。

不就是穿短褲嗎，這男人沒看過女孩子穿短褲不成？有什麼好彆扭的。

不知道為什麼依然口渴，葉子珩又灌了幾口水，一直到將水吞下後才再次開口：「睡不著的話，要不要喝調酒？」

「啊？」這下蕭聿沁可吃驚了，滿臉不可思議地看向他，這男人是有沒有搞錯？「你出來玩還帶酒出來調？」

「當然沒有。」葉子珩聳了聳肩，眼裡閃爍著狡詰的笑意，「所以我只是問問。」

……幼稚。蕭聿沁沒能忍住，翻了個大大的白眼，葉子珩見她這模樣忍不住笑了出來：「但我可以去對面的便利商店買酒陪妳喝，喝了酒比較好睡。」

蕭聿沁沒有理他，只當他在開玩笑。沒想到葉子珩還真的轉身打開房間的大門走了出去，她根本還來不及叫住他，房間的門便被他關了起來。

蕭聿沁有些傻眼的盯著緊閉的大門緩緩搖頭，他到底有沒有搞錯？現在半夜兩點，他明明可以回去睡覺，卻跑去便利商店買酒？

幾分鐘後，葉子珩開門走了進來，手上果真提了一袋東西。不過袋子不是透明的，蕭聿沁根本看不出來裡面裝了什麼：「你不會買了啤酒吧？」

葉子珩淺淺一笑，從袋子裡拿出了葡萄沙瓦：「晚上喝酒本來就傷身，所以我買了酒精濃度低一點的。反正買酒只是為了讓妳好睡一點，不是為了讓妳喝醉。」

這話成功的讓蕭聿沁愣了一瞬，但她依然不動聲色的接過葉子珩遞來的鐵鋁罐：「謝了。你回去睡吧，不用管我。」

「怎麼可能不管妳，一個人喝酒多悶。」他說著從袋子裡又拿出了另一瓶白沙瓦，「我也買了一瓶。」

蕭聿沁無奈地抬頭看著他，只見他滿臉的認真，半點都看不出在開玩笑——他是真的打算陪她喝酒。輕嘆口氣，她用下巴指指沙發的另一頭示意他坐下，這沙發很大，即使她弓起腳放在上頭，依然有位子讓葉子珩坐。

兩人相繼開了手上的沙瓦，清脆的喀噠聲迴盪在客廳裡，蕭聿沁下意識的瞥了葉欣潼的房門一眼，希望她沒有被這聲音吵醒。不過即使吵醒了她也無所謂，反正還有葉子珩一起，有個人一起被罵好像也沒這麼糟。

「乾杯。」葉子珩認真的朝她舉杯，蕭聿沁莞爾，不過是喝個酒，有必要這麼有儀式感嗎？儘管如此，她依然稍微撐起身子跟他乾杯。兩人灌了一大口的酒，蕭聿沁滿足的呼了一口氣，不得不說工作完後喝一杯酒實在舒服，總覺得緊繃了一整天的神經全放鬆了下來。

「開心點了吧？」葉子珩微笑，「晚上看妳生氣成那樣。其實我去睡大廳也沒差，妳根本沒有必要動怒。」

嗯？蕭聿沁這才知道他在說什麼，不說還好，一說她就來氣，又喝了一大口酒後有些不爽的開口：

「你對每個人都這麼濫好人嗎？今天住那間房間是你的權利，你為什麼要放棄？」

「我不是放棄自己的權利。」葉子珩溫聲解釋著，「我只是覺得沒有必要因為我讓你們起爭執，你們是同事，未來還要一起合作很多期的雜誌……雖然妳們幾個是上司跟下屬的關係，但要是下屬跟長官間關係不好，也會影響到雜誌社的運行。」

「而我只是一個合作廠商，充其量不過是個外人，沒有必要因為我引起內鬨。」

葉子珩認真的說著，卻見蕭聿沁的眉頭皺的越緊，他感到錯愕的看著她：「我說錯什麼了嗎？」

蕭聿沁皺著眉頭又喝了一口酒，像是在想著措詞，過了一會才說道：「我不懂，你為什麼會有這種想法？」

「葉子珩，你聽清楚。」她說著直起身子稍微往他靠近一點，認真地盯著他，「對於CONSTANCE來說，每一個合作夥伴都是家人、是自己人，不要把自己想的這麼卑微，你跟CONSTANCE永遠是平起平坐的。而且你是我跟葉欣潼的朋友、也是忌莫的朋友，你算什麼外人？」

「還有，這是你的權利，就算你是外人也有資格爭取，這跟內人外人沒有半點關係。」

葉子珩一愣，他是真的沒想過蕭聿沁居然會跟他說這些，對於一般的公司來說，他們這些合作對象就只是合作對象，身分低微的跟什麼一樣，動不動就得看別人的臉色。不得不說，CONSTANCE還真是業界的一股清流啊……

「再說了，那對情侶真的讓人看不順眼。」蕭聿沁說著又懶洋洋的喝了一口酒，一瓶沙瓦眨眼間快要見底，「這跟我們是不是上司下屬沒有關係，出來玩本來就是互相配合、互相讓步、互相妥協，哪有這樣強勢搶房間的道理？」

葉子珩輕笑：「所以妳今天會這樣動怒，是因為覺得他們自私？」

「嗯哼。」

「其實這也不奇怪啊，現在這社會上自私的人這麼多，不為自己多想一點，怎麼在社會上立足。」葉子珩淡淡的說著，「像你們公司這樣的清流，真的很少了。」

清流？蕭聿沁聞言輕笑，也正因為是清流，才容易被人弄垮不是嗎？

兩人又陸陸續續的聊了半個小時，不過大多時間都是葉子珩在負責說話，蕭聿沁則是偶爾回應個一兩句。葉子珩也不覺得有什麼，蕭聿沁就是這樣的一個人，相較於說她更善於傾聽，但只要說出口的便都是重點。他也不覺得這樣的相處有什麼問題，說穿了每個人的相處模式都不同，硬要逼她說話也顯得不尊重。

那是他們之間的相處方式，即使在外人眼裡覺得奇怪，但他並不認為。

「對了，妳剛剛聊到想要我推薦室內設計的軟體。」有一搭沒一搭的閒聊著，兩人都放鬆了下來，葉子珩也沒再看著她，兩人一邊滑手機一邊聊天，完全沒有半點交談的壓力，「我這裡有幾個免費的，等等傳網址給妳。」

他等了一會都沒有得到蕭聿沁的回覆，有些狐疑的往她的方向一看，只見她整個人縮在沙發的角落，胸口平穩的起伏著，原本拿在手上的手機掉在她的身上，螢幕早已黑屏。

睡著了？葉子珩見狀輕笑，看來在酒精的幫助下她放鬆了不少，居然就這麼睡著了。眼尾瞥見她手上還拿著空的鋁罐，他彎下身子小心翼翼的將它抽起，又把她的手機拿起來放到一旁的桌上，最後替她蓋好掉下來的毯子。

他沒打算把蕭聿沁抱回房間，畢竟他不知道她的意願，也許相較於被抱回房間，她反而寧可躺在沙發上睡一整晚。違反別人意願的情況下，即使做的事看似正確，但實際上也是一種不尊重。

再次確定她沒有被自己吵醒後，葉子珩轉身拿著那兩瓶空罐子到廚房回收。離開客廳前不忘再多看蕭聿沁一眼，見她睡得深沉忍不住揚起一抹淡淡的笑容。

進房間前，他回頭看著縮在沙發上的身影，輕聲說了一句：「晚安。」

#

快樂的時光總是過得特別快，員工旅遊也在眨眼間結束。回公司後，每月一次的評刊會登場，每個編輯都戰戰兢兢的走進會議室，畢竟誰也不知道究竟這期哪個專題迴響最好，又或者他們怕的是……誰負責的專題會被電的最慘。

「都到了吧。」下午三點，蕭聿沁剛開完一場會議便趕到評刊會的會議室，一進門便看到編輯部全員就位，這讓她非常滿意，「都到了就開始吧。」

蕭聿沁說著翻開手上的資料，原本乾淨的白紙被她用鉛筆圈起好幾處，甚至被她加上了註解：「這期專欄迴響最好的是……」

她說著看排名第一的專題頓了一下，下一秒不動聲色的往下看到第二名，繼續開口：「Vivian負責的鄉村風格插畫，尤其是採訪內容的部分受到讀者的一致好評。」

坐在最後頭看著每個人的葉欣潼微微笑了笑，看蕭聿沁剛才那動作，想也知道這期雜誌迴響最大的一定又是她負責的室內設計專欄。有葉子珩這個天才型設計師，再加上蕭聿沁這麼嚴格的編輯，強強聯手，打造出來的專欄怎麼可能差到哪裡去？不過蕭聿沁向來不喜歡搶底下編輯的光環，所以每次都會自動跳掉自己負責的部分，選擇誇獎第二名的專欄。

底下的編輯們自然也知道這些，不過因為蕭聿沁總是半聲不吭地跳過自己，大家便順理成章的領了她的好意，也沒有人多說什麼，這早已成為評刊會的一種默契。

「這次做得的確不錯。」蕭聿沁淡淡的說著，「連社長在國外看了這期雜誌，都特別點名妳的專欄，做得很好，繼續加油。」

「我也覺得不錯。」後頭的葉欣潼忽然插嘴，蕭聿沁原本要說的話被硬生生地打斷，有些無奈的偷偷白了她一眼。葉欣潼見狀笑了笑，繼續說道：「我看到出刊雜誌的時候就覺得這篇報導很有CONSTANCE的風格，Vivian的報導的確進步很多。」

「雖然讀者評比這邊沒有提到，但我覺得阿德這次的美編也做得很好。」蕭聿沁接口，難得的誇獎了美編的編製，這讓底下的阿德有些受寵若驚，「整體色彩比例調配得當，能夠讓讀者一眼抓到重點卻又不刺眼。跟之前相比進步很多，辛苦了。」

底下的阿德都要開心到昏頭了，想著自己熬了這麼久終於能夠受到總編的肯定，連忙點頭：「謝、謝謝總編，我會繼續努力的。」

「嗯，繼續保持。接下來是這個月的專欄檢討。」蕭聿沁話鋒一轉，原本還和樂融融的會議室頓時安靜了下來，而她也沒有太過在意氣氛的轉變，繼續說道：「這次總體評比最差的是小安負責的陶器製作，統計部送來的資料顯示，大部分的讀者回饋都說妳的專題報導完全錯誤。」

「可是總編，陶器製作以及用途有很多種，我只是報導了比較冷門的那種，希望能夠讓讀者吸收新知，這樣也錯了嗎？」底下的小安覺得委屈，「難道一定要報導那種……大眾認同的專欄，這樣才是對的嗎？」

「我沒有說妳是錯的，妳的報導內容我也看過，的確是有這種作法。」蕭聿沁難得的沒有罵人，畢竟報導是正確的，只是部分讀者認知錯誤導致差評，實在沒道理就這樣抹滅一個編輯的努力，「但畢竟我們的受眾是讀者，還是得找出改進的方案，如果只是挨了負評卻沒有改進、澄清，那妳這個負評拿的有多冤枉？」

蕭聿沁說著忽然嚴肅了起來：「評刊會的目的是為了檢討，不是為了撻伐，也不是哪篇報導得到負評就代表那個人是最差的。妳自己看看現場多少人？包括我，誰的專欄沒有得過讀者負評？如果連這一點負面評論都禁不起，那妳真的不用在雜誌社混了。」

一旁的小安低下頭，顯然聽進了她的話，蕭聿沁這才放緩了聲調：「我的建議是，妳要報導較為冷門的的主題、製作方法當然可以，但也許下次可以搭配一些大眾較為熟識的手法來做報導，甚至將兩者的優缺點做比較，讓讀者在自己的舒適圈內也能夠吸收新知，可以減少讀者對於專欄的抗拒程度。這部分我下次審稿的時候也會幫妳特別注意。」

「還是總編。」一旁的小安彷彿被打擊了自信，悶悶的開口，「我以後都不要做這種冷門的報導好了，可以避免讀者沒辦法接受的問題。」

「妳對妳自己的報導就這麼沒自信嗎？」蕭聿沁緊皺起眉頭，「能夠被選入作為雜誌專欄的報導，就是經過了一定的審閱流程，再差也不可能差到哪裡去，妳要因為一次的負評放棄妳的撰寫風格跟方向？」

蕭聿沁說著眼神犀利的環視了會議室一圈：「讀者的確是現實的，但身為編輯，你們要做的是在自己想寫的專欄以及讀者的喜好之間取得平衡，而不是照著讀者的喜好走，這樣只會喪失新增讀者客群的機會。再者，一昧的迎合讀者喜好，萬一哪天讀者群的口味改了、喜好變了，你們該怎麼辦？跟著改變嗎？」

「我也曾在你們這個位子，我知道讀者的評論有多傷人，也知道會有讀者以謾罵的方式來表達意見，但是現今的社會就是這樣，那些人就是會認為自己不喜歡的東西就是錯誤的、就是會不顧一切的批評你，如果你們連這點都承受不了，就永遠沒辦法向前。」

底下的編輯們一個個低下了頭，蕭聿沁這才稍微放緩了語調：「讀者的批評固然狠毒，我也知道那些人在公司專頁底下罵得有多兇。但是我希望你們不要因為那些人的言論失去信心，否則怎麼寫出能夠讓CONSTANCE的忠實讀者繼續喜歡的專題？去把那些惡毒的言論抽絲剝繭，留下自己可以改進的，對自己沒有幫助的就把它丟掉，沒必要拿來為難自己。」

她說著緩了緩，看向一旁的小安：「專題澄清的部分，妳想好要怎麼解決了嗎？」

「我採訪當時的錄音、錄影都還在，而且採訪的陶藝師傅說得很詳細專業，我想把那些影片放上公司的各大專頁，也許讀者們看了會比較能夠理解。」小安明顯冷靜了一點，打起精神說道。

「嗯，可以。但我覺得還不夠。」蕭聿沁沉吟了一會，忽然看向了一旁的阿德，「阿德，你幫忙把小安之前採訪的影片做一些後製的特效，尤其把重點段落呈現在影片裡，儘量不要搞得很像百科全書，背景音可以放個比較輕鬆的音樂。剪輯完後交給公關部，讓各大平台的小編幫忙上傳。」

「沒問題。」阿德用力的點頭，「我辦完馬上交過去。」

「嗯，沒問題的話，這期的評刊會就這樣吧，大家辛苦了。」蕭聿沁說著闔上手中的資料，「明天就是CONSTANCE的讀者同樂會了，今天大家早點休息。星期五這期雜誌的選題會，期待大家的提出的專欄。」

她說著拿了東西率先走出會議室，沒一會葉欣潼也跟著走了出來，加快腳步跟上她的步伐，輕拍了下她的肩膀：「欸，難得看妳會給底下的編輯鼓勵。」

「這期雜誌的確做的不錯，沒什麼地方好過度挑剔的。」蕭聿沁淡淡的說著，「是有缺點，但公司專頁上的留言罵的這麼難聽，我也覺得夠了。小安才剛進來，何況她的報導沒錯，本來就沒必要承受這樣的打擊。」

「哦。」葉欣潼扯扯嘴角，「我還以為妳心情好，想要給他們一點鼓勵。」

「我哪可能心情好。」蕭聿沁重重的嘆了口氣，無奈的翻了個白眼，「妳忘了我半個月後還有一場跨部門會議要開？那業務部的林經理有多難搞妳又不是不知道，這次小安的專欄被罵成這樣，他一定逮到機會就要找我麻煩。」

葉欣潼在心裡「啊」了一聲，也是，那個林經理跟蕭聿沁一向不合，難得有機會可以找她麻煩，對方怎麼可能不把握？「那怎麼樣？妳要不要請病假然後找人頂替妳？」

「我才不要。」蕭聿沁這是秒答，「不去搞得好像我怕她一樣。」

「好好好，讓妳去。」葉欣潼無奈的說著，「好啦，妳今天早點回去休息，明天還有讀者同樂會要辦。」

「欸。」蕭聿沁忽然叫住了她，「我不能露面，妳應該有記得找徐家榆吧？」

「找了啦。」葉欣潼無奈的說著，蕭聿沁聽到這才滿意的點頭，加快腳步走回她的辦公室。

「欸！妳還要辦公？不是叫妳回家休息嗎？」

後頭的葉欣潼嚷著，蕭聿沁直接關上了辦公室的門假裝沒有聽見，她何必休息？就算在這裡看整晚的公文也沒關係。

反正明天的讀者見面會……她依然不能露面。

隔天一早，編輯部全員到活動場地集合，公司租了會場的一、二樓，一樓主要是讓讀者活動的場地，二樓則作為後勤支援、活動用品放置區以及休息室。

由於不能露面，蕭聿沁一到場便到二樓的休息室待著，雖然說她實在不必來這裡，但她就是想來看看，看著那些讀者臉上的笑容總能給她無數動力，也能提醒她當初進入CONSTANCE的初衷。

在休息室裡被悶的受不了，蕭聿沁忽然想起這個活動建築是中空的設計，也就是從二樓可以往下看到一樓的情況。反正她也沒帶其他文件來辦公，索性走出休息室，手扶著欄杆往下看。她站的位子不是很明顯，底下的人也不會無緣無故往她這個方向看，所以她也不必擔心自己會被人發覺。

幾分鐘後現場正式開始，活動開始自然是由社長、副社長致詞。一開始底下的讀者儘管熱情但還是保持著理智，直到司儀請徐家榆上台時，台下的讀者一個個奮力鼓掌，甚至有讀者起身尖叫，現場一度難以控制。

「是徐總編！」

「你們有沒有發現，這期的室內設計專欄，是由徐總編跟那個很有名的室內設計師一起撰寫的！徐總編很久沒寫專欄了，難得可以看她負責專欄的撰寫，那篇專欄真的寫得很好！至少我很喜歡！」

「我也是！我還特地把雜誌的那幾頁剪下來貼到我的剪貼簿上，就怕雜誌不小心被我公婆回收。」

底下的讀者們紛紛討論著，那些話讓蕭聿沁揚起一抹帶著苦澀的笑。台上的徐家榆拿起麥克風，底下的讀者這才安靜下來，徐家榆環視了台下一圈，揚起帶著自信的笑容，緩緩開口：「大家好，我是CONSTANCE的總編徐家榆，我想大家一定都很期待接下來的活動，所以我就長話短說。很高興今天能夠在現場看到大家，也謝謝各位一直以來對我們雜誌的支持，未來我們也會努力為大家推出更多元、更有趣的內容，謝謝大家。」

一旁的司儀見她說完了話，連忙拿起麥克風：「我們進行下一個流程，接下來介紹CONSTANCE的各個編輯，以及與會的合作廠商。稍後會有闖關活動，每個合作廠商都會負責一個關卡，闖關成功便能獲得精美禮品，當然，編輯們也會下場和大家一起同樂哦！」

司儀說完後便開始介紹CONSTANCE的編輯群以及各家受邀的合作廠商，緊接著便是由活動部策劃的闖關活動。蕭聿沁在二樓看著底下穿梭的人群，距離活動開始已經過了一個半小時，她的腳卻彷彿不會痠似的，半點都沒移動過。

不遠處的階梯口傳來上樓的腳步聲，蕭聿沁淡然的轉頭看著，想知道來人是誰。不過她並沒有躲回休息室，畢竟二樓是工作人員的休息室以及後勤空間，各個出入口都有工作人員嚴格看守，不可能會出現讀者誤闖的情形。

腳步聲越來越近，沒一會葉子珩的身影出現在樓梯口，這讓蕭聿沁一愣：「你怎麼在這裡？」

葉子珩聽到她的聲音朝她看了過來，他本來還想著二樓這麼大該去哪裡找她，這下好，根本不用找便看到她了：「來找妳的。」

「找我？你怎麼知道我在這？」

「我去問欣潼的。」葉子珩說著遞上一瓶飲料，蕭聿沁這才發現他手上拿了兩瓶寶特瓶飲品，這男人該不會是特地拿這個來給她的吧？

葉子珩像是讀懂了她的想法，微微一笑：「這給妳的。」

「……謝了。」蕭聿沁倒也沒跟他客氣，接過飲料、瓶蓋一扭便喝了起來。兩人靠著欄杆俯視底下忙於闖關的人們，誰也沒有說話。

「是徐總編！」一樓的角落忽然傳來驚呼聲，蕭聿沁跟著往聲源看去，只見徐家榆從角落走了出來，手上也拿著一張闖關單，「總編!您也要一起闖關嗎？」

「是啊！」徐家榆自然的笑著答道：「畢竟闖關活動是活動組規劃的，我也不是很清楚闖關內容，想說乾脆來玩一次看看。」

底下的讀者們跟徐家榆一來一往的互動著，那親暱的模樣讓蕭聿沁忍不住別開了眼神，一旁的葉子珩當然也發覺了，有些猶豫的開口：「妳……不下去看看嗎？」

「你應該有猜到吧。」蕭聿沁淡淡的看向他，「關於我不能在大眾面前以總編身分出現的事。」

「剛跟妳認識的時候就有猜到了。」葉子珩說著緊盯著她的雙眼，「只是我不知道為什麼。」

蕭聿沁因為他那認真的神情愣了愣，旋即不著痕跡的別開眼神，有些不知道該怎麼回答他的問題，要解釋得花太久的時間，而且解釋了就可以解決事情嗎？怎麼可能。

如果不能解決問題，又何必把過去的傷口狠狠的掀開？

葉子珩當然也注意到了她的猶豫，微笑著開口：「不想說就別說，等哪天妳想說了再告訴我。」

蕭聿沁聽著重重的嘆了口氣，又往下看了眼跟讀者群一同闖關的編輯群及合作廠商，過了一會才出聲：「不說我了。你這樣跑來這裡，就不怕有人發現你不見嗎？知名室內設計師在與會的合作廠商中算是顯眼，應該會有很多讀者想找你。而且你不是也有設立闖關的攤位，攤位不用顧？」

「攤位那邊有公司的其他員工顧著，我不在沒有關係。」葉子珩說著拿起手上的寶特瓶奶茶喝了一口，「讀者那邊問起，就說我去洗手間不就好了？我總不能連一點休息的空間都沒有吧！」

蕭聿沁皺起眉頭看向他，還想說些什麼勸他離開，誰知道下一秒葉子珩的話硬生生的讓她所有言語哽在喉頭：「底下已經有這麼多讀者陪著那些編輯跟假總編了。」

「挪我一個人來這裡陪真正的總編，應該不為過吧？」

第五章　她的家

一周後的下班時間，蕭聿沁才剛走進辦公室，連東西都還沒能放下，放在口袋的手機忽然傳來震動，她狐疑的拿出手機一看，居然是葉子珩傳來的訊息：「妳上次不是說妳朋友家想請我幫忙重新設計？我手上的案子告一段落了，妳什麼時候有空？」

啊！蕭聿沁這才想起，上次她跟葉子珩提到她在國外的朋友要回國，請她幫忙找設計師……葉子珩不提她都忘了。她連忙回了訊息回去：「你今天晚上有空？」

另一頭的葉子珩根本是秒讀秒回：「可以，酒吧那邊我請其他調酒師顧。」

蕭聿沁快速地敲著手機鍵盤，發了個地址過去：「這是我朋友家，晚上八點我們這裡碰？我會在裡面等你。」

葉子珩傳了個貼圖過來，蕭聿沁這才關掉手機螢幕。她看著桌上的文件猶豫著，晚上葉子珩要來看室內構造，她恐怕得先回家整理東西才行，畢竟她可是假借幫朋友找設計師之名請葉子珩幫忙重新設計她家的，她可不想讓葉子珩看出破綻。

想了想，她拿起自己的包包疾步離開總編辦公室，從另一頭轉角處走來的葉欣潼看見她的身影還想喊她，但蕭聿沁大步流星的走著，根本沒注意到後頭的她。

奇怪，葉欣潼抿了口手上的咖啡，滿臉狐疑的望著蕭聿沁離開的方向，什麼事能讓這女人這麼急？她看了眼手上的錶，現在才六點，蕭聿沁什麼時候這麼早下班了？她不是都不戰到九點誓不罷休的嗎？

晚上八點，葉子珩準時按下蕭聿沁家的門鈴，裡頭很快便傳來腳步聲，下一秒門被蕭聿沁一把打開：「來了？進來吧。」

葉子珩走進屋內，蕭聿沁指了指放在一旁的拖鞋：「這雙拖鞋給你穿。」

「謝了。」葉子珩一邊換鞋一邊打量著屋內，裡頭很乾淨，幾乎沒有半點東西，不過……「妳朋友家不是很久沒人住了嗎？怎麼這麼乾淨？一點灰塵都沒有。」

前頭的蕭聿沁微微頓住步伐，忍不住偷偷扯了扯嘴角，她都忘了，沒住人的房子容易生灰塵，她只顧著收拾東西根本沒想到這點，早知道剛剛應該找一點灰回來撒才對。

「我朋友要回國，我當然幫她清理過了。」她說謊說的自然，又像是想到什麼似的指向客廳桌上，「對了，我剛剛順便幫你買了飲料。」

葉子珩有些驚訝地看向她：「妳請我喝飲料？這麼好？」

「朋友間請杯飲料有什麼好驚訝的？」蕭聿沁被他看得有些莫名其妙，轉身往廚房走去，「我不吵你工作了，你自己隨意逛逛。我朋友想要的風格我剛剛有傳給你了，你有想問的再跟我說。」

「嗯。」葉子珩淡淡的應了一聲，開始環顧整個室內，手上不忘拿著紙筆速記靈感以及大概的室內格局。蕭聿沁從廚房看著他的背影淺淺一笑，不得不說葉子珩雖然年輕，但是真的還蠻可靠的。無論是工作上還是私底下，都是令人安心的存在。

葉子珩走著走著打開其中一間房間的門，簡單的白色床鋪映入眼簾，葉子珩微微一愣，原來這間是臥房啊？他緩緩走進，一雙眼上下打量著，上面的燈具可以改一下，衣櫃的話換成淺灰色的木紋木櫃，床的旁邊可以加個小夜燈跟小櫃子，不然也太單調了。他一雙眼看向一旁的落地窗，伸手打開落地窗一看，外頭有一個陽台，但陽台上沒有半點東西，只有幾片落葉掉在上頭，他忍不住嘆了口氣，這陽台的空間根本浪費掉了，這麼好的地方，應該可以改造一下。

查看完陽台格局後，他轉身關上落地窗，拿起筆再次速記著，眼尾卻瞥見一旁的書桌下躺著一張白紙，他狐疑的撿起放到桌面上，那是一張繳費單，但是上頭寫的居然是蕭聿沁的名字。蕭聿沁不是說這裡是她朋友家嗎？那為什麼她的繳費單會在這裡？

「你怎麼在裡面待這麼久？」後頭傳來蕭聿沁的聲音，葉子珩轉頭一看，只見蕭聿沁端著透明杯子走進臥室。蕭聿沁見他沒有回答，抿了一口水後再次問道：「有什麼問題嗎？」

葉子珩眼神往後飄了一眼，忽然間明白了什麼，頓時興起了想要捉弄她的念頭：「哦，沒有啦！我是想說妳朋友這個陽台的空間都浪費了，我打算幫她改造成花室，可以在外面種花花草草。啊！我之前有一個設計案，我是幫對方改造成七色花室，在外面種滿花，這樣在屋內就可以賞花了，我想應該適合妳朋友。」

「不要。」蕭聿沁根本是秒答，過了一會才發現自己答的太快，有些支吾的開口，「我的意思是，我的朋友應該不會喜歡這種風格。」

「不一定吧。」葉子珩故意說道，「妳也說她在歐洲住了一段時間，搞不好她變成喜歡浪漫風也說不定。」

蕭聿沁乾笑著，一時間有些不知道該怎麼回答：「她那個人固執的要死，我是覺得不太可能啦。」

「為什麼？」

「因為……」

蕭聿沁話都還沒說完，葉子珩忽然笑著向前朝她湊近：「因為這裡是妳家，而妳不喜歡這樣的風格？」

聽到這裡的蕭聿沁頓了頓，感到不可思議的瞪大眼看向葉子珩：「你怎麼知道？」

葉子珩噗哧一聲笑了出來，右手指向書桌上的繳費單：「妳的東西掉在地上，上面有妳的名字。」

蕭聿沁看了那張繳費單一眼，無奈的嘆了口氣，她剛剛應該要再檢查一次的，怎麼繳費單就偏偏掉在那裡，而且還被葉子珩發現了。她沒好氣的轉過身往門外走，後頭的葉子珩自然跟上，見事情被他拆穿，蕭聿沁索性坦白：「對，這是我家，什麼歐洲的朋友都是假的，是我要請你幫我重新設計家裡。」

她說著在客廳的長沙發上坐了下來，葉子珩則坐上一旁的單人沙發，好奇的問道：「那妳幹嘛不一開始就告訴我？」

「我……」

「覺得彆扭？」葉子珩再次問著，見蕭聿沁沉默，他才笑著開口，「有什麼好彆扭的，女強人也是可以有求於人的。」

「不然妳跟我說說，妳想要怎麼樣的設計風格？」見蕭聿沁沒有回答他，葉子珩轉移了話題，「妳的房間太單調了，我打算把妳的衣櫃改成淺灰色的木紋木櫃，妳的書桌……」

「欸。」蕭聿沁這才甘願開口，「書桌的部分幫我從房間移開，可以的話門口進來那裡有一個小空間，我想把辦公空間挪到那裡。」

「那我幫妳改成白色大理紋的桌子，再加上幾個高腳椅？」蕭聿沁聽著點了點頭，葉子珩拿起紙筆再次紀錄，「那房間陽台呢？妳有沒有什麼想法？」

「房間陽台隨你設計吧，我沒有概念，而且你設計的應該都不差。」蕭聿沁說著頓了頓，警告性的看向他，「但、是，拜託不要給我設計成花園！」

葉子珩聞言笑了出來：「那我幫妳隔出一個陽光室吧？可以在裡面放書櫃跟一些休閒的桌椅，那個位子採光很好，妳有空可以在那邊曬太陽看書。頂部的部分我也會幫妳隔起來，不用擔心下雨的問題。」

蕭聿沁想了想，最終點了點頭：「這個我是沒什麼意見，但為什麼會想要做成陽光室？」

「因為……」葉子珩猶豫了一會，最終微笑著開口，「我覺得妳是一個需要光的人。」

「……什麼？」

「每個人都需要光，只是有的人需要的光多一點，而有的人擁有的光少了些。」葉子珩認真的盯著她的雙眼，「我只是覺得，妳剛好是需要光的那種人。」

當晚送走葉子珩後，蕭聿沁捧著一杯水縮在沙發上，反覆思考著他的話。她是需要光的人嗎？她已經在黑暗中活了這麼久，沒有光應該也無所謂吧。

她的嘴角扯出一抹輕嘲，暗笑自己何必為了葉子珩的一句話認真，他不過是個自以為很懂他的人罷了。

她深吸了一口氣，放下杯子起身往房間走。客廳裡一片寂靜，只餘那留在桌上的、還微微冒著煙的熱水。

只有她自己知道，在聽到葉子珩的話時，她是如何的紅了眼眶。

#

一個月後的某個下午，蕭聿沁有些疲憊的抱著文件走回總編辦公室，她剛經歷完一場跨部門會議，各部門的牛鬼蛇神雲集，搞得她精疲力盡。原本是餓著肚子去開會的，結果開完會連半點食慾都沒有，別說是吃東西了，她現在只怕連一杯水都喝不下。

她伸出手打開桌上的筆電，點開網路首頁打算關注一下新聞。點開新聞版，蕭聿沁快速的將滑鼠滾輪向下滾動，看著看著卻忽然停下了動作，只見標題寫著：國內知名企業宣布將聯合雜誌社創作專欄。

蕭聿沁狐疑的點下標題查看內文，宣布專欄合作意願的是國內知名甜點公司，不過那家甜點公司開出了合作條件，有意願合作的雜誌社需要在稿件截止前提出專欄企劃書，甜點公司則會從中選出合適的合作對象進行協商。雜誌社在過去想要邀請他們合作卻屢屢碰壁，這次可是難得的機會，但是……為什麼她完全沒有接收到這樣的訊息？

她往上看了下新聞稿的發稿時間，上頭的日期顯示上週一早上九點，雖然她這一個禮拜以來都為了公司的會議忙到不可開交，但是編輯部上下這麼多人，總不可能半點風聲都沒有，這中間到底發生了什麼事？

有人刻意隱瞞？還是有誰暗中阻擋？

蕭聿沁在搜尋欄裡打了幾個字，沒幾秒後網頁跳出甜點公司的首頁，她點進合作專區找到了合作的簡章。仔細一看，這個簡章是上週一發出來的，而截稿日期是這週三，先不論消息發的突然，在這之前根本一點風聲都沒有；一般的大公司要尋找合作對象，至少都會給三到四週的稿件準備期，為什麼他們會這麼趕？眼看今天都已經週一了，距離週三下午四點的截止時間剩下兩天，她就算全力趕也不一定能夠趕出完美的企劃案。

想了想，蕭聿沁拿起話筒按下分機電話，電話那頭很快的被接起，蕭聿沁淡淡的開口：「Vivian，妳進來一下。」

不到一分鐘的時間，Vivian快步走了進來，蕭聿沁劈頭便問：「我問妳，國內那家甜點公司有發與雜誌社合作的意願聲明，這件事你們知道嗎？」

Vivian像是沒想到她會問這個問題，有些慌亂的飄移著眼神，蕭聿沁一眼便看出她在想什麼：「所以你們知道？既然知道為什麼沒有人跟我說？」

「總、總編。」Vivian無措的解釋著，「不是我們不向上稟報，是……是副座要我們不要說的。」

「副座？」蕭聿沁有些不解的皺起眉頭，葉欣潼為什麼要隱瞞她？不對，編輯部大部分時間都在她眼皮子下，幾乎所有的會議她都會親自到場，葉欣潼哪有機會叫他們不要說？「副座什麼時候跟你們說的？」

「上週三。」Vivian誠實以告，「總編您那天重感冒，請了兩個小時的假去醫院吊點滴，副座是那時候跟我們說的。」

上週三？蕭聿沁暗自思忖著，難怪那時候葉欣潼不斷的叫她去醫院看醫生，原來就是為了把她支開，好讓她有時間跟編輯部串通好不讓她知道這件事？「我知道了，妳出去吧。」

Vivian微微一個欠身後轉身離開辦公室，蕭聿沁有些氣憤的灌了好幾口水，心裡萬分不解為什麼葉欣潼要瞞著她。想著想著，她一個起身離開辦公室往副社長辦公室走，這個時間葉欣潼應該在裡面辦公才對。

外頭編輯部的職員們看她往葉欣潼的辦公室走，一個個互看了一眼，總編跟副座常到對方的辦公室討論公事，這點他們早已見怪不怪，但是為什麼……總編今天看起來火氣特別大？

敲了兩下副社長辦公室的門，蕭聿沁懶得等葉欣潼出聲，不客氣的一把將門打開，裡頭的葉欣潼被她嚇了一跳：「妳幹嘛？吃炸藥啦？」

「為什麼沒有告訴我？」蕭聿沁瞇起眼看著她，突如其來的疑問搞得葉欣潼一頭霧水。

「沒告訴妳什麼？」

「甜點公司有意願找雜誌社合作的事。」蕭聿沁說著雙手抱胸，「妳最好不要跟我說妳不知道。」

「哦妳說那個啊？」葉欣潼這才明白她在說什麼，也難怪蕭聿沁會生氣，那家甜點公司可是蕭聿沁一直以來都在爭取合作的對象，被瞞著的她自然不爽，「這個機會是社長叫我們不必爭取的。」

「社長？」蕭聿沁的表情從不滿轉為疑惑，「為什麼？社長一直以來都沒有阻止我去爭取這個合作機會，怎麼這次這麼反常？」

「唉！妳最近都在忙跨部門會議，也難怪妳不知道。」葉欣潼嘆了口氣，從辦公椅上起身往沙發區走，蕭聿沁緩步跟在後頭，打算聽她怎麼解釋，「業界都有消息，甜點公司的合作對象其實已經內定了，所以即使我們做的企劃案再好也沒用，人家早已選定合作對象了。」

「誰啊？」

「一家很新的雜誌社，才在業界沒多久。」葉欣潼根本連那家公司名都不記得，「聽說他們新上任的總編輯是甜點公司董事的姪女，所以甜點公司早就把專題的機會內定給她了。」

蕭聿沁眉頭輕佻，內定這件事在業界早已習以為常，許多公司明明早已內定合作對象卻依然放出合作消息，明面上說是公平競爭以維持自家公司清廉的形象，偏偏就一堆消費者還被騙的團團轉。

也難怪那家甜點公司只給一個多禮拜的專欄準備時間，就是為了殺個大家措手不及，更讓大家知道這個案子已經被內定了，希望各雜誌社知難而退。

想當然的，一定還是有這麼些人不放棄的提交專欄企劃案，但提交的案子會落得什麼樣的下場，結局可想而知。

「看來是個勁敵。」蕭聿沁點了點頭表示理解，「所以呢？為什麼要瞞著我？」

「瞞著妳是我去跟社長協商的，妳這陣子為了跨部門會議忙成那樣，何況業務部的牛鬼蛇神動不動就想拿編輯部開刀，妳壓力已經夠大了，要是告訴妳這個消息，妳一定會不顧一切的趕出一個專欄企劃來，妳當我還不了解妳？」

「嗯，是很了解。」蕭聿沁聳了聳肩，「所以妳應該也知道我接下來想做什麼。」

「大小姐，妳都已經知道有內定了，還去搞那個專欄企劃幹嘛？」葉欣潼苦口婆心的勸著，「妳就不能放過自己嗎？而且妳手上還有一個案子沒有給我，妳要是去弄那個企劃案，妳那個案子打算窗掉嗎？」

「那個案子我今天中午就傳給妳了，妳今天下午是不是都沒開信箱？」

「……我沒開。」葉欣潼倒也大方的坦承，反正沒開信箱又沒什麼大不了的，「嘖！妳不要逼我以副座的身分命令妳不准搞這個企劃案哦。」

「欣潼，妳知道我的。」蕭聿沁難得的緩下語氣，「我不喜歡還沒有努力就放棄，這是難得的機會，我就算輸也要輸的心服口服。」

「心服口服？人家都內定了，妳要怎麼輸的心服口服？妳以前也爭取過被內定的案子，哪一次妳服氣過？」

「至少我努力過了嘛。」蕭聿沁嘆了口氣，「對，對於內定的結果我不可能服氣，但是如果要我不努力就放棄，那只會讓我更嘔。」

「……妳現在是一定要碰這個企劃案就是了？」葉欣潼無奈的看著她，實在不懂這女人何必每次都讓自己這麼累，她也不是第一次跟業界的黑暗面拔河抗爭了，又有哪一次贏過？

見蕭聿沁點頭，葉欣潼這才勉強答應：「好，那妳就試吧，看看這次會不會運氣好一點，甜點公司願意放棄內定的人選來使用妳的企劃案。」

蕭聿沁淺淺一笑，聽出了葉欣潼話裡的酸意，但她沒有多說什麼，從沙發上起身往門外走：「走了。」

「妳記得吃飯睡覺啊。」關上門後，裡頭傳來葉欣潼懶洋洋的聲音，蕭聿沁再次勾起笑容，這就是她跟葉欣潼的相處方式，葉欣潼會不同意她的想法、她的堅持，但最後依然會選擇支持她，只因為那是她想做的事。

蕭聿沁重重的呼了口氣，兩天內生出一份專欄企劃案還真是大工程，這兩天大概都不用睡了。但她依然會選擇去做，不為什麼，只為了不留下遺憾。

這輩子的遺憾已經太多了，她可沒興趣再多添一個。

當天晚上七點，蕭聿沁拿著筆電走進葉子珩的酒吧，正在擦拭吧檯的葉子珩瞥見了人影，抬頭看見她時嚇了一跳。這女人以往都要十點以後才會來報到的，何況她最近似乎都在忙，已經一個多月沒在酒吧裡見到她的人影，突然看到她還真有些訝異。

蕭聿沁舉起左手當作打招呼，她實在不想在辦公室裡忙到深夜，但也不想回到家裡辦公，想著想著便想到了這裡。她一雙眼環視著四周的位子，現在時間還早，店內只有三三兩兩的客人，角落的那個位子有燈光、周圍也沒有顧客，剛好適合辦公。

她直接往那個位子走去，葉子珩見狀從吧檯繞了出來，直接走到她的桌邊：「妳今天想喝什麼？」

「我要工作，不喝酒。」蕭聿沁早已拿出一疊資料和筆電，「你就隨便弄個果汁或是氣泡水吧。」

「妳要工作？」葉子珩往周圍看了一眼，皺緊眉頭看向她，「在這裡？」

蕭聿沁被問得有些莫名其妙，不明所以的抬起頭：「不然在哪裡？」

「不是，晚點客人一多，這裡就吵起來了，妳在這裡工作會被影響吧？」葉子珩說著意有所指地向後瞥了一眼，「還是妳要不要去祕密基地？」

祕密基地？蕭聿沁微微挑了挑眉頭：「你的祕密基地今天有開放啊？」

「只要妳需要，那裡隨時都是開放的好嗎。」葉子珩無奈的說著，「下次需要就直接講，妳哪是會客氣的女人？」

蕭聿沁沒好氣的看了他一眼，這男人是會不會說話？實在懶得跟他計較，她將筆電與檔案收拾好後放進公事包裡，俐落的拎起包包便往內酒吧走。葉子珩自然跟在後頭，進入內酒吧前不忘轉頭交代櫃檯的調酒師：「等一下幫我送一杯檸檬氣泡水進去，啊！冰箱裡有一瓶鮮奶，幫我熱一下，一樣送到裡面。」

櫃檯的調酒師點了點頭，轉身開始準備材料。葉子珩這才放心地走進內酒吧裡，蕭聿沁主動開了燈，她習慣性的環顧四周，卻在看到某一處時頓了頓：「那裡原本不是儲藏室嗎？」

她說著指向左邊不遠處，她記得第一次來這個內酒吧時，葉子珩跟她說過那地方是用來放雜物的。但此時此刻，原本用以隔開內酒吧和儲藏室的牆壁被重新裝修過，甚至連門也換上了全新的木門，一點也不像要繼續當儲藏室使用的樣子。

「哦那個啊？」葉子珩沒想到她會問這個問題，頓了一會才說道：「那是用來當員工休息室的，最近新請了一個員工，想說也該隔個空間讓他們休息，前幾天才裝修完成的。」

最好是。方才的調酒師端著氣泡飲和牛奶走了進來，聽到葉子珩的話後暗自翻了個白眼。那個小房間裡頭擺著床還有小沙發，甚至還有立鏡跟小櫃子，美其名說是員工休息室，但全酒吧的員工都知道那裡只有蕭聿沁一個人可以進去——因為那個房間就是專門為蕭聿沁準備的。

他也不知道葉子珩是什麼時候開始對蕭聿沁上心的，只是一個月前他忽然說想把儲藏室改成小房間，大家原本都當他是開玩笑，沒想到沒多久他便畫了設計圖出來，甚至當週就請了認識的裝潢團隊來進行整修。

他曾私下問過葉子珩為什麼要這麼做，葉子珩說他只是忽然想起蕭聿沁在這喝醉過，那時候他還得聯絡葉欣潼來扛她回家；如今把儲藏室改成小房間，萬一蕭聿沁哪天又喝醉了便可以直接進去休息，也不必讓誰扛來扛去。

調酒師想著想著扯扯嘴角，他是持保留態度啦！蕭聿沁的酒量是大家有目共睹的，她來了這麼多次也就喝醉過那一次，她會有機會用到那個小房間嗎？他可不這麼認為。偏偏可憐了他們這些調酒師，有一個員工休息室還不能使用，只能看著裡頭的東西乾瞪眼。

感覺到一旁的怨念深重，葉子珩回頭一看，這才發現調酒師的存在。他使了個眼色要他別亂說話，一邊自然的說道：「把東西放到那邊的吧檯桌就好。」

調酒師哀怨的看了他一眼，最終還是將氣泡水和熱牛奶放到一旁的吧檯桌上，旋即閃身離開內酒吧裡。蕭聿沁跟著往吧檯桌走，卻在看到桌上的兩個杯子時愣了一下：「這個檸檬氣泡水是我點的，但牛奶是……」

「我叫他幫妳準備的。」一旁的葉子珩像是知道她會這麼問似的立刻回答，「現在是冬天，喝冰的氣泡水對身體不好，所以幫妳準備了溫牛奶讓妳暖暖身體。而且牛奶可以幫助放鬆，妳等等工作忙累了可以喝一點緩緩。」

「如果喝不夠妳再傳訊息給我，外面還有牛奶，我幫妳熱了端進來。」

蕭聿沁一愣，看著那杯牛奶淺淺一笑：「謝了。」

「那妳忙，我先出去了。」葉子珩說著轉身離開內酒吧，蕭聿沁在他離開後拿出筆電來趕工，半點時間也不願浪費。雖然說這個案子有百分之九十九的機率會被另一家雜誌社奪去，但她還是想交出最完美的企劃書。

就用力拚一次，也許這次賭神會站在她這邊也說不定。

不知道為什麼，她莫名的精神抖擻，以她自己都沒預料到的速度打出了企劃草案，晚間十點，她已經開始草案修整的動作。想當然的，一個晚上的時間她依然趕不出一個完整的企劃案來，不過這個進度已經比原先預期的還要超出許多，也讓蕭聿沁稍微放鬆了一點。

一個小時後，蕭聿沁將草稿修整到一個段落，下意識的伸手想拿牛奶來喝，卻在拿起杯子時頓了一下，只見杯子裡的牛奶早已被她喝的一滴不剩，哪還有東西可以給她喝？她看了眼筆電右下角的時間，已經十一點了，這時候酒吧應該正開始忙碌，還是別打擾葉子珩吧。

將頭上下左右轉了一圈，蕭聿沁重重的呼了口氣，眼尾卻瞥見一旁的高腳杯。她愣了一會，這才想起她點的檸檬氣泡水一直被她丟在旁邊，連一口都還沒喝。過了一會她才輕笑出聲，怎麼她點的東西都還沒碰，反倒是葉子珩給的牛奶先被喝完了。

輕搖搖頭，她實在沒心思多想，轉眼又把心力全投入在她的企劃書裡。

所以連她自己也沒有發覺，她的嘴角難得的掛起了淺淺的笑意。心裡那萬年的冰山，似乎也被那杯溫牛奶融了一角。

連續熬了兩個晚上，蕭聿沁總算在星期三當天交出一份完整的企劃案，她看著傳出去的郵件揚起一抹自信的微笑，這次的專欄企劃書她非常滿意，甚至可以說是她所做過最好的企劃書，也許可以成功翻盤也說不定。

一個禮拜後，蕭聿沁剛開完會便收到葉欣潼的訊息，要她忙完到副社長辦公室找她。蕭聿沁想了想，決定直接到辦公室去，畢竟她還有一堆文件得處理，等她忙完都不知道何年何月了，還是別耽誤葉欣潼的下班時間比較好。

蕭聿沁輕敲了副社長辦公室的門，裡頭傳來了一聲「請進」，蕭聿沁這才開門進入。一進門便見葉欣潼臉色沉重的看著她，這讓她心裡喀噔了一下，葉欣潼不常有這樣沉重的表情，難道……

「上次妳執意要爭取的那個合作案，結果出來了。」葉欣潼嘆了口氣，將電腦螢幕轉向她，「我猜妳應該還沒有時間可以看結果，所以把妳叫來。」

蕭聿沁聞言看向電腦螢幕，甜點公司在今早發了公告，這次的合作企劃確定由內定的那家雜誌社奪下。蕭聿沁看著頁面黯下眸子，過了一會輕扯嘴角：「不意外就是了，是我能力還不夠。」

葉欣潼又怎麼會不知道她在想什麼，輕嘆了口氣：「寬心吧，妳的能力已經是頂尖的了，這合作案是人家內定好的，妳一個人怎麼跟大財團鬥。」

「要是我真的夠好，對方怎麼會放棄賺錢的大好機會，正是因為我不夠好，所以對方依舊選擇內定的那家雜誌社。」

葉欣潼無奈的盯著她，知道她還得鑽牛角尖一陣子，也不打算現在勸她。蕭聿沁沉默了一會，自己重重的嘆了口氣：「算了，就這樣吧，不吵妳了，我先去忙。」

她說著轉身離開副社長辦公室，葉欣潼也沒有攔住她，蕭聿沁的確需要一點時間靜一靜，這種時候……心裡的結只有她自己能解開。

#

想著想著，葉欣潼頓了頓，原本打算最近要跟蕭聿沁坦白那年事情的真相，但看蕭聿沁現在的狀況，她是不是該緩緩？畢竟知道了當年的真相，蕭聿沁只怕又得陷入掙扎吧？

當晚七點，蕭聿沁捧著一杯溫水坐在自家沙發上，一雙眼始終無神的盯著前方，不知道在想些什麼。一直到手機鈴聲響起，蕭聿沁才回過神來，轉頭看了眼來電顯示，上頭寫著葉子珩三個字。這讓蕭聿沁一愣，想了一會才接起電話：「喂？」

「妳在忙？」另一頭的葉子珩疑惑的問著，蕭聿沁為了工作一向手機不離身，以往打電話給她她都會馬上接起，怎麼今天這麼晚才接電話？「還是我晚點再打給妳？」

「沒事，你可以說。」

「我是想問妳這兩天有沒有空，過幾天妳家就要施工了，我想說去做最後的確認。」電話那頭傳來喇叭聲，蕭聿沁聽著一愣，他在開車嗎？正想著，另一頭的葉子珩忽然又出了聲，「我這兩天都空著，妳隨便一個時間給我，我可以配合。」

蕭聿沁想了一會，明天傍晚公司要進行下一期的雜誌拍攝，她只怕沒忙到深夜不可能回家，這兩天大概也就剩今天有空了：「還是你現在在哪？我在家裡，你要不要現在過來？」

哦？另一頭的葉子珩挑了挑眉頭，他原本以為蕭聿沁現在還在公司加班，這女人今天居然這麼早回家？「好，我十分鐘後到。」

他說著掛了電話，倒是蕭聿沁一愣一愣的盯著暗下的手機螢幕，葉子珩剛才說十分鐘後到，他這麼剛好在她家附近啊？

懶得多想，蕭聿沁拿起手上的杯子又喝了口溫水，這是她難過時的紓解方式。一來喝水有助於排毒，二來溫水有助於放鬆跟睡眠，所以她心情不好時都會捧著溫水一邊喝一邊冷靜。雖然說真的心情不好時，就算喝了溫水她依然會無法入眠，但至少能夠讓她覺得溫暖一點。

至少能夠在寒風中，給她這麼一絲的希望。

沒一會，屋內響起電鈴聲，蕭聿沁看了下錶上的時間，還真的不多不少，剛好就是十分鐘，葉子珩未免也太準時了一點。

葉子珩在門外等了幾秒，沒一會蕭聿沁一把將大門打開：「進來吧。」

葉子珩點了點頭，一雙眼觀察著往屋內走的蕭聿沁，為什麼她……好像哪裡怪怪的？平常她心情再差也會勉強扯出笑容，怎麼今天臭著一張臉？

蕭聿沁根本沒注意到後頭的葉子珩在觀察她，拿了水杯將自己摔進沙發裡，淡淡的說了句：「你自己隨便看吧。」

葉子珩有些擔憂的皺起眉頭，嘴巴一開一闔的想問些什麼，最終還是決定先辦正事，反正他在她家裡，還怕沒有時間關心她嗎？葉子珩拿出設計圖開始進行比對，系統櫃的部分高一百八十公分，寬六十公分，燈具的大小也正確，用以搭建陽台陽光室的材料大小、材質也都無誤……他仔細地確認所有的細節都沒有缺漏，以免施工時不小心出了錯，耽誤到裝修的進度。

比對到一半，一旁忽然傳來嘆息聲，葉子珩聽著一愣，轉頭看向坐在沙發上的蕭聿沁。只見她雙眼無神的看著前方，眉頭微微皺著，不知道在想些什麼。

「妳還好嗎？」儘管想專注於工作，葉子珩還是忍不住問了出口。蕭聿沁那模樣實在太不正常，平常的她遇到再棘手的事情也都能沉著應對，哪會是這副垂頭喪氣的樣子？

原本正在發呆的蕭聿沁一開始還沒有反應，過了一會才回過神來怔怔的看向他：「什麼？」

「我說，妳還好嗎？」葉子珩比對到一個段落，索性在一旁的單人沙發上坐了下來，「怎麼了？」

「我很好啊。」

「那一定是不好。」葉子珩幾乎是秒答。

「為什麼？」

葉子珩無奈的深看了她一眼，輕聲開口：「妳只有在有事的時候，會說自己沒事。」

蕭聿沁微微挑高眉頭，饒有深意的笑著看向他：「那不然我沒事的時候會說什麼？」

「如果我問妳還好嗎，妳真的很好的話，妳會罵我神經病。」

葉子珩笑著回答，他的話讓蕭聿沁的笑容僵在嘴角，她一雙眼緊盯著他，過了一會才無奈的笑了出來，葉子珩什麼時候這麼懂她了，她居然騙不過這個年紀比她小的小弟弟。

蕭聿沁嘆了口氣，又抿了口溫水才說道：「之前我有兩個晚上去你那趕工到深夜，是因為我得知國內某個甜點公司有意跟雜誌社合作專欄，雖然業界早已傳聞他們有內定的合作公司，但我還是想努力看看。」

「可是即使我再努力、趕出再好的企劃案，還是比不過那個內定好的雜誌社。今天結果出來了，那個案子還是被那家內定的雜誌社搶了過去。」她說著看向葉子珩，嘴角扯出一抹輕嘲，「是不是很蠢，明知道有內定了還想硬碰。」

「是很蠢。」葉子珩說著揚起微笑，溫聲道：「但是有機會不去爭取，就不是我認識的蕭聿沁了，所以……的確很蠢，但也不蠢。」

蕭聿沁聽著他的話愣了一會，還正想說些什麼，葉子珩忽然疑惑的開口：「不對啊，那既然對方都內定了，為什麼還要公開合作意願讓各家雜誌社競爭？直接讓內定的那家雜誌社負責不就好了？」

蕭聿沁無奈的瞥了他一眼，知道他一個外行人不懂業界的黑暗，輕笑道：「因為他們是國內大廠啊，得維持他們謙恭廉明的形象，哪可能讓外界有說嘴的機會？就像這次的企劃，即使業界都知道他們早已內定又怎樣？他們是暗著來的，大家就算知道也不敢多說什麼。」

葉子珩認真地聽著，他以為雜誌界、出版界算是各界中的清流了，沒想到居然還有這麼多的內幕。這女人……始終在跟這些黑暗面抗衡嗎？

見葉子珩沒搭話，蕭聿沁倒也沒有太在意，拿起杯子喝了口水，斂下眼眸輕聲自嘲：「偏偏就是有像我這樣的傻子，自以為能夠贏過人家。」

葉子珩聞言一愣，一雙眼直勾勾的盯著蕭聿沁的側臉瞧，有些不知道該怎麼安慰她。這女人從來沒有這麼喪氣過，甚至低落到把自己貶的一無是處，這次沒爭取到這個企劃案，是真的大大的傷了她的自信吧？

「妳怕黑嗎？」突如其來的，葉子珩問了這句。蕭聿沁哪會聽不出他的言外之意，淡淡的開口：「一般的黑我不怕，我本來就是活在黑暗裡的人；但是商場的黑我怕，因為無論我多努力都沒辦法擺脫它。」

就像她始終無法擺脫徐毅能那老狐狸的封殺，又或是她始終無法抵擋業界的黑暗面。商場實在過於險惡，太多的權力鬥爭、政治鬥爭參雜其中，那些自我的堅持不過是螳臂擋車，即使她努力的想當一池清水，卻也不免被弄得混濁。

蕭聿沁頓了一會，下一秒又淡淡的開口，聲音很輕很輕，幾乎沒有半點起伏：「你知道嗎？所有事情裡面，我最討厭的就是抱怨，我討厭抱怨商場、討厭抱怨體制，更討厭抱怨人性。因為當我開始抱怨，就代表我對那些事情已經無能為力。」

下一秒蕭聿沁又嘆了口氣，將頭垂的更低，喃喃道：「但是我也沒辦法放棄。」

聽到這裡，葉子珩瞭然又心疼的看著她，溫聲開口：「妳是對於跟體制抗衡的一再失敗感到灰心，所以這麼難過？」

「何止難過，還覺得難堪……甚至可笑。」

「我不知道妳是怎麼想的，但我覺得妳不是失敗者。」葉子珩說著搔了搔頭，像是在想著說詞，「對我來說，看到妳不斷的跌倒，代表妳曾經努力的站起來。如果當初的妳沒有努力站起重新振作，就不會有今天這個跌倒的妳了。」

「所以蕭聿沁，妳所看見的是妳不斷跌倒失敗，但是在我們這些人的眼裡，那是妳不斷努力爬起的證明。」

「何況妳身上有一股韌性，能讓妳的每一次跌倒、每一次失敗都別具意義。」葉子珩說著淡淡一笑，「所以蕭總編，妳要選擇就此放棄，還是選擇下一次的光榮跌倒呢？」

這一連串的話讓蕭聿沁愣了又愣，一雙眼有些錯愕的盯著他，像是在努力思考他所說的話。對過去的她來說，每一次的跌倒都代表了失敗，她討厭失敗、更討厭無能為力，但是葉子珩這種說法……似乎成功的解開了她心裡某部分的結。

其實不斷跌倒，是曾經努力爬起的證明嗎？

第六章　當年的真相

下午五點半，蕭聿沁剛開完一場會議，迅速奔回辦公室收拾東西。今天要進行雜誌封面的拍攝工作，原本Vivian還叫她別去了，省得來回奔波辛苦，不過蕭聿沁可不願意，底下的員工全都在忙碌，她實在沒有回家休息的道理。

進入山區前，蕭聿沁在山腳下的燒仙草店買了幾碗燒仙草，正值深冬，工作人員全在外頭吹著冷風，吃點燒仙草能夠溫暖一些。她不忘請老闆將所有燒仙草裝入保麗龍盒裡以便保溫，畢竟從山腳開車到拍攝地點也要半個小時，要是沒有保溫，只怕等她到現場時燒仙草也已經冷掉了。

買完燒仙草後，蕭聿沁正式進入山區，天色早已暗了下來，而他們選的拍攝地點又正好偏僻，路上幾乎沒有碰到行車，蕭聿沁緊盯眼前的路況，握著的方向盤跟著山路轉啊轉的，所有動作流暢順遂。過了幾分鐘，蕭聿沁用力的眨了眨眼，剛剛從市區趕到山腳下已經開了快一個小時，長時間緊盯著路況讓她的眼睛有些疲勞，但她依然沒有將車子停下，甚至加快了車速，只希望能夠盡早抵達現場。

沒多久，幾滴水珠打上擋風玻璃，蕭聿沁微微一愣，居然下雨了？也不知道拍攝地點那邊準備的怎麼樣，要是雨勢過大，這期的拍攝恐怕得延拍。但是延拍又得面臨人力調度以及雜誌進度的問題，勢必會讓這期的雜誌製作更加麻煩，她是希望雨勢可以趕快停下，否則大家花了一個多小時趕到山區卻不能拍攝，這一個小時的時間豈不是白費了。

蕭聿沁抵達現場時雨勢正大，工作人員一個個淋著雨準備開拍，其中幾名工作人員拿了超大型遮陽傘遮著模特兒的頭頂，以確保模特兒妝容完整，但工作人員自己沒撐傘，反倒淋了一身濕。坐在車裡的蕭聿沁皺緊眉頭，現場難道沒有準備雨衣雨傘嗎？

深思了一會，蕭聿沁從置物箱裡翻出了一把雨傘和一件雨衣，搬過放在副駕駛座的燒仙草打開車門下車。不遠處的Vivian見她沒有手可以撐傘，連忙從一旁拿了自己的折疊傘奔上：「總編，這箱是……」

「燒仙草，請大家吃的。」蕭聿沁疾步走到臨時架設的小桌子旁，一把將手上的那箱燒仙草放下，「怎麼大家都在淋雨？你們上山前沒有準備雨具嗎？」

「我們上山的時候天氣還很好，所以沒有想到。」Vivian咬著下唇，這場雨來的又急又突然，而且看雲層的厚度，只怕雨勢不會太快停止。

蕭聿沁緊皺起眉頭，現在正值十二月，這樣淋雨絕對會感冒的，偏偏現場沒有雨具，難道就讓他們在這裡淋雨嗎？「停拍吧，我們改天再上山拍，來不及就把這個專欄延到下期，這期的我們再找其他東西補上。」

Vivian一愣，真的要這樣嗎？可是這樣的話，今天請來的模特兒、攝影師都會白費，社長那邊應該會責怪總編吧？

「蕭總編，繼續拍吧，淋這點雨我沒關係。」一旁的模特兒聽到了她們的對話忽然開口，那聲音讓一旁做著準備工作的攝影團隊一個個轉過頭來。

「是啊總編，我們都已經架設好器材了，淋一點雨沒什麼。」

「對啊！而且我們不是第一次淋雨拍攝，早就習慣了。」一旁一個年約五十多歲的大哥跟著開口。

蕭聿沁聽著這話沉吟了一會，最終淡淡的開口：「這場拍攝要多久時間？」

「大約兩個半小時。」

蕭聿沁雙手抱胸想了一會，忽然將方才從車上拿來的雨傘和雨衣塞給其中兩個年紀較大的工作人員，接著邁開步伐疾步往她的車子走去：「雨衣和雨傘你們擋著用，拍攝工作先暫停，你們先吃點燒仙草，半小時後再開工。」

蕭聿沁說著俐落的打開車門，發動引擎揚長而去。後頭的Vivian愣愣的看著她的背影，總編這是打算去哪裡？而且總編開的這麼快，現在可是晚上啊！山路開這麼快真的太危險了！

駕車上路的蕭聿沁不斷加快車速，現在開到市區大概已經來不及了，不過她記得上山時在山腳下看過幾家雜貨店，雜貨店裡應該有賣雨衣雨傘，至少可以讓現場的工作人員擋一下。她的車速飆的飛快，原本半個多小時的路程硬是讓她縮短成二十分鐘，好不容易看到山腳下的燈光，蕭聿沁才稍微減慢了車速。

不遠處的一戶人家透出了燈光，蕭聿沁瞇起眼看了下招牌，果然是她剛剛經過時看到的那家雜貨店。不過雜貨店在巷子裡，車子實在不好駛入，她只好將車子停在路旁，拿了錢包下車後，淋著雨衝進小巷子裡。

「小姐歡迎……唉呦！妳怎麼淋這麼濕？」走進雜貨店裡，老闆娘看到一身濕的她忍不住驚呼，外頭雨勢正大，不過短短二十秒的路程便讓蕭聿沁全身溼透。老闆娘連忙遞上衛生紙讓她擦拭，「妳沒有帶傘？妳是要買雨衣嗎？」

蕭聿沁喘著氣，客氣的接過衛生紙不忘說了聲謝謝：「我想買雨衣，給我二十件。」

「啊……」誰知道老闆娘居然面有難色，「不好意思，因為我們店裡生意一向沒有很好，所以雨衣很久沒有補貨了，這邊只剩下五件，一件賣妳二十五就好，看妳要不要。」

蕭聿沁一愣，剩下五件嗎？現場的工作人員有二十五個，扣掉她剛剛留在現場的雨具以及雨衣，少說也要二十件的雨衣，剩下的十五件她要去哪裡生？

算了，能買多少是多少，可以少一點人淋雨也好：「好，那麻煩剩下的五件給我。」

老闆娘聽了連忙從櫃子裡翻出五件輕便雨衣打包給她，蕭聿沁客氣的將錢放上櫃台，離開前不忘向老闆娘問道：「老闆娘，我想請問這附近還有哪裡可以買到雨衣？我們急著要用，但是實在沒有時間跑到市區去買。」

老闆娘倒也熱心地說著：「我跟妳說，下一個轉角彎進去後還有一家雜貨店，如果那家還沒有的話，過三條街那邊還有一家。」

蕭聿沁點了點頭，說了聲謝謝便轉身奔進雨裡，外頭的雨勢比剛剛小了一點，但依然能輕易的將人淋濕。蕭聿沁照著老闆娘說的找到了第一家雜貨店，偏偏那家雜貨店庫存的雨衣也不多，蕭聿沁只好淋著雨多走了三條街，跑了三家店才將所有的雨衣買齊。

將所有雨衣放到後車廂裡，蕭聿沁坐回駕駛座時早已全身溼透，頭髮甚至還滴著水。倒不是她不想穿雨衣，只是買的這些雨衣是要給工作人員穿的，要是她拿了一件，就等於會有一個工作人員必須淋雨。再說她早就淋濕了，就算再濕一點也無所謂。

蕭聿沁盯著後視鏡裡狼狽的自己重重的呼了一口氣，總算是把所有雨衣都買齊了。她看了下時間，距離她離開拍攝場地已經過了四十五分鐘，只怕現場已經開始拍攝了，不過攝影組應該沒有這麼傻，好歹沒事的人會站到棚下躲雨吧？

深吸了一口氣，蕭聿沁重重踩下油門，沒有時間給她多想，她得盡快把雨衣送到現場才行。

開車上了山路，蕭聿沁依然沒有放慢車速，晚間的山區比方才更加黑暗，再加上雨勢模糊了視線，讓蕭聿沁的雙眼更加乾澀。

二十分鐘後，蕭聿沁抵達拍攝現場，卻見現場的工作人員穿著雨衣正在進行拍攝作業。坐在車上的蕭聿沁不可思議的皺緊眉頭，剛剛不是還說沒有雨衣嗎？那現在他們身上穿的雨衣是怎麼回事？

想了一會，蕭聿沁最終還是下了車，不遠處的Vivian見她全身溼透還愣了一下，總編剛剛什麼都沒說便急急忙忙地離開，但為什麼她會溼答答的回來？「總編，妳怎麼……」

「妳們身上的雨衣是哪裡來的？」蕭聿沁沒有回答她的話，反而好奇的指指她身上的雨衣，「剛剛不是沒有雨衣嗎？」

「嗯？」Vivian拿出蕭聿沁剛剛留在現場的傘替她撐上，聽到她的話還愣了一下，「我剛剛打電話給朋友，那個朋友剛好住在山腳下，所以就請她立刻送上來了。」

蕭聿沁一頓，對啊，她剛剛怎麼沒想到可以請人從山下送上來？還自己開車下山又上山的，如果她請人送來就可以省去下山的車程……她真的太急了，居然沒有想到這點。

「總編妳……」Vivian有些不知道該怎麼開口，「妳下山是為了……」

「辦事。」蕭聿沁淡淡的說著，一邊接過Vivian手上的傘，「拍攝進行的怎麼樣了？」

「今天的拍攝進度比較快，已經到中後段了。」

蕭聿沁聽著點了點頭，模特兒敬業的擺著姿勢，現場更架起了照明燈，讓原本該是黑暗的山區多了一點光亮。不遠處一個雜誌社員工搬著一箱東西朝她們走來：「總編。」

「怎麼了？」

「這個是使用完的道具，不過我們的車子放不下了，想請問可不可以借您的後車廂放。」那位職員小心地說著，就怕一不小心便惹怒了蕭聿沁。

蕭聿沁瞥了那紙箱一眼輕點點頭，從西裝外套的口袋裡掏出車鑰匙轉身往車子的方向走，一旁的

Vivian接過職員手上的紙箱後跟上蕭聿沁的腳步。後車箱一打開，裡頭放著亮晃晃的幾袋塑膠袋，裡頭透出的鮮黃讓一旁的Vivian愣了下，一雙眼偷偷地看向蕭聿沁的側臉。蕭聿沁看到那一袋袋的雨衣時也頓了頓，旋即不動聲色的將那些雨衣移到旁邊，以便Vivian放置箱子。

兩個女人都沒有說話，Vivian暗自思忖著，總編剛剛匆忙離開，卻又渾身濕透的回到現場。難道剛剛那些雨衣……是總編特地下山去買的嗎？她居然為了這些工作人員特地下山買雨衣？

放完東西後，蕭聿沁率先轉身走回現場，後頭的Vivian怔怔的看著她的背影，滿臉的不解。

總編她……到底是什麼樣的總編？

#

隔天一早，蕭聿沁晚了半個小時進辦公室。這難得的情況震驚了編輯部的編輯們，要知道蕭聿沁可是萬年工作狂，上班一向只有早到沒有晚到的道理，怎麼今天居然遲到了？

蕭聿沁經過職員辦公區時，編輯部的人全盯著她的側臉，猜想著她到底發生了什麼事。蕭聿沁自然感受到了逼人的視線，但她沒打算理會，遲到了便是遲到了，她也沒有什麼理由好解釋的。

走進辦公室，蕭聿沁忍不住咳了幾聲，昨晚淋了不少雨，再加上穿著溼答答的衣服在外頭吹了好幾個小時的風，儘管她回家立刻喝熱水又泡熱水澡，今天早上依然出現感冒的症狀。她伸手往額頭一探，額頭有些發熱，只怕晚點便會發起燒來。

蕭聿沁無奈的嘆了口氣，今天早上身體實在太不舒服，想著多躺個五分鐘，沒想到居然一躺就是一個小時，這大大耽誤了她的上班時間，她連咖啡都沒買便急急忙忙的開車趕到公司，更別說是去藥局買感冒藥了。

深吸一口氣，實在沒有時間讓她抱怨，她坐到辦公桌前開始審閱公文以及下一期的雜誌草案，十足十的將自己埋進工作裡。兩個多小時後，辦公室的門外響起了敲門聲，蕭聿沁這才從文件堆裡抽神：「請進。」

總編辦公室的門被打開，蕭聿沁抬頭一看，只見Vivian拿著東西走了進來：「總編，這是給妳的。」

Vivian說著將手上的咖啡和一盒服冒熱飲放到她的辦公桌上，這舉措讓蕭聿沁當場愣住，過了一會才找回聲音似的開口：「怎麼會給我這個？」

Vivian微微一笑，開口道：「剛剛總編進公司的時候手裡沒有拿咖啡，我想說您應該是急急忙忙地趕來所以來不及買；再加上您昨晚淋了不少雨，剛剛進辦公室時也有聽到您小聲的咳嗽，我猜您應該是感冒了，所以就跑去買這個。」

蕭聿沁眨了眨眼，她跑去買服冒熱飲？「妳請假出去嗎？」

「嗯，我手上的工作告一段落，剛好有空就請假了。」

蕭聿沁本來還想拒收的，但畢竟Vivian是特地請假去買的，她也實在不好糟蹋她的好意，最終還是決定收下：「謝謝。」

Vivian當場漾出笑容，像是很開心蕭聿沁收下東西似的：「那總編妳忙，我就不吵妳了。」

蕭聿沁嗯了一聲，目送Vivian離開總編辦公室，過了一會才收回視線，若有所思的望著那盒服冒熱飲。幾分鐘後她回過神來，下意識的看了眼筆電右下角的時間，十二點整，外頭的職員只怕都出去吃午餐了。

蕭聿沁拿起一旁的馬克杯走出辦公室，外頭的職員辦公室果真空蕩蕩的沒有半個人，雖然說職員們偶爾也會自己帶便當，但是大多時候還是外食居多，看見空無一人的辦公室她並不訝異。

到飲水機前裝了熱水，蕭聿沁回辦公室將服冒熱飲倒進杯子裡。喝服冒熱飲容易嗜睡，但以她的狀況，如果不用服冒熱飲壓著只怕會更嚴重。也好險她今天沒有會議，否則以她的情況，只怕也沒辦法專注於會議上頭。

喝完服冒熱飲後，蕭聿沁打開手機軟體點了午餐，感冒的不適讓她想吃點粥緩緩，偏偏她想吃的那家店離這裡有段距離，外頭寒流正旺，她也不想出門吹風，萬分不得已下，也只能麻煩在外奔波的外送員們。

二十分鐘後，蕭聿沁從外送員手裡接過她點的廣東粥，回到辦公室便迫不及待的將塑膠碗蓋打開。陣陣香味撲鼻而來，蕭聿沁忍不住揚起淺笑，還是只有這個味道能在疲憊時舒緩緊繃的神經。廣東粥還冒著煙，蕭聿沁點開網路新聞邊吃邊看，吃著吃著，蕭聿沁眼尾瞥見了黑色的物體在她的碗裡，起初她還不以為意，但過了幾秒卻又覺得不對勁，這家店的廣東粥一向沒有加皮蛋，怎麼會有深色的東西在裡頭？

越想越不對，蕭聿沁這才將雙眼離開電腦螢幕往碗裡一看，只見一隻煮熟的蟑螂躺在裡頭，幾隻蟑螂腿早已分成數節散在粥裡，也不知道有多少被她吃了進去。蕭聿沁愣愣的看了五秒，噁心感不斷湧上，下一秒她急急忙忙地衝出總編辦公室跑向廁所，鎖上門後抱著馬桶吐了起來，久久沒有停止，彷彿要將胃也吐出來才甘願。

幾分鐘後，蕭聿沁好不容易止住嘔吐的反胃感，拿了衛生紙擦拭嘴角以及馬桶四周，以確保沒有任何嘔吐物殘留。她有些無力的靠著廁所的隔板閉上雙眼，感冒的不舒服以及剛剛的嘔吐讓她有些虛脫，太陽穴也隱隱發疼著。

過了一會，蕭聿沁緩緩睜開雙眼，打開門鎖後走到洗手台前整理儀容，最終走出洗手間回到自己的辦公室。那碗裝著蟑螂屍體的粥還放在桌上，蕭聿沁盯著它嘆了口氣，這家店原本是一對老夫妻開的，老人家很老實，給的料多又實在，甚至常常會為上班族們加菜加蛋，對顧客十分體貼。不過聽說前陣子老夫妻兩人退休了，這家店由二兒子接手，這是老夫妻退休後她第一次點這家店的粥來吃，沒想到卻遇上了這種事。

這家店她不會想再去吃了，這點是無庸置疑的。不過還是有些感慨，原本這麼好的一家店，在二兒子接手後居然變成這個樣子，也不知道未來還可以開多久。

蕭聿沁再次嘆了口氣，搖搖頭將那碗粥拿起打算到外頭丟棄。將那碗粥丟掉前，她盯著紙碗若有所思的想著，過了一會才將紙碗跟廚餘分類丟到相應的桶子裡。

果然什麼都是會變的，無論是店還是人，都一樣。

處理完那碗粥後，蕭聿沁再次回到辦公室處理文件，沒多久外頭忽然響起了敲門聲，下一秒辦公室的門被打了開來。

「怎麼來了？」認出是葉欣潼慣有的敲門聲，蕭聿沁從資料堆中抬起頭看向進門的她，一般來說她不會在中午時間過來的，怎麼今天這麼反常？

「沒有，聽Vivian說妳感冒了，想說來看看妳吃午餐了沒。」

「吃了。」蕭聿沁扯扯嘴角，滿臉的哀怨，「但也可以說是沒吃。」

葉欣潼聞言一愣：「怎麼這麼說？發生什麼事了？」

「我點了我之前很喜歡的那家廣東粥，吃是吃了。」蕭聿沁邊看著手上的文件一邊閒聊著，「但裡面有蟑螂，所以又被我吐出來了。」

「真慘。」葉欣潼下了個精闢的註解，「欸，我記得那家店是不是換老闆了？好像是二兒子接手？」

蕭聿沁聽著點頭作為回覆，葉欣潼在心中暗忖著，真是可惜了，現在有很多二代接手的餐廳都跟一代的品質相差甚遠，沒想到這家店也落得了一樣的下場。正想著，口袋裡的手機傳來震動，葉欣潼狐疑的拿出手機一看，是忌莫傳來的訊息：「妳要是真的想跟阿芸說當年的真相最好要趁早，不然到最後妳一定不敢說。」

阿芸。那暱稱讓葉欣潼的心涼了半截，這是蕭聿沁以前的名字，林如芸。這個名字承載了太多不愉快的過去，蕭聿沁不想提起，她跟忌莫也很少提起，就怕戳中了蕭聿沁的逆鱗。但如今……好像是時候該告訴她當年的真相了。

但是真的要今天說嗎？就不能讓她緩緩，至少有個心理準備？

始終沒有聽見她說話，蕭聿沁難得的感到奇怪，從文件堆裡抬起頭：「怎麼了？妳最近真的怪怪的，是不是工作遇到什麼問題？」

坐在沙發區的葉欣潼躊躇著，該跟她說嗎？但如果說了，蕭聿沁只怕會很失望吧？過了幾秒，葉欣潼緊閉起眼咬著牙開口：「阿芸，我想跟妳聊聊。」

「不要叫我阿芸。」聽到這個稱號，蕭聿沁先是一頓，下一秒竟冷下臉繼續翻閱手上的公文夾，連看也不看她一眼，「林如芸這個名字在業界有多敏感，妳自己知道。」

葉欣潼深吸一口氣，有些沉重的起身坐上蕭聿沁對面的椅子，躊躇了一會才緩緩開口：「有件很重要的事，我一直沒有跟妳說。」

「什麼？」儘管不滿，蕭聿沁依然抽空瞥了她一眼，說實在的她並不是太在意，這十幾年來她最重要的事只有工作，其他的事情根本沒辦法在她心裡掀起波瀾。

「妳還記不記得……當初妳和賴妗岑斷交的導火線？」

賴妗岑，蕭聿沁在大學時的摯交，甚至可以說是蕭聿沁這輩子最要好的朋友。然而兩人卻在認識四個月後忽然斷交，原因只有親近的幾個人知道，葉欣潼和忌莫便是其中之二。

和賴姈岑的斷交傷蕭聿沁極深，當年的她茶不思飯不想，終日以淚洗面。每天都得到凌晨三、四點才能入睡，卻又會在隔天早上六、七點驚醒。那時蕭聿沁在短短兩天之內便瘦了一圈，甚至什麼也不吃，整天想的便是該怎麼樣才能跟賴姈岑和好。

那時的蕭聿沁柔弱黏人，為了賴姈岑不斷的放低底線，卻依然落得斷交的下場。更重要的是，那道心裡的傷從十八歲那年存在至今，始終沒有好全。

以及，蕭聿沁始終不知道當年事情的真相。

葉欣潼在心裡嘆了口氣，雖然她們兩個斷交的背後有太多的原因，但當年的導火線只有她和賴姈岑知道，甚至連蕭聿沁這個當事人都被瞞在谷裡。這幾年來她始終飽受自責感的折磨，如今總算能夠在她面前說出口。

聽到熟悉的名字，蕭聿沁拿著文件的手頓了頓，抬起頭有些不明所以又不耐的看向她：「妳突然提她幹嘛？」

這個名字早已成為她不想提起的禁忌，這是葉欣潼和忌莫都知道的事，為什麼要忽然提起她？

「妳還記得嗎？」葉欣潼沒有理會她的不耐，直勾勾的盯著她，像是一定要得到一個解答。

蕭聿沁嘆了口氣，知道葉欣潼今天沒有問到答案是不會走了，她雙手一攤放下手上的文件，隻手撐著頰懶洋洋的開口：「不就是因為我們原本約好要三個人一起走路去牽腳踏車，結果她跑去跟學長討論報告，讓我一個人傻傻的在宿舍裡餓著肚子等了一整天，甚至最後她拉著妳一起去牽車，連一聲告知也沒有，完全不尊重我嗎？」

葉欣潼聽到這裡緩緩閉上眼，有些煎熬的深吸了一口氣：「妳說對了一半。」

蕭聿沁不知道什麼時候又低下頭看起她的文件，畢竟她剛剛才看到一半，等等要重看實在有些麻煩。聽到這話她也只是淡淡的開口：「什麼意思？」

「當初……」葉欣潼極力壓抑顫抖的聲音，「當初其實是我跟學長有事要聊，學長問我要不要順便吃東西，我說好。」

「接著我說我想要先去牽車，妗岑當時其實有問我那妳怎麼辦，是我跟她說等我們吃完飯再回去找妳的，所以妗岑當時不是沒有想到妳、不是不尊重妳，而是我選擇叫她一起先去牽車的。」

「還有，當初妗岑其實有要傳訊息通知妳，但是她忘記了……我也沒有提醒她。所以才會讓妳一個人餓著肚子等了一整天，甚至讓妳覺得不被尊重，這件事我當年也沒有告訴妳，對不起。」

葉欣潼說著眼角落下了淚，她明白對蕭聿沁而言賴妗岑有多重要，更明白當年她們兩人斷交的導火線是因她而起，雖然在這背後有太多的原因，但是導火線確實是她！

原本還看著文件的蕭聿沁愣愣的盯著手上的公文，過了幾秒才不可思議的抬起頭看著眼前這個她最信任的人，為什麼她從沒告訴她？這些事情多麼重要……為什麼當初她不說！

她被瞞了將近二十年啊！當初要是她說了，也許她跟賴妗岑就不會有誤會、也許她們就不會斷交，也許……

所以當年是她錯怪賴妗岑了？這中間到底還有多少人知道？為什麼他們都沒有說？

「……為什麼那時候不告訴我？」過了幾分鐘，蕭聿沁才像是找回語言能力似的開口，一雙眼難以置信的盯著葉欣潼，她顫抖著、遲疑著，如果當初葉欣潼說了，是不是今天這一切都會不一樣了？

「……我怕妳會生氣。」葉欣潼深吸了一口氣，說出最無力的言論。當初蕭聿沁的怒火多麼強大？她是真的被嚇到了，所以選擇隱瞞。再說，他們幾個知情者都沒想到事情最後會搞得這麼嚴重，甚至讓賴妗岑和蕭聿沁斷交、將近二十年沒有說過一句話，這是他們都不曾想過的結局。

葉欣潼一雙眼噙著淚，明白蕭聿沁的難以接受。但若是當初的她知道事情會走到這種地步，她怎麼可能不說？

蕭聿沁盯著自己的辦公桌，像是一時之間還無法接受現實，過了一會才啞著嗓子淡淡的開口：「我知道了。」

「我還有事要做，妳先出去吧。」

全公司的人都知道，任何人只要沒達到蕭聿沁的工作標準，都會被她毫不留情的轟出辦公室，唯獨葉欣潼不會。倒也不是因為葉欣潼是副座、是她的上司，而是因為蕭聿沁對葉欣潼總有一份特殊的情感在，她們相識將近二十年，葉欣潼又陪她走過風風雨雨，那份情感是誰也比不上的。這也是為什麼全公司就只有葉欣潼敢在蕭聿沁辦公室跟她閒聊，因為只有她有這個資格。

但就在這天，一向對葉欣潼毫無脾氣的蕭聿沁，第一次趕了她出去。

也是最後一次。

#

當晚十點，蕭聿沁踩著沉重的步伐走進酒吧，葉子珩在吧檯裡忙碌著，見她失神的模樣愣了愣。他從沒看過蕭聿沁這副模樣，就算是當初她丟了那個案子，她所表現出來的也只不過是失落，而不是像現在這樣……茫然與迷惘。

蕭聿沁在吧檯前停下腳步抬起頭，失神的雙眼總算對上葉子珩的眼睛，她一時間不知道該說些什麼，過了一會才啞聲開口：「你的祕密基地，今天有開放嗎？」

葉子珩深看了她一眼，一個轉身主動打開通往內酒吧的門：「進去吧。」

蕭聿沁沒有多話，自顧自的走進內酒吧坐上大落地窗前的高腳椅，而葉子珩始終不安地盯著她的背影。輕輕的將門關上後，他向左側身正準備開燈，背對著他的蕭聿沁忽然開口：「葉子珩。」

「不要開燈。」

葉子珩聽著停下了手上的動作，嘆了口氣走到她身邊：「妳想喝什麼？」

「你上次說酒精濃度最高的調酒是床第之間，對吧？」蕭聿沁淡淡的說著，「那就兩杯床第之間吧。」

「……好。」葉子珩本來還想說些什麼，最終還是只能吐出一個字，「那我先出去弄。」

「葉子珩。」始終盯著窗外湖景的蕭聿沁終於看向他，「不管是誰問你我的下落，都不要說，就算是葉欣潼跟忌莫也一樣。」

葉子珩一怔，葉欣潼跟忌莫可是蕭聿沁最要好的朋友，她居然想對她們屏蔽行蹤？難道她們三個發生了什麼事？

儘管疑惑，葉子珩還是點頭應下，轉身離開內酒吧製作調酒。大約過了二十分鐘，葉子珩端著托盤走進內酒吧，只見蕭聿沁依然保持著他離開時的姿勢，這讓他蹙起眉頭，這女人到底發生了什麼事？她這樣什麼都不說，他到底該怎麼幫她？

把托盤放上吧檯桌，葉子珩緩緩將兩杯調酒遞到蕭聿沁手邊，自己則拿起了第三杯調酒，坐上她右邊的高腳椅：「喝吧，我陪妳喝。」

蕭聿沁這才回過神來，拿起手邊的調酒便是一陣猛灌，嚇得葉子珩一把抓住她的手：「妳幹嘛？喝這麼快很容易醉。」

誰知道蕭聿沁只是淡淡的瞥了他一眼，手腕一扭掙脫了他的鉗制，將酒杯湊到嘴邊繼續喝了起來。葉子珩滿臉的無奈，但也沒辦法多說些什麼，蕭聿沁什麼也不說，他根本不知道能夠怎麼安慰她。

蕭聿沁靜靜的看著窗外的湖面，現在已經接近一月，外頭冷風呼呼的吹，湖邊的人行步道沒有半個人。她就這樣看著看著，思緒在不知不覺間回到從前。

當年她和賴妗岑爭吵的爆發點，便是那次的腳踏車事件。當時她們兩個的相處早已有了問題，但她始終在找方法調適、解決，然而那次的腳踏車事件讓她不想再忍、選擇爆發，那是她第一次對賴妗岑生氣，也是最後一次。

當時她們三個朋友約好一起去牽車，但賴妗岑卻臨時跑到圖書館和學長討論報告。她也不以為意，餓著肚子在宿舍裡等了一天，直到賴妗岑回到寢室找她，她才發現賴妗岑和葉欣潼已經自己先去把車牽回來了，甚至還一起吃了頓飯。

她從頭到尾都像傻子般的等著，當室友問起賴妗岑和葉欣潼會不會自己先去牽車時，她還信誓旦旦的說了不會。但是最後事實證明，她們兩個真的丟下她自己去牽車了。她始終以為丟下她是賴妗岑的主意，所以她把所有的錯誤都歸在賴妗岑身上，也始終沒有怪罪與賴妗岑同行的葉欣潼。但一直到今天她才知道，原來當初那件事是葉欣潼主導的，而她錯怪了賴妗岑二十年。

這個誤會延續了二十年，可如今她知道了真相，卻早已過了挽回的黃金時間。

蕭聿沁在二十分鐘內喝完了兩杯調酒，葉子珩始終在一旁擔憂的看著，這女人喝得這麼猛，不知道等等會不會直接斷片？才正想著，蕭聿沁忽然收回了眼神看向他，突如其來的對視讓葉子珩嚇了一跳，兩人便這麼對望著，誰也沒有說話。

最終，是蕭聿沁先開了口：「你轉過去。」

「什麼？」

蕭聿沁用下巴指指右邊的牆壁：「轉過去面對牆壁。」

葉子珩滿臉的莫名其妙，但最後依然決定照做。他轉動高腳椅面向牆壁，還正想著她到底想要做什麼，下一秒背部一股重量傳來，身後的女人將額頭靠上他的後背。

蕭聿沁額頭抵著他的背，她也不知道為什麼要這樣做，但就是突然很希望有個人能夠讓她靠著。她一雙眼向下盯著地板眨啊眨的，下一秒淚水便這麼掉了下來，她也沒打算忍住眼淚，任憑晶瑩滴滴滾落。

就哭吧，狠狠哭過一次之後，下一次就會更勇敢了吧？

葉子珩原本還想說些什麼，卻在下一秒聽見她吸鼻子的聲音，這讓他硬生生地把原本想說的話全吞了回去，這時候的蕭聿沁最不需要的就是安慰，就讓她靜靜地哭吧。

不知道過了多久，身後的女人靜了下來，葉子珩盯著牆壁轉轉眼珠子，蕭聿沁借用他的背這麼久，他的腰都快酸死了，她該不會睡著了吧？

「蕭聿沁？」猶豫了一會，葉子珩試探性的出了聲，「妳還好嗎？」

後頭的女人沒有說話，他頓了一會緩緩轉動高腳椅，讓自己轉回面對她的方向。沒想到才剛將椅子轉正，下一秒蕭聿沁的頭便這麼撞進他的懷裡，葉子珩連忙伸手扣住她的腰，就怕她一個不小心從高腳椅上摔下來。

將她扶穩後，葉子珩忍不住輕嘆口氣，這女人是真的喝醉了又哭累了，居然以這麼不舒服的姿勢睡了起來。不過能哭是好事，總比她一直憋在心裡來的好。

想著想著，葉子珩忽然一頓。他單手扶住她的腰，另一手從口袋裡拿出手機，點開與忌莫的聊天室發了訊息：「明天中午有空？我請妳吃飯。」

發完訊息後，葉子珩關掉了手機螢幕，低下頭看著依然靠在他胸前的女人。原本他想著尊重蕭聿沁，不願過問她過去的事，但如今看她這個樣子……他想知道她的過去。

所有不堪的、難受的，以及那些大大小小的傷，他都想替她一一撫平。倘若無法撫平，他也願意陪她一起忍受疼痛。

#

頭部傳來陣陣疼痛，蕭聿沁緩緩睜眼，映入眼簾的是潔白的天花板。她抬起手揉揉太陽穴，昨晚喝酒喝的太猛，再加上心情不好的關係，她到後來便沒了記憶……喝！

她從床上驚坐而起，下意識的低頭檢查自己的衣著。只見身上的衣服完整，並沒有被翻動過的痕跡，這讓她稍稍鬆了一口氣。蕭聿沁這才有心思打量周遭的環境，這間房間不小，左手邊有一個落地燈，再過去一點甚至有全身鏡和長沙發；右手邊的牆面開了一個小窗，陽光從窗外透了進來，卻又不會刺眼。床邊擺了一個矮櫃，矮櫃上頭甚至放了一杯水以供飲用。

這裡是哪裡？

蕭聿沁再次低頭一看，身上的被子隨著她方才坐起的動作滑落，她身上蓋著一件潔白的厚被子，被子裡又蓋了一層小毛毯讓她保溫，不光如此，房內甚至開了暖氣，她整個身子暖洋洋的，昨天早上因感冒引起的不適早已煙消雲散。

嘆了口氣，蕭聿沁從口袋裡摸出手機，剛打開螢幕便跳出葉欣潼傳來的訊息：「妳今天不想來上班可以休息，我會幫妳請假，社長那邊我也會幫妳說明。」

蕭聿沁淡然的看著那則訊息，原本還想回傳個貼圖回去，手指卻在碰到鍵盤前頓了頓，她一雙眼盯著介面，好一會都沒有動作。最終，她關掉手機螢幕沒有回覆，而另一頭的葉欣潼皺緊眉頭看著和她的聊天室。

已讀。

將手機收進口袋裡，蕭聿沁打開房間的門往外走，下一秒卻頓住了腳步。映入眼簾的是她再熟悉不過的內酒吧，她難得錯愕的回頭一看，所以剛剛她睡的房間……是葉子珩之前提到的員工休息室嗎？她昨晚睡在葉子珩的酒吧裡？而且這員工休息室未免也太高級了吧！

站在原地調適了會心情，蕭聿沁輕搖搖頭，實在懶得多想，她一把打開通往外酒吧的木門走出去，沒想到一踏出門便看見葉子珩在吧檯底端忙碌著。她有些尷尬的扯扯嘴角，忽然想起昨晚在他面前的情緒失控，她也不知道是怎麼了，可能是憋了太久、可能是酒精作用導致，等她回過神來時，她已經把額頭抵在葉子珩的背上淅瀝嘩啦地哭了出來。

現在想想還真的是……彆扭又丟臉。

「嗯？妳醒啦？」葉子珩眼尾瞥見了一旁的人影，轉頭一看才發現她呆站在那裡，「還好嗎？」

「嗯。」蕭聿沁乾應了一聲，有些彆扭的朝內酒吧的方向指了指，「昨天……謝謝你的房間。」

「客氣什麼？妳今天還上班嗎？」葉子珩一邊忙著手上的動作，不忘抽空看了她一眼，見她搖頭才繼續開口說道：「那來吃早餐吧。」

「早餐？」蕭聿沁狐疑的皺起眉頭，這才移動腳步朝他走去，只見吧檯上放了一台烤吐司機，一旁甚至放了肉片、番茄、生菜、沙拉等配料，這景象讓她愣了一下，「你酒吧裡有這些東西？」

「本來沒有。」葉子珩微微一笑，「但想說妳昨天晚上睡在這裡，我就回家把東西搬過來了，省得妳起床沒東西吃。」

「……」蕭聿沁有些錯愕的看著他的側臉，一時間不知道該怎麼回答，她實在不習慣接受別人的好意。過了一會她才歉然的開口：「但我現在就要離開了。」

「妳要去哪？」葉子珩不明所以的抬頭看向她，「妳不是說妳今天沒要上班？」

「嗯，沒要上班，但想去海邊。」蕭聿沁淡淡的說著，海邊是她的王牌放鬆地點，每當她覺得快要撐不下去的時候便會去那裡，讓海浪吞噬所有的煩惱與難受。

「去踏浪？」葉子珩試探性地看著她，就怕她會想不開。

像是看出了他的疑惑，蕭聿沁沒好氣的扯著嘴角：「不然去跳海嗎？不跟你說了，我先走了。」

「欸欸等一下！」蕭聿沁說著正打算離開，卻被葉子珩一把叫住，他從吧檯裡拿出杯子，裡頭裝著淺黃色的半透明液體，「妳先把這個喝掉再走。」

這個？蕭聿沁有些遲疑的看著那個杯子，最終忍不住問了出口：「這是什麼？」

「蜂蜜水，解酒用的。」

蕭聿沁看了葉子珩一眼，最後淺淺一笑，拿過那杯蜂蜜水大口灌下。一杯蜂蜜水在眨眼內見底，蕭聿沁將空杯子擱上吧檯：「這下我可以走了吧？」

「還不行。」葉子珩微微一笑，轉身從一旁拿起剛做好的三明治，「拿了這個再走，我昨天扶妳去房間的時候發現妳有點發燒，吃點東西才有體力，不然等等又燒起來。」

蕭聿沁若有所思的深看了葉子珩一眼，最終選擇伸手接過三明治，一個俐落的轉身離開吧檯：「先走了。」

「嗯。」後頭的葉子珩淡淡的應著，雖然蕭聿沁現在的狀況，讓她去海邊他也實在不放心；他也很想開口說要陪她去，但說穿了他暫時還沒有這個資格。

而且……葉子珩低頭看向亮起的手機螢幕，忌莫答應了他昨晚的邀約。

他可沒忘記，要找忌莫把蕭聿沁的過去搞懂這件事。

#

葉子珩走進咖啡廳，遠遠的便看到忌莫朝他招手，他微微一笑朝她走去：「怎麼這麼早就到了？」

「你請客欸，我當然早一點到，要多吃一點否則不划算。」忌莫說著喝了口手上的熱可可，葉子珩這才發現她早已點了一堆東西。忌莫又想起什麼似的忽然說道：「對了，我有幫你點一杯卡布奇諾，你要是想吃什麼再自己點。」

「說的好像是妳請客似的。」葉子珩在她對面的位子坐了下來，看著滿桌食物忍不住嘴角的抽搐，「妳是餓多久了？健身房的薪水也沒虧待妳，妳吃成這樣？」

「幹嘛講這樣？想知道情報總是需要一點犧牲的嘛。」忌莫挑起嘴角看向葉子珩，「你以為我不知道你想幹嘛？還不是想套我的話，不然你平常哪這麼閒有時間請我吃飯？」

葉子珩微微一笑，忌莫看人看事一如既往的準確，果真什麼事都瞞不了她：「嗯，我想問妳蕭聿沁的事。關於……她的過去。」

忌莫聽著一頓，原本撐著臉頰的手緩緩放下，神情也跟著嚴肅起來：「為什麼我要告訴你？」

「妳不希望蕭聿沁的傷能夠好起來嗎？」

「我當然希望。不過阿葉，雖然我們是朋友，但有些事我不得不防。」忌莫一臉嚴肅的看著葉子珩，「蕭聿沁當年的事我從來沒有對誰說過，怕的就是有人利用她過去的傷再捅她一刀，你能確定你不會這麼做嗎？」

「你別以為我看不出來你喜歡她，你太明顯了。但是葉子珩，蕭聿沁過去的傷口這麼深、這麼大，你就算花一輩子也很難替她療傷。你所愛的到底是光鮮亮麗的她，還是真正的她？你能保證你會連她的傷口、她的黑暗一起愛嗎？」

忌莫一連串的質問讓葉子珩有些不知道該怎麼回答，他低著頭沉吟了一會後抬起頭來，眼底滿是誠摯：「我現在愛著的，不就是那個受過傷的她嗎？」

短短的一句話道盡他的真心，忌莫跟他對望了一陣，最終揚起淺淺的微笑，喝了口熱可可後啟唇：「蕭聿沁並不是她的本名，在她出社會前，她的名字是林如芸。」

「她大學前的生活我不知道，只是曾聽她說過。她在國高中的時候沒有什麼朋友，甚至常因為功課好、幫老師辦事而受到班上同學的排擠，這也導致她不知道該怎麼交朋友。上了大學後，她遇到了一個叫賴妗岑的女生，當時的蕭聿沁有在網路上寫作，而賴妗岑看了她的作品，兩個人一拍即合。大一剛開學的那一個月，只要看到賴妗岑，就代表蕭聿沁一定也在附近，她們是如此形影不離的。你能想像蕭聿沁一整天都黏著一個人的樣子嗎？」

忌莫說到一半忍不住問道，葉子珩想著搖了搖頭，忌莫才輕笑著開口：「當初的蕭聿沁就是這個樣子。對她來說，這是她好不容易交到的朋友，她自然必須緊握住好好珍惜；但是對那個叫賴妗岑的女生來說，她的朋友很多，也需要擁有喘息的空間。一個希望整天跟朋友膩在一起的人，跟另一個渴望擁有自由的人，兩個人的交友本來就會有摩擦。她們也溝通過、想過很多種方法彼此調適，但兩個人的磨合怎麼可能這麼快？這都是需要時間的。」

「偏偏她們兩個還沒磨合過來就吵翻了。原因簡單來說就是蕭聿沁、葉欣潼跟賴妗岑三個人約好一起去一個地方牽腳踏車，但後來賴妗岑拉著葉欣潼自己去牽車，將蕭聿沁一個人拋在後頭——這是官方說法。然而事實是，並不是賴妗岑主動拉著葉欣潼去牽車，而是葉欣潼要求賴妗岑先陪她去牽腳踏車的，而這個真相蕭聿沁一直到昨天才知道。」

「你能想像這件事對蕭聿沁的打擊跟震撼有多大嗎？如果當初葉欣潼肯承認整件事是由她主導，也許蕭聿沁跟賴妗岑就不會發生爭吵，更不會搞到斷交。偏偏當初的葉欣潼沒有提，賴妗岑又默默的扛下了罪名，從頭到尾蕭聿沁都是當事人，卻像局外人似的被瞞到最後一刻才知道。這件事一直是蕭聿沁心底的傷，偏偏昨天葉欣潼跟她坦白，大概是過去的傷口又被掀開了吧。

「而且她們兩個斷交的當天，賴妗岑頭也不回的離開，這也在蕭聿沁的心裡留下了很大的傷口。對她而言，她是被堅定的拋下的，那個對她來說最重要的朋友，一夕之間忽然不要她了。」

葉子珩有些錯愕的聽到這裡，過了一會才回過神來開口：「妳說當年傷她最重的，就是這件事情？」

「嗯。」忌莫說著吃了口烤布蕾，「也許你會覺得這不過是小事，但我認為每個人在乎的東西都不一樣，有的人看重友情、有的人在意親情、有的人著重愛情，沒有人的悲傷該被視為無病呻吟。蕭聿沁正巧是重視友情的極端，她是真的把朋友看的很重，所以也被傷的很深。」

「可是⋯⋯」葉子珩還是有些遲疑，「她是蕭聿沁欸，她一直都是向前看的代表，妳這樣說反而像是她被過去困住似的。」

「阿葉，你知道嗎？」忌莫一雙眼定定地看著他，「有的人看似一直向前走，但其實始終在原地停留。」

她的話成功讓葉子珩一頓，最終他輕點點頭，算是接受了忌莫的說法。他跟那位賴妗岑一樣算是朋友多的類型，所以也真的難以體會蕭聿沁的痛。但試著換位思考他依然做得到，當年的蕭聿沁……應該很崩潰吧？

「那我還想問，為什麼蕭聿沁不能以CONSTANCE總編的身分出現在大眾面前？」

「這又是另一件事了。」忌莫說著嘆了口氣，「在跟賴妗岑斷交後的一個禮拜，一個叫徐毅能的編輯找蕭聿沁簽約……就是現在橫跨文法商政四界的徐毅能，你應該知道。只要簽約成功，蕭聿沁的作品就可以在知名出版社出版。但簽約當天，徐毅能竟要求她一起去開房間。」

「什麼？」

「蕭聿沁當然拒絕了，那天的簽約也就此作罷。但從那天開始，她就在出版界被封殺了。」

「為什麼？」葉子珩不解，「當時的蕭聿沁應該還沒什麼名氣吧？為了這一件小事封殺她，那個徐毅能有這麼閒？」

「我跟葉欣潼當時也是這樣想。」忌莫煩躁的用手指頭敲著桌子，「長大後葉欣潼請人去查，才發現原來當時徐毅能要蕭聿沁一起去開房間，是為了把蕭聿沁當成禮物送給其中一個工作夥伴，他甚至跟那個合作夥伴保證這個貨色一定精彩。結果蕭聿沁直接離開現場，那個合作夥伴覺得自己被徐毅能耍了，就此終止跟徐毅能的合作。初估下來……徐毅能的損失沒有上億也有個幾千萬吧。」

葉子珩這才恍然大悟，也難怪徐毅能會就這樣封殺蕭聿沁，在他的眼裡蕭聿沁就是害他失去生意的絆腳石吧。但是才剛跟賴妗岑斷交一個禮拜就發生這種事情……葉子珩有些心疼的皺起眉頭，蕭聿沁當初到底承受了多少？她到底是怎麼忍受著這些撐到現在的？「但是現在蕭聿沁在CONSTANCE工作，難道就不會有被發現的危險嗎？」

「當然有。」忌莫輕蔑一笑，「你跟CONSTANCE也有合作，應該有簽訂人事保密條約吧？」

見葉子珩點頭，忌莫又繼續說道：「那個條約就是為了防止蕭聿沁的身分洩漏出去，欣潼那邊也會暗中做身家調查，確保對方跟徐毅能沒有關係。而且蕭聿沁也不出席所有公開場合，這點你應該知道吧？讀者同樂會或是跟廠商的合作說明會，全部都是由徐家榆代替她出席的。」

「可是就算這樣，也不可能瞞得過徐毅能吧？他的勢力範圍這麼廣，各界都有他的人脈。」

忌莫再次輕笑：「當然不可能，對方哪會不知道蕭聿沁在雜誌界？只是想等時機把她弄垮而已。只要他願意，蕭聿沁只有離開雜誌社的份。」

忌莫說著認真的看向葉子珩：「阿葉，我試了將近二十年都沒能讓她走出來，現在我只能期望你了。你不需要讓她痊癒，但至少把她從過去拉出來、讓她能夠往前走，否則蕭聿沁早晚會被過去的黑暗吞沒。」

「我……為什麼只能期望我？」葉子珩愣愣的問著，沒想到下一秒忌莫竟挑起一抹意味深長的笑。

「你覺得呢？」

#

整整一個月，蕭聿沁都沒有再踏進酒吧裡，全然將自己投入在工作中。她依然會去公司，但是跟葉欣潼的互動便僅止於公事公辦，每每與葉欣潼擦肩而過，她也是逕自忽略，看也沒看她一眼。

一晚，葉子珩在吧檯裡製作調酒，遠遠的便看見蕭聿沁踩著疲憊的步伐走進酒吧。雖說酒吧的燈光昏暗，但還是能夠看出她臉上的疲倦與憔悴，想也知道她這一個月的日子並不好過。

「要進去嗎？」見她那副模樣，葉子珩忍不住開口，總覺得此時的蕭聿沁很需要休息。

「嗯。」蕭聿沁勉強揚起淺笑，「隨便給我一杯調酒。」

葉子珩比了個手勢示意他明白，蕭聿沁自然的走進內酒吧裡，現在她在這裡就像走自家廚房般的熟門熟路，沒了第一次來這裡時的不自在，甚至還多了一點熟悉感。

十分鐘後，葉子珩製作好調酒，拿了托盤準備進入內酒吧。沒想到一旁的調酒師竟一把拉住他，語帶調侃的道：「你又要溜？雖然你開溜的次數真的不多，但是每次那位美女來你就開溜，也太不夠義氣了。」

葉子珩深看了他一眼，義氣？這老兄把妹的時候都不知道義氣兩個字怎麼寫，現在居然跟他說義氣？「今天晚上多給你兩千，要不要？」

調酒師聽到這裡連忙鬆開拉住他的手，甚至主動幫他開了通往內酒吧的門，畢恭畢敬的欠身：「您請進去，沒事不要出來。」

他的話讓葉子珩莞爾一笑，輕聲道謝後轉身走進內酒吧。進入內酒吧後，葉子珩不自覺的放輕了步伐，今晚的蕭聿沁依然沒有打開內酒吧的燈，外頭湖畔的白色造景燈光透過落地窗撒進室內，為室內增添了一點點照明，也襯得她的側臉益發清冷。

葉子珩輕嘆口氣，拿起托盤上的調酒放到她手邊。猶豫了一會才遲疑著開口：「妳的事，我都知道了。」

蕭聿沁一愣，緩緩轉頭看向他，過了一會才意會到他在說什麼：「忌莫跟你說的？」

葉子珩頷首作為答覆。蕭聿沁感到無奈，忌莫這傢伙的確是出於好意，但是好歹告知她一聲好讓她有個心理準備吧？她整個人都被看透了，忌莫難道沒想過她會不安嗎？「忌莫說了多少？」

「沒有想法，但又千頭萬緒。」蕭聿沁說著放下酒杯，重重的嘆口氣道：「你知道嗎？我很心疼賴妗對於當年的事呢？妳怎麼看？」

葉子珩聽著在心底一嘆，內酒吧裡陷入沉默，葉子珩若有所思地盯著她的側臉，最終輕聲開口：「那珍惜的話，我更痛苦。」

蕭聿沁一愣，聽著他的話揚起一抹苦笑，啜飲了一口調酒後淡淡的開口，話裡卻藏著苦澀：「因為不朋友，即使冷漠了一點，但始終珍惜著不是嗎？」

葉子珩聽著陷入沉默，過了一會才想出答覆：「但妳有因為這樣就不珍惜嗎？不是吧，妳對工作、對

「那如果不珍惜，是不是就不用怕失去？」

又怎麼會稱為失去？」

有這樣的感慨：「世界上本來就很難有準備好的失去不是嗎？失去總是突如其來的，若是能夠預料的到，

葉子珩自然明白她在說什麼，當初的她再珍惜那段友情，最後依然落得斷交的下場，也難怪蕭聿沁會

也會失去，你知道嗎？」

蕭聿沁聽著沉默。過了一會才拿起調酒抿了一口，沒頭沒尾的輕聲說了一句：「有的東西即使再珍惜

是拿刀捅自己的傷口，然後說著自己不痛。」

「但妳到現在依然受那件事的影響。」葉子珩一語擊碎她精心打造的堅強鎧甲，「蕭聿沁，妳不要總

幾年前的事了，不重要。」

「不管忌莫說了什麼，你都不必理會。」蕭聿沁淡然的說著，一雙眼看向窗外的湖面，「都已經是十

甚至妳不能以總編身分出現在公眾面前的原因，忌莫全都跟我說了。」

「全部。」葉子珩說著坐上她右手邊的高腳椅，「從妳的本名叫林如芸，到妳跟賴妗岑斷交的過程，

岑。當年我是怎麼質疑她的？我把所有的脾氣、所有的受傷一次爆發，我覺得她不尊重我、覺得她不信任我，當年的她完全沒有反駁，就這樣默默吞下我所有的質疑，你想當時的她該有多受傷？」

「我曾經恨過她，恨她如此輕易地轉身就走將我拋下，也覺得她根本不在意我們之間的情誼。但如今回過頭想想，她轉身就走其實很正常啊，她無端的承受我的質疑，任誰都會感到生氣，她當然有離開的資格。」

「所以……」葉子珩沉吟著，像是在想著措詞，「妳是覺得，如果當年葉欣潼坦承事情是由她主導，也許妳們就不會走到斷交這步嗎？」

「其實我自己也知道，當初我跟賴妗岑的相處早已有問題，吵翻只是早晚的事。但我也會忍不住想著，要是葉欣潼說了，會不會有什麼不一樣。」蕭聿沁說著斂下眼眸，也許這就是人的劣根性吧，在痛苦時總想找個人怪罪，如此才有繼續向前的動力，「我知道我們遲早會斷交，但當我發現有其他可能後，我很難不去想像那些如果。如果我們當時沒有吵翻，也許我們可以找到更適合彼此的相處方式、也許我能夠跟她繼續當朋友，這之間有太多的也許，但是都因為葉欣潼的隱瞞而破滅了。」

「我昨天也想過，在最痛苦的那段時間裡，是欣潼陪我走過的。這十幾年來我也始終很感謝她。」蕭聿沁說著看向葉子珩，「但我也會想起，要是當初葉欣潼能夠坦承，也許我根本不會有那段痛苦的日子。」

「可以理解。」葉子珩下了個簡單的結論，「可是蕭聿沁，我覺得妳現在需要的不是安慰，而是點醒。」

「……什麼？」

「當初葉欣潼隱瞞這件事的確有錯，但我覺得……妳不能這樣全盤打翻她的付出。」葉子珩說著頓了頓，過了一會才繼續開口，「的確，也許她坦承後，妳不會有那段痛苦的日子。但是這十幾年來，她無論是工作上還是私底下，其實都幫了妳不少吧？就像忌莫提到的，她私底下幫妳調查雜誌社的員工背景，甚至在工作上處處幫妳掩護，過去妳有事的時候也都是她和忌莫在替妳分擔解憂。這些付出不是假的，難道這些妳也要全盤打翻嗎？」

「我……」蕭聿沁一時語塞，表情有些茫然，「我沒有想要全盤打翻。但是我不知道要怎麼原諒，那個疙瘩始終都在，這樣我該怎麼跟她相處下去？」

「可是沒有人要妳原諒她啊。」葉子珩溫聲說著，「她是錯了，妳可以無法原諒。但是她錯是錯在那件事，而不是她整個人。妳可以帶著傷繼續走，但不要忘記妳身上、妳們的友情裡，那些沒有傷痕、依然完整的部分。」

「我知道妳的傷很深，我也知道妳某部分的難過來自於自責，妳自責當初的自己沒有將事情問清、自責自己對賴妗岑帶來的傷害。但是這是妳們三個自己選出來的路，也許正巧是妳們三個都做錯了選擇，所以導致了今天的狀況。可是既然路已經走了，妳只能面對，更沒有必要去想別條路的風景，因為說到底妳也沒辦法重新選擇了，不是嗎？」

見蕭聿沁依然沒有回答，葉子珩頓了一會，食指隔空指向她的胸口，溫聲說道：「當年那個受傷的林如芸始終被妳關在心底，妳從來沒有去正視過那些傷口，只是一昧的讓忙碌將自己埋沒。我們誰都沒有資格要求妳一定要讓傷口癒合，妳依然可以難受，可是……十九年後的蕭聿沁，妳願意伸出妳的手，替當年十八歲的林如芸擦乾淚水嗎？」

蕭聿沁怔怔的聽著，不知不覺間落下了淚，但那些淚水很快地便被她用手胡亂抹去。葉子珩也沒戳破她的難堪，繼續開口：「當年的傷很痛，我不能說我全然理解，但我能夠稍微同理。可是蕭聿沁，如果妳不願正視那些傷口，甚至一直拿過去的事捅自己一刀，那麼傷口永遠都會是鮮血淋漓的模樣。」

他話說到這裡，內酒吧裡再次陷入沉默。葉子珩倒也不著急，明白蕭聿沁需要時間冷靜。大約過了二十分鐘，蕭聿沁拿起方才喝到一半的調酒抿了一口，有些遲疑的問道：「你最近有葉欣潼的消息嗎？」

「嗯……不算有。但她應該過得不是很好。」

這話讓蕭聿沁皺緊眉頭，滿臉的不明所以：「什麼意思？」

「妳一個月沒來了所以不知道，她每天都會來這裡喝悶酒啊。」葉子珩說著聳了聳肩，「問她需不需要聊聊她也不說話，滿面愁容的樣子，看也知道不太好。」

蕭聿沁聽著眉頭皺得更緊，葉欣潼會來這裡喝酒？她是跟她提過葉子珩的酒吧，但是她沒想過葉欣潼居然也會來這裡，該不會等等在外頭遇到她吧？「那她今天有來嗎？」

「我也不知道，妳一來我就進來陪妳聊到現在了，哪知道她今天有沒有來。」葉子珩說著打開手機想看時間，沒想到卻跳出調酒師傳來的訊息：「欸，那個每天都來的美女今天又來了，我們上次的打賭你輸了哦！兩千塊記得拿來。」

哦？葉子珩挑起一抹意味深長地笑，一雙眼直勾勾的看向蕭聿沁：「我的調酒師說她現在在外面。」

「怎麼樣？想出去看看嗎？」

另一頭，葉欣潼坐在吧檯前喝著悶酒，在吧檯內的調酒師不時轉頭注意她的狀況，這位小姐已經連續一個月每天都來這裡喝酒了，而且一喝就是好幾杯。雖然說她每次都會付錢，但是酒喝多了總是傷身，她就不怕酒精中毒？

顧著想心事的葉欣潼自然沒有察覺到調酒師的視線，只是不斷地喝酒嘆氣。蕭聿沁曾提過她心情不好時都會跑來葉子珩的酒吧，可她已經連續來了一個月都沒看過她的人影，她真的會來嗎？還是是怕自己找她，所以刻意避開？

不遠處的木門被輕輕打開，蕭聿沁端著自己的調酒從裡頭走了出來。才剛打開木門便看見葉欣潼的身影，蕭聿沁深深的嘆了口氣，這倒是她這一個月來第一次正眼看葉欣潼，一看才發現她瘦了不少，整個人也憔悴了許多。

說到底，這將近二十年的光陰裡，她們誰也不好過。一個受過去折磨，一個受心魔之擾。但是要去找她嗎？想到這裡蕭聿沁忽然又有些退縮了，現在的她能夠理智的跟葉欣潼對談嗎？如果不行，那這次的對談只怕會讓她們之間的關係變得更糟吧？

比起憎恨，其實釋懷更需要勇氣，她確信那個堅強的蕭聿沁能夠釋懷，但是當年的林如芸呢？她有足夠的勇氣可以放下當年的事嗎？她能保證說出原諒二字之後，回想起過去不會再覺得可惜嗎？

像是看穿了她的猶豫，站在她後頭的葉子珩輕推了她的背，跟她對上眼時揚起帶著鼓勵的笑容：「溝通溝通，不把心裡的話說出口，又怎麼能心意相通？」

蕭聿沁沉思了一會，最終下定決心般的邁開腳步，端著酒杯繞過吧檯朝葉欣潼走去，最終坐上她旁邊的高腳椅。原本還發著呆的葉欣潼察覺到有人坐在身旁，愣愣的轉頭看向她，卻在認出蕭聿沁後瞪圓雙眼，像是不敢相信她居然會在這。

兩個女人沉默。一旁的調酒師有些不安的看向葉子珩，這氣氛怎麼看都不對，她們應該不會突然打起來吧？想著想著，調酒師忽然睜亮雙眼，湊到葉子珩耳邊低語：「你之前提到她們兩個吵架嘛，不然來賭她們會不會和好，兩千塊。」

又是兩千塊，葉子珩鄙視的睨了他一眼：「拿這種事來賭？別鬧。」

過了一會，葉欣潼才有些戰戰兢兢的開口：「我們……聊聊嗎？」

蕭聿沁輕輕搖晃著手上的酒杯，深吸了一大口氣：「我是真的很受傷。」

「當年我曾跟妳聊起我跟賴姈岑之間的事，妳說的是我們兩個不適合當朋友，卻對於妳所做的事閉口不提。我不知道當初我身邊還有多少人知情，但明明我才是事件的當事人，為什麼我卻像局外人一樣被瞞到最後才知道？」

葉欣潼聽著紅了眼眶，啞著聲開口：「我知道妳很受傷。但是當年的妳這麼憤怒……我從來沒有看過妳這個樣子，我是真的很害怕。」

「讓妳跟姈岑斷交絕不是我的本意。當時的我只想著等妳們兩個冷靜下來，也許事情會出現轉機，我從來沒有想過妳們一斷就是二十年。如果當初我知道會是這個結局，我一定會把所有事情全盤托出的！」

「妳後悔過嗎？」蕭聿沁忽然直勾勾的看向她，這是她此刻唯一在意的問題，「對於妳隱瞞這件事，妳後悔過嗎？」

「怎麼可能不後悔？」葉欣潼說著落下了淚，「這十幾年來，我只要看到妳都會想起這件事，整整將近二十年的時間，我都活在後悔裡。」

蕭聿沁聽著斂下眼眸，能怪誰呢？葉欣潼的隱瞞固然不對，但當年沒有找人問清真相的自己又何嘗沒有錯？尤有甚者，當年的賴姈岑也知道真相，但卻選擇跟著葉欣潼一起隱瞞、替葉欣潼背鍋，那個瞞著她甚至最後一句話也不說便轉身離開的賴姈岑，又怎麼會沒有錯？

說穿了她們三個都沒有錯，只是在當下做出了選擇；但她們三個也同時都錯了，因為她們一個個都做錯了選擇。在數學的世界裡，三個負號得出的結果依然是負數，何況在情感的世界裡，從來就沒有所謂負負得正。

也許就像葉子珩說的，當年的事情也不過是她們三個都做了選擇。偏偏也正因為做了選擇，所以才導致今天的局面。又能怪誰呢？怪給命運吧，是命運的弄人，卻又不給人挽救的機會。

說到底人生不是大富翁，又怎麼可能有那麼多的命運跟機會，甚至還能回到原點。都不是小孩子了，誰都不天真了。

「不用後悔了。」沉默過後，蕭聿沁端起酒杯抿了一口，「都過去了。」

她依然無法釋懷，所以選擇讓它過去。就像葉子珩剛剛點醒她的，從來就沒有人要求她原諒葉欣潼，但她依然不能因此將葉欣潼的付出全盤打翻。

這是她第一次正視過去的傷口，也許還不夠熟練，但至少她看到了當年受傷的自己，然後替她擦去了淚水。她知道這個傷永遠無法痊癒，這個遺憾也永遠都在，但她也清楚明白痛並沒有關係，因為她的身邊還有人在。

有忌莫、有葉欣潼、有葉子珩，甚至是她熱愛的工作，以及那些許久沒有聯絡，但始終在某處等她的朋友們。

「可是……」葉欣潼還有些猶豫，一雙淚眼不安的看著她。

「當年的事，我們每個人都有錯。何況過了這麼久了，沒必要拿過去的事綁著自己。」蕭聿沁說著瞥向她，「要是還是覺得對不起我，那就請我喝杯珍珠奶茶吧。」

葉欣潼聽著愣在原地，過了一會才破涕為笑：「又是珍珠奶茶，平常請妳喝的還不夠多嗎？」

「不夠。」蕭聿沁乾脆的答著，端起調酒朝她舉杯，「所以從明天開始要一天一杯，我也一個月沒喝妳飲料了，要補回來。」

見她恢復以往的模樣，葉欣潼心中的大石總算放了下來。這愧疚跟了她將近二十年，她明白這虧欠依然會繼續跟著她，但至少她不必再擔心受怕。她舉起自己的酒杯碰上蕭聿沁的杯子，清脆的鏗鏘聲傳到一旁，兩個女人各自乾杯。

將自己的調酒喝完後，葉欣潼抹了抹嘴角，輕笑道：「那我得幫妳買無糖，不然妳要是得了糖尿病，醫藥費還得來找我要。」

蕭聿沁聽著莞爾，抬頭轉轉脖子放鬆頸部，一雙眼正好看到了頭頂的燈飾，昏黃色的燈光照在臉上，一如她此刻的心情。

心裡那道高聳的牆似乎塌了一角，但疼痛似乎也少了一點。

在心底輕嘆了口氣，蕭聿沁揚起了一抹帶著欣慰的笑。過去的都過去了，她再用力的抓也不可能抓住。至少那些她深愛著的人們依舊在身邊，如此便已足夠。

只要重要的人都還在，就好。

#

在跟葉欣潼和解後的一個月裡，蕭聿沁將所有心神投注在工作中，前前後後推出的幾個企劃都受到不錯的迴響，雜誌社的總體評比穩居第二，甚至有繼續向前攀升的趨勢。

早上十點，蕭聿沁剛開完一場會議回到辦公室，喝了口水後打開桌上的文件準備繼續辦公。放在一旁的手機忽然傳來震動，螢幕顯示是葉子珩的來電，蕭聿沁頓時一愣，最近忙於工作，她也好一陣子沒有見到葉子珩了，他怎麼會忽然打電話過來？「怎麼了？」

「我是要跟妳說，我晚點會到你們公司開會。」

嗯？蕭聿沁聽了他的話，拿起一旁的行事曆看了一眼，啊！今天下午是合作廠商的集體會議，不過因為徐家榆會代替她出席，資料她也早在半個月前便請Vivian傳真給她，所以並沒有太過注意，直到葉子珩提到她才想起：「你是說廠商合作會議吧？不過我不會出現，徐家榆會代替我出席。要是徐家榆有什麼說的不清楚的地方，你可以再來問我或是欣潼。」

「我知道。」葉子珩無奈的說著，這點基本的東西不需要她提醒，「我是想問妳，現在外面在下雨，妳出門也不方便。有沒有想吃什麼，我可以幫妳帶過去。」

下雨？蕭聿沁聽著看向玻璃窗外，這才發現外頭不知何時下起了傾盆大雨：「不用了啦，反正我也不餓，不用麻煩你。」

「還是……妳之前不是有說一家廣東粥很好吃？我現在剛好在那附近，買過去給妳？」

「不要。」蕭聿沁這是秒答，意識到自己拒絕的太快，她趕緊解釋，「我上次感冒訂了他們家的粥，吃了一半卻吃到蟑螂，所以就決定以後都不吃了。不用麻煩啦，我這裡也有一些存糧，要是餓了我會吃那些果腹。」

「好吧。」電話那頭傳來關車門的聲音，怕是葉子珩準備要開車了，「那我先掛了。」

「嗯，掰。」蕭聿沁輕聲回著，掛了電話後再次將自己埋進成堆的文件裡。隨著CONSTANCE的業績越來越好，她得審閱的文件、資料也跟著增加，尤其是雜誌草案，她總得一審再審才敢交還給編輯群，讀者群增加後就得更加注意雜誌內容及細節，否則一不小心便會落入是非當中。雖然說雜誌社能有今天的成績她很高興，但也相對的造成了壓力。

不知道過了多久，門外忽然傳來敲門聲。蕭聿沁這才從資料中抽神，下意識的往電腦右下角處一看，十二點半？這時候大部分的人都去吃飯了，應該沒有人工作狂到連午餐時間都來找她討論案子吧？想歸想，她最終還是說了聲：「請進。」

推開門的不是別人，正是兩個小時前才跟她通過電話的葉子珩，他的出現讓蕭聿沁一愣，但更讓她錯愕的是他手上居然還提了一個保溫鍋？

「妳應該還沒吃吧？這裡有玉米雞肉粥。」

他說著將保溫鍋放到沙發區的桌子上，蕭聿沁見狀只好起身離開辦公桌，滿臉疑惑的看著那鍋稀飯：「好香哦，結果你最後還是跑去那家店買了？」

「沒有，妳都說妳吃到蟑螂了，我怎麼可能去買那家？」葉子珩聳了聳肩，「這是我剛剛回家煮的，不過因為很臨時、我家也沒有太多食材，所以只煮出了玉米雞肉粥，妳就將就一下。」

「這也叫將就？」蕭聿沁忍不住笑出聲，裡面有肉、有蛋、有小白菜還有玉米，她平常午餐也沒吃這麼好，這樣的菜色哪算將就。

葉子珩若有所思的深看她一眼，輕笑道：「其他方面我不敢肯定，但食物方面，只要不是最好的，就是將就。」

蕭聿沁凝視著他的側臉，他的臉上還有雨珠，在這樣的滂沱大雨下還特地煮粥來給她吃，也真的是有心了。她揚起一抹淺笑：「知道了，我會把它吃完，不辜負你一番好意的。」

「那就好。」葉子珩挑起滿意的笑容，「那我先去開會了。」

開會？蕭聿沁像是想起什麼似的皺緊眉頭，一把叫住轉身準備離開的他：「欸，你該不會還沒吃午餐吧？」

「吃過了啦，剛剛邊煮就邊吃啦。」葉子珩說著指向門口，「先走了，我還得去會議室準備一下。」

「嗯。」蕭聿沁目送葉子珩離開，旋即坐上沙發舀起粥吃了一口，不得不說這味道還真不錯，適度的調味除去了蛋的腥味，肉條看起來也是抹過太白粉才下鍋烹煮的，跟一般煮到太老的肉條相比多了一點鮮嫩，白菜的脆度剛好，想必也是計算過烹煮時間。葉子珩的廚藝是真的好到沒話說，饒是平常中午總是沒胃口的她也禁不住這鍋粥的誘惑，一口一口的吃了起來。

吃到一半，她看著粥陷入沉思，過了一會才無奈的喃喃著：「這傢伙……工作已經夠忙了還花時間煮粥送來，是傻了不成。」

只是連她自己也沒有發覺，她的嘴角揚起了一抹好看的弧度，眼裡也寫著淡淡的笑意。

當晚，蕭聿沁下班後回到家裡。之前因為施工的關係，她只能在外頭暫時租房子住，一直到上個禮拜裝修正式完工，她才又搬了回來。

新裝潢的風格依然是她喜歡的簡約模樣，這讓她十分滿意，雖然說看過葉子珩給的設計圖，但她多少還是有些擔心，不過完工後葉子珩親自帶她進屋驗收，才看一眼她便知道她的擔憂全是多餘。

蕭聿沁看著新家滿意的挑起微笑，雖然說多少還是有些不習慣，但她是真的喜歡這個家的新模樣，否則也不會接連幾天都放棄加班提早回家。才正想進浴室泡個熱水澡，門鈴聲忽然響起，蕭聿沁有些狐疑的頓住腳步，忌莫應該還在健身房上班、她也沒有其他的朋友，這時候是誰會過來？

走到門前，她透過貓眼往外探，卻始終沒看見任何人影，正猶豫著要不要開門時，門鈴又再次響了起來。

心裡暗忖著是誰在惡作劇，蕭聿沁一把拉開大門，下一秒葉欣潼的臉忽然湊到她面前：「Surprise！」

蕭聿沁被她嚇個正著，驚叫一聲後才看清楚來人，有些不爽的輕推了她一下：「無聊啊妳！」

「唉呦開個玩笑嘛。」葉欣潼說著揚起手上的提袋，「所以我買了珍奶來補償妳？」

「就知道拿這個來收買我。」蕭聿沁無可奈何的嘀咕著，最終還是放葉欣潼進門，「怎麼會突然跑來？」

「來看妳的新家啊。」葉欣潼走進簡易玄關，自動從一旁的鞋櫃裡拿出備用拖鞋。蕭聿沁家就像她家廚房一樣，所有東西的放置位子她自然都知道，「妳也太不夠意思了，居然沒邀請我來玩，我只好厚著臉皮自己過來啦。」

蕭聿沁早已坐上沙發，無奈的瞥了她一眼：「我家才剛裝修好一個禮拜，妳也太急了吧。」

葉欣潼輕笑，將手上的提袋放到客廳的桌上，而後拿出珍珠奶茶給她。蕭聿沁欣然接過，拍了拍一旁空著的位子：「坐吧。」

葉欣潼拿了自己的飲料坐到她旁邊，一邊觀察著蕭聿沁的神情，過了一會才笑著開口：「看來葉子珩的設計真的不錯，妳現在在家裡比之前放鬆多了。」

蕭聿沁深看了她一眼，其實她也有發覺……最近的自己，過得很快樂。也許是所有的事情都變得順利了，過去的傷痕依然在，但她已經能夠試著去正視，也稍微緩解了當年的疼痛；雜誌社的業績穩居第二，甚至有往第一名邁進的趨勢，雖然工作量多了不少，但是業績的穩定成長有助於雜誌社扎根，在銷售成果上她已經不需要太過擔心。

這十幾二十年間所困擾她的，似乎一個個都不那麼令她痛苦受挫了，也或者是她已經稍稍能夠放下了。一直到現在她才發覺，原來最重要的不是讓傷口痊癒，而是正視。傷口也許不會好全，但若是不願意正視，便沒有好轉的可能。

那些過去已經確確實實的成了過去，這陣子唯一煩惱她的，只有提辭職這件事。時候差不多到了，這一年多來她給Vivian的磨練已然足夠，現在即使臨時派發一個重要專題給她，她也能專業且完整快速的解決；再說雜誌社的讀者已經穩定，只要繼續筆直向前走，基本上不太可能會出大事，以此刻業績穩定成長的情況來看，編輯部就算少了她也沒有關係，畢竟已經有其他可以領頭的人了，美編的技巧也達穩定，編輯部的眾人跟過去相比都成長了不少。

但她到底還是捨不得，CONSTANCE代表著她十三年的青春，她的大把光陰都花費在這家雜誌社上，她怎麼可能捨得？況且她也還沒有想到離職後該去哪裡，她的專長就只有語文、雜誌，雖然她大學讀的是英美語文學系，甚至還雙主修了企業管理的學程，但說到底這些都不是她的主要興趣，也不是她最想做的事。

在大把時光裡，她的重心全是CONSTANCE，那離職以後呢？她該做什麼工作、又該把重心放在哪裡？

「欸。」見她始終沒有搭話，葉欣潼輕喚了聲，有些遲疑的開口，「妳是不是喜歡葉子珩？」

「……什麼？」她的話讓蕭聿沁回過神來，有些不可思議的看向她，彷彿她問的是什麼奇怪問題。

「妳少裝了，妳那麼精明的人，怎麼可能沒發現自己的心意？」葉欣潼喝了口飲料，咬著珍珠一邊說著，「妳看葉子珩的眼神跟妳看其他人都不一樣，妳知道嗎？」

蕭聿沁難得的答不出話，葉欣潼見狀趁勝追擊，繼續說道：「妳是個情緒內斂的人，從多久以前就不太會表露情緒了？但妳居然會對葉子珩白眼、無奈，甚至會因為他的話莞爾一笑。蕭聿沁，妳自己應該很清楚，當妳會在無意間流露出情緒的時候，就代表妳已經放感情了。」

「我……」蕭聿沁啞然，過了一會才想出個彆扭的答覆，「是又怎樣，他年紀比我小欸。」

「比妳小又怎樣？」葉欣潼可不吃她這套，「妳蕭聿沁哪是會在意這個的人？」

「不是，這樣的愛情就很難被祝福不是嗎？儘管現代社會提倡自由戀愛，但是老男人跟年輕女人交往會被說成是有魅力、愛情事業兩得意；年紀大的女人跟年輕的男人交往，卻常常被說成是養小白臉。這就是社會的偏見，妳要我怎麼忽視？」

「妳少來。」葉欣潼依然不信她這套說詞，直接反駁了她說的話，「妳什麼時候會在意外界的說法了？妳要是會在意，妳怎麼都不怕底下的那些編輯說妳工作狂或是終極狂魔？妳少找藉口了，妳不敢跟葉子珩在一起的原因是什麼？」

蕭聿沁無奈的瞥了她一眼，果真是認識將近二十年的朋友，什麼都瞞不過她：「……妳也知道我的身分敏感，徐毅能那個老狐狸隨時在背後虎視眈眈，我怕他連葉子珩也一起對付。無論是健身房還是室內設計工作室、酒吧，那都是他努力來的心血，要是徐毅能也一起針對他，那那些心血全會付之一炬。」

「可是之前妳跟謝立強那個渣男在一起的時候，也沒看妳擔心過這個問題啊！」

「那是之前CONSTANCE才剛開始營運的時候，那時候CONSTANCE根本還沒有什麼知名度，不需要擔心徐毅能會亂搞，畢竟以他變態的程度，一定會等到雜誌社有名後再一舉搞垮。」蕭聿沁說著嘆了口氣，「現在CONSTANCE有名了，眼看就要站上全國第一的位置，也差不多是徐毅能準備出手的時候，兩者的狀況根本不能相提並論。而且……」

「而且妳發現，妳比當初愛謝立強的，還要更愛葉子珩？」葉欣潼一把打斷了她的話，連當初跟謝立強交往時沒提過的問題都考慮進去，能讓蕭聿沁想這麼深、這麼遠的，那肯定是真的愛上了。

蕭聿沁的眼神左飄右移的，最終有些彆扭的點了下頭。葉欣潼看著忍不住笑出了聲，過了一會才正色道：「可是蕭聿沁，妳不願意冒險一次嗎？說不定徐毅能不會針對他、說不定他已經決定放過妳……也許就真的這麼僥倖的，妳就幸福了呢？」

蕭聿沁聽著一頓，她能僥倖嗎？這十幾年來她始終戰戰兢兢，能就僥倖這麼一次嗎？可是萬一這唯一一次的僥倖害了葉子珩呢？想著想著，蕭聿沁用力的搖搖頭：「唉呦，討論這個幹嘛？人家又不一定喜歡我。」

咳！葉欣潼聽到這裡嗆了一下，剛吸入口的珍珠奶茶便這麼噴了出來，她連忙拿衛生紙擦拭身上的一團混亂，一雙眼不敢置信的盯著蕭聿沁，這傢伙居然看不出葉子珩也喜歡她？這就是所謂當局者迷嗎？一向精明的蕭聿沁怎麼就這麼傻了？「妳看不出來他喜歡妳？」

這下換蕭聿沁錯愕了，她一雙大眼眨啊眨的，狐疑的皺起眉頭：「他喜歡我？」

「對啊！我跟忌莫都看出來了，妳看不出來嗎？」

「真的？」

「真的！」

「真的？」

「妳就算問我一百次，我的答案還是真的。」葉欣潼有些不耐的翻了個白眼，結果搞了半天蕭聿沁看清了自己的心思，卻始終沒有看出葉子珩的心意，也難怪他們兩個一直沒走到一塊，「所以呢？是要不要跟他坦白了？」

蕭聿沁聽著低頭沉默了一會，一雙眼直直盯著手上的珍珠奶茶，葉欣潼也不打擾她，知道她需要一點時間思考。過了一會，葉欣潼說了聲想去洗手間後逕自往洗手間的方向走，卻在離開客廳前聽到蕭聿沁悶悶的說了一句。

「知道了，我會找時間跟他坦白的。」

第七章　風雲變色

當晚送走葉欣潼後，蕭聿沁坐在沙發上沉思著，其實她也不確定自己到底是什麼時候對葉子珩動心的，只知道發現時已經無法抽離，儘管她始終和葉子珩保持著朋友的距離，但不能否認的是……她的心向葉子珩貼近了不少。

想著想著，蕭聿沁仰起頭長嘆口氣，她想自私的僥倖一次，只希望這次的僥倖能夠順利吧。

隔天一早，蕭聿沁準時睜眼按掉鬧鐘。一夜好眠的她神清氣爽，習慣性的拿起手機查看訊息，通知欄那滑不完的訊息通知讓她蹙緊眉頭，不知道為什麼，心裡總隱約有些不安。

她點開公司群組一看，社長在五分鐘前傳了條影片連結，這讓蕭聿沁的眉頭皺的更緊，社長平時不是習慣早起的人，會這麼早在群組出現，只怕是被社長秘書用電話叫醒的吧？

猶疑了一會，她最終依然點開影片觀看，她的雙眼隨著影片播放越瞪越大，滿臉的難以置信。這個連結是CONSTANCE總公司的專訪影片，總公司在前幾個月正式邁入全球最具影響力的百大雜誌社，執行長特地拍了影片介紹CONSTANCE產業鏈，其中更多次提到台灣分公司的良好成績及雜誌品質。

這支影片昨天下午才發佈出來，短短十幾個小時便被廣為轉發，多家電視台在深夜發出採訪邀約，雜誌的訂閱數更在一夜間大幅增加。社長還特地傳訊息通知大家，今天出入儘量由暗門進出，否則絕對會被記者攔下。雖說這是件值得驕傲的事，但是還是由公關部統一發言較為妥當。

蕭聿沁一邊刷牙一邊滑著訊息，暗忖著等等乾脆把車子停在公司附近再走路進公司，畢竟那些記者如此狡猾，想必早已守在停車場入口，她可不想傻傻的掉進坑裡。

急急忙忙的趕往公司，蕭聿沁最終平安的進了辦公室，辦公室的電話響個不停，接起來卻都是要求採訪的邀約，蕭聿沁難得慶幸自己總編的身分不能公諸於世，想必現在徐家榆的電話肯定響個不停吧？畢竟她是對外公開的總編，無論是跟外界廠商合作所發的名片，還是公司對外提供的聯絡方式，全都是徐家榆的手機號碼以及電子郵件。

蕭聿沁在辦公桌前頓了頓，忽然想起公事用的電子郵件是由她和徐家榆共用的，也就是她也能看到電子郵件的內容。她連忙打開桌機登入信箱，只見一大排的採訪邀約自半夜到方才不斷傳送，不知道的人還以為CONSTANCE做了什麼罪不可赦的事情才被急著採訪。

說穿了，記者也就是想搶獨家跟噱頭罷了。

不過這一波的宣傳的確對CONSTANCE有利，只要趁這個時候將雜誌社的理念以及雜誌品質成功推銷出去，要累積更多的忠實讀者絕不是難事，雖然說不知道事情的走向會是如何，但基本上CONSTANCE是絕對受益的。

蕭聿沁想著想著，一雙眼忽然看向緊閉的抽屜陷入沉思，過了一會才回過神來嘆了口氣。

還是先靜觀其變吧。

不出蕭聿沁所料的，短短一個禮拜的時間，雜誌社的訂閱量大幅成長，眨眼間成了全台銷售量最高的雜誌社，許多知名藝人、廠商紛紛推薦，在全台轟動一時。一個月後，蕭聿沁坐在電腦前看著最新的雜誌社總體評比難掩雀躍，但一顆心也隨之一沉。

最新評比出爐，CONSTANCE成功擠下了原本第一名的雜誌社，甚至大幅領先。

她努力了十幾年，CONSTANCE總算成了全台第一。

看著螢幕上的字幕發呆了一會，蕭聿沁揚起一抹帶著欣慰的淺笑，她也算是沒有遺憾了。彎下腰打開抽屜，她顫抖著手拿出壓在最下頭的辭職信，深吸了一口氣後毅然決然地起身離開總編辦公室。

職員辦公室的員工一如往常的忙碌著，打掃阿姨依舊喃喃抱怨著家裡的孩子不願出外賺錢，只能在家啃老。蕭聿沁微微斂下眼眸，曾經這些讓人習以為常的日常，日後只怕是難以再體會到了吧？

社長辦公室的門並沒有關，遠遠的便看到社長和葉欣潼在談論公事。她連門都還沒敲，社長便瞥見了她的身影：「欸？怎麼來啦？坐吧！」

「……社長。」蕭聿沁艱難的一步步走進社長辦公室裡，最終雙手遞上辭呈，上頭的字讓一旁看著的葉欣潼心裡一涼。

「這是我的辭呈，請您批准。」

什麼？社長聽見她的話愣了一下，有些遲疑的接過她的辭呈：「怎麼會突然遞辭呈過來？」

預料到社長的反應，蕭聿沁早就想好了答覆，微微一笑道：「我有別的人生規劃，不打算待在雜誌社了。」

「妳少來了。」一旁的葉欣潼實在忍不住，不滿的瞪向她，「妳是看到這期的雜誌總評比了對吧？看著CONSTANCE踏上第一，妳怕徐毅能出手？」

「嗯。」見自己的心思被她猜中了，蕭聿沁倒也大方承認，「我在雜誌社這麼久，就是為了讓CONSTANCE踏上巔峰，既然我的目標達成了，也沒有留下來的必要。徐毅能的目標是我，只要我不在這裡，他怎麼也不會無聊到對雜誌社動手。」

「如果是這樣的話，恕我沒辦法批准妳的辭呈。」聽著她們對話的社長忍不住插嘴，一雙眼定定地看著蕭聿沁，「蕭總編，妳的努力大家都看在眼裡，要是讓妳這樣子離開，我的良心過意不去。」

蕭聿沁暗自皺眉，社長一向都是軟柿子，怎麼今天態度突然強硬了起來？但要是她不趁現在辭職，徐毅能到時候真的動手了怎麼辦？她再怎麼勇敢也不敢拿雜誌社去賭。

「社長都這麼說了，妳就留下來吧。」葉欣潼苦口婆心的勸著，「要是真的發生了什麼就大家一起面對，妳已經自己扛著這莫名其妙的壓力十幾年了，還要繼續扛下去嗎？何況徐毅能這麼久都沒有動作，如果像我之前跟妳說的，徐毅能已經放棄針對妳了呢？」

兩人一搭一唱的又勸說了許久，蕭聿沁原本還不打算聽進去，沒想到聽著聽著她也跟著遲疑了。

人在面對重要的事情時總喜歡自我欺騙，而此時的蕭聿沁亦然。她低下頭深思著，是，徐毅能已經很久都沒有動作了，也許其實她已經被允許存在於出版界、雜誌界，甚至可以在眾人面前露面了呢？

會不會這幾年來其實是她們多慮了，徐毅能已經放過她了，她繼續留下來也沒有關係？也許現在就算她出現在眾人面前，徐毅能也不會有什麼動作，又或者徐毅能根本忘了她這個人也說不定。

太多的也許浮現在腦中，在此之前她是辭職的意志是如此堅定，但偏偏聽到葉欣潼的話後她又動搖了，她何嘗不想繼續留下來為CONSTANCE奮鬥，但是真的可以嗎？

她真的能夠任性一次嗎？

看出了她的遲疑與猶豫，社長微微一笑，將方才接過的辭呈遞還給她：「拿回去吧，我當沒看過這個東西。」

蕭聿沁斂下雙眸盯著那封辭呈，沉思了好一會才伸手接過，說出來的話讓社長和葉欣潼同時鬆了口氣：「我知道了，沒事的話我先回去了。」

她說著轉身離開社長辦公室，仰頭看著天花板深吸了一口氣，沒想到自己最終還是捨不得離開。

就讓她自私一次吧，一次就好。

蕭聿沁決定留下來後，雜誌社的運作依舊順利，過了一個月都沒有發生什麼大事。讀者群依然穩定成長、網路聲量依然居高不下，一切看起來如此正常，也讓蕭聿沁稍微放下了心裡的不安。

然而正當他們稍稍放心下來時，雜誌社便這麼出了問題。

蕭聿沁決心留下的第二個月首日，幾家合作廠商紛紛提出終止合作，連協商也不願協商，寧可負擔高額的違約金也不願再跟CONSTANCE有任何瓜葛；長期合作的印刷廠忽然拒絕印刷CONSTANCE的所有相關雜誌，臨時找了其他的印刷廠商，每家廠商都像是見鬼一樣，沒有人敢接下這塊燙手山芋。

尤有甚者，有人發黑函舉報CONSTANCE部分部門收受回扣，檢調單位在幾小時內紛紛湧入雜誌社，幾個單位的負責人紛紛被帶離訊問，雜誌社的資料也被警方帶走備份。

短短的一個禮拜內，原本網路上的支持聲量成了一片罵聲，雜誌無法印製出刊也造成了公司的營運問題，再加上扯上收回扣的罪名，公司大多數的資金都被凍結，很快地便面臨破產的危機，所有員工放無薪假在家等待復工，更有許多員工認為雜誌社前景無望，直接提了離職。

所有的事情在短時間內接連發生，他們根本還沒有反應的時間，事情已經幾乎到了不可挽回的地步。

回扣爭議並沒有延燒到編輯部，然而這一連串的舉措依舊讓蕭聿沁一顆心沉了下來。雖然編輯部並未受到波及，但她清楚的知道事情是因何而起。

徐毅能，出手了。

#

雜誌社出事後的某個夜晚，蕭聿沁隻身回到雜誌社。現在是晚上，辦公室根本不可能有人在，更別說雜誌社現在休業配合調查，不管是白天還是晚上都沒有人上班。

走進總編辦公室，裡頭依然是原本那整齊的模樣，蕭聿沁環視著辦公室輕嘆口氣，拿起從回收室搬來的紙箱開始收拾自己的東西。

她打算離開。她也不知道自己該去哪裡、該做什麼，她只知道她必須離開。

這一連串的風波因她而起，離開是目前為止最好的選擇。她又何嘗不想留下來？她也努力過了，只是天不從人願。

她從抽屜裡將物品一個個拿出來，這個是美國總公司送的紀念品、另一個是社長為了慶祝她在公司十周年私下訂製給她的禮物，還有……

她像是想到了什麼，起身走到一旁打開木櫃，從裡頭拿出一個鐵盒子。鐵盒裡裝的全是讀者寄過來的信以及小禮物，雖然說上頭依然屬名徐家榆收件，但畢竟是讀者的一番心意，她也真捨不得丟。

以後……大概就收不到這些東西了吧。

她將鐵盒子放進紙箱裡，眼角卻瞥見一旁堆疊的文件。她想了一會，最終從抽屜裡拿出便條紙和筆，將每份文件需要注意的部分特地標明。她曾跟葉欣潼說過，要是哪天她離開了便由Vivian接任總編的職位，以現在的情況來看，她也只能用便條紙進行交接。

她離開公司的事其他人越晚知道越好，最好是輕輕的帶過，省去不必要的麻煩。

對於Vivian接任總編的事她並不擔心，畢竟還有葉欣潼在，就算Vivian真的有不會的地方，葉欣潼也會幫忙輔佐，這點她並不懷疑。沒意外的話她離開後公司的危機便會解除，畢竟跟CONSTANCE有合作的廠商不少，整個產業鏈的衝擊下，反效果遲早會影響到徐毅能投資的產業，他不太可能如此不分輕重的執意搞垮雜誌社。

寫完所有注意事項後，蕭聿沁將文件堆疊整齊，放到一旁空著的辦公桌上。等到大家復工的時候便能一眼注意到那堆東西，她也不必擔心會有文件錯漏的問題。

確認資料無誤後，蕭聿沁拿過一旁的筆筒放進紙箱裡，卻在看到其中一支藍色鋼筆時停下了手上的動作。她輕嘆了口氣，從筆筒裡抽出那支藍色鋼筆，這支鋼筆是她當初接任總編輯時，前任總編送給她的。在所有的東西裡頭，這支筆陪她最久，也見證了她不少成功的專欄。它已經成了她的精神象徵，每當她感到疲倦時便會看著這支鋼筆，如此便能找回勇氣。

再往筆筒裡頭一看，紅色的鋼筆是CONSTANCE第一次雜誌熱銷時葉欣潼送的，另一支木雕原子筆則是CONSTANCE成功邁入全國前五大雜誌社時，忌莫熬夜刻來送她的。

想到忌莫和葉欣潼，蕭聿沁揚起一抹苦笑，這兩個傢伙要是知道她偷偷離開雜誌社，應該會氣到揍她一頓吧？

想著想著，蕭聿沁忍不住紅了眼眶，她深吸一口氣逼回淚水，實在不想軟弱到為了徐毅能這種人哭泣。只是再怎麼能忍，她依然忍不住鼻酸，咬著唇流下淚來。

儘管難受，她並沒有讓自己低沉太久，過了五分鐘，她平緩所有的情緒，用指腹抹去臉上的淚水。現在哭泣根本無濟於事，她還有更重要的事情得做。

從口袋裡掏出手機，她上網查了徐毅能的對外聯絡電話，接著用辦公室的桌機撥打了號碼。

「您的電話將轉接到語音信箱，嘟聲後開始計費，如不留言請掛斷……」

電話另一頭傳來制式的女聲，蕭聿沁深吸了一口氣壓住剛哭過的鼻音，緩緩開口：「徐先生，您好，我是蕭聿沁。」

「我已經向社長遞了辭呈，收拾東西離開雜誌社了。還請您高抬貴手，放過CONSTANCE。」她說著再次深吸口氣，顫抖著再次開口，「拜託您……不對，求您了。」

她說著無力的話筒放回原位，有些慨然的看著周遭，象牙白的沙發、胡桃木櫃、木紋地板、她的辦公桌、辦公椅、桌機、滑鼠、杯墊……所有東西都是如此熟悉。

但是沒意外的話，她應該是不可能再回來了。

揚起一抹帶著無奈的苦笑，蕭聿沁搬起裝滿東西的紙箱，再次環視一遍四周後緩緩往辦公室的門口走去。

該離開了。在這裡十年，雖然依舊不甘心，但已經足夠了。

「妳要去哪裡？」

人聲忽然自不遠處傳來，下一秒葉欣潼的身影出現在辦公室門口，她身後甚至還跟著葉子珩。她剛剛跑到蕭聿沁家找她，卻在門口遇到了葉子珩，兩人按門鈴按了半天都沒有人應門。要知道蕭聿沁平常不是在公司就是在家裡，除了這兩個地方她還能去哪？

葉子珩還特地打電話回健身房還有酒吧確認，員工一致表明蕭聿沁並沒有去那裡。他們兩個左思右想，唯一能想到的地方只有公司，於是葉欣潼打了電話給大樓一樓保全，證實蕭聿沁在不久前進入雜誌社，她驚覺不妙，連忙拉著葉子珩趕了過來。

葉欣潼想著想著，一雙眼凌厲的看向她手上抱著的箱子。壓根沒想到她才剛趕到公司就發現蕭聿沁這傢伙居然收拾了東西準備滾蛋：「我在問妳，妳抱著這箱東西想去哪裡？」

葉欣潼實在氣得不輕，見蕭聿沁沒有回答，又繼續問道：「收拾了東西，打算趁大家不注意的時候默默離開？」

「嗯。」見實在瞞不住她，蕭聿沁裝作自然地承認，「辭呈我剛才放到社長桌上了，妳再幫我提醒他批准。」

「為什麼要走？」

蕭聿沁沒有回答她的話，只是自顧自地繼續說道：「公事上的資料我已經把該交接的東西都註記在便條紙上了，要是Vivian有不懂的地方妳再幫忙一下，或是叫她私下跟我聯絡也可以。」

「蕭聿沁！」葉欣潼吼了出來，「妳為什麼要放棄？」

「大家都在努力，社長四處奔波請人幫忙，我們也都還沒有放棄、努力商討解決的辦法，到底為什麼妳要放棄？」

「這就是解決辦法。」蕭聿沁淡然的說著，一雙眼定定地看著她，「我離開，就是最好的解決辦法。」

「為什麼？妳好不容易走到今天，為什麼要放棄可以說服徐毅能的機會？社長甚至已經聯絡上他的秘書，兩人已經在協商會面時間了；編輯部的成員依然趕著下一期的雜誌，等到事情結束後就可以再次出刊，妳為什麼就不能多等幾天？雜誌社好不容易爬到這個位子，妳要這麼自私的拋下大家離開嗎？」

多等幾天？蕭聿沁暗自苦笑，公司的資金撐不了多久，還要多等幾天？那萬一等了那幾天，社長跟徐毅能依然沒有談妥呢？她們早就沒有賭注的本錢了。

甚至應該說，從一開始她就不該留下，更不該下這個賭，否則也不會搞到今天的局面。如今她能做的只剩補救，她又怎麼能再自私的留下來？

不願對葉欣潼的話多做回應，蕭聿沁掠過葉欣潼往門外走，一邊冷冷的說著：「我已經決定離開，不用再勸我了。」

「蕭聿沁！」葉欣潼轉過身看著她的背影，氣急敗壞的吼了她的名字。這女人知道心疼公司、知道心疼身邊的人，那她什麼時候可以學會心疼一下自己？「妳今天要是踏出這個門，我們就不用當朋友了！」

蕭聿沁聽著她的話頓住腳步，像是從沒想過葉欣潼居然會拿友誼作為要脅，一旁始終沒有出聲的葉子珩也不敢置信的看向葉欣潼，這兩個女人有話不能好好說嗎？非要搞到決裂不成？

見蕭聿沁停在原地，葉欣潼微微挑起一抹欣慰的笑。正以為她決定留下來時，下一秒蕭聿沁竟然邁開了步伐。

「喂！」一旁的葉子珩皺緊眉頭，一把拉住她的手臂。有些不解為什麼這女人執意要離開，她為什麼不願意看看身邊有多少人願意陪她面對？連社長都不曾開口叫她辭職，她卻這樣拋下大家一走了之，都什麼年代了，她還想著捨身為人嗎？何況葉欣潼都以友誼作為威脅了，這女人還是執意要走？「蕭聿沁，妳這次真的自私了。」

始終沒有看他一眼的蕭聿沁終於將眼神望向他，一雙眼不可思議地望向他眼底。過了一會才挑起一抹苦笑，抱著箱子的手用力一扭掙開他的箝制：「你說是就是吧。」

對於自己的不被理解有些失望，她抱著箱子逕自往外走，卻在走出總編辦公室時看見了Vivian的身影。

Vivian皺著眉頭不安的望著蕭聿沁，她剛剛經過公司看到總編辦公室的燈亮著，想著是不是小偷闖空門便停車上樓查看，沒想到卻聽到了方才的對話。總編她……決定自己默默地離開嗎？

她知道總編有多愛CONSTANCE，她也相信總編不到逼不得已絕不會拋下雜誌社。如今總編一句話也不吭搬了東西就走，她都忍不住替她感到委屈。

是不是正因為太愛了，所以才寧可拋下一切選擇離開？總編在做這個決定的時候有多痛她根本不敢想，只知道如果她是總編……只怕自己會生不如死。

像是知道她想問什麼，蕭聿沁站在門口凝視了她一會，最終溫聲開口。不知道為什麼，Vivian總覺得那話裡帶著一點懇求：「CONSTANCE就拜託妳了，好好輔佐副座。」

蕭聿沁說著不等她回答，掠過她逕自離開。後頭的葉欣潼還在氣頭上，根本不想理她；葉子珩也對她有著不諒解，所以根本沒有跟上她的步伐。蕭聿沁低頭苦笑，居然又變回一個人了。

不孤單的，不寂寞的，她也不是沒有痛過，如今不也活得好好的？

再痛，也都會過去的。

#

蕭聿沁辭職離開雜誌社的隔天，檢方出面說明黑函投書的內容純屬抹黑，經調查後證實並無此事；幾家原本停止合作的廠商紛紛回頭洽談，印刷廠也自動打電話通知印刷事項。儘管不滿這些廠商的嘴臉，葉欣潼依然只能硬著頭皮一一接洽，畢竟雜誌社依然得靠這些廠商才得以繼續生存，何況儘管檢方說明這次事件純屬烏龍，但依舊大大的傷了CONSTANCE的元氣。以現在的情況來說，穩定公司以及業績是最重要的。

所幸雜誌社的讀者本就不少，儘管有些許流失，但更多的是看到CONSTANCE被抹黑後進而產生興趣的讀者，CONSTANCE的網路聲量也回到了原本的一片呼聲。儘管依然有酸民在官網留言區濫罵，但那早已構不成威脅，便也沒有人多加理會。

就在此時，徐家榆忽然提出辭呈，葉欣潼雖然驚愕，但畢竟蕭聿沁離開了，自然沒有需要徐家榆的地方，她也就沒有多加阻攔。不過總編辭職不是小事，尤其在這個節骨眼外界總容易多想，所以CONSTANCE對外發布聲明——徐家榆總編因為個人生涯規劃，正式向雜誌社請辭。

多疑的媒體自然打破砂鍋問到底，甚至還問到了未來的總編人選，不過CONSTANCE始終沒有給出一個明確的回應，只是制式的聲明有進一步消息會再跟外界說明。

一晚，蕭聿沁端著溫水盤腿坐在自家沙發上，一手滑著與CONSTANCE有關的網路新聞。距離她離開雜誌社已經過了一個禮拜，CONSTANCE即將在下周三推出新一期的雜誌，網上一片呼聲，CONSTANCE的官網追蹤人數也在短時間內增加了數萬人，不少人留言表示支持CONSTANCE在遭受抹黑後重新站起，官網小編也一如往常的熱情回覆。要是不知道之前的風波，光看這個留言，根本不會有人看出CONSTANCE曾經受到如此嚴重的重創。

將所有留言都看完之後，蕭聿沁揚起一抹帶著欣慰的淺笑，看來她選擇離開是對的，至少CONSTANCE的運作全回到正軌了。

門鈴聲響起，蕭聿沁轉頭看向門口，照那天的狀況她跟葉欣潼大概是鬧翻了，何況現在雜誌社這麼忙，她應該也沒有時間過來訓她；忌莫昨天才剛來過，今天實在不太可能再抽時間過來，大家都有各自的生活要忙碌，她也不希望因為她而打亂了忌莫的步調；葉子珩更是整整一個禮拜都沒消沒息，連一通訊息也沒有，總不可能今天突然來找她吧？

實在想不出這時候有誰會來，蕭聿沁放下原本盤著的雙腿站起，端著溫水走到門口開門，卻在看見門外的人影後陡然一怔。只見葉子珩端著保溫鍋站在門外，一雙眼定定的看著她，蕭聿沁向右別開了眼神，對於他突然的出現感到彆扭。

那天不是還說她自私嗎？怎麼今天居然跑來了？

葉子珩一雙眼緊盯著眼前的女人，不過一個禮拜不見她便消瘦了不少，眼底也有著烏青，想來這幾天並沒有睡好。上週她離開的事讓他和葉欣潼整整氣了一個禮拜，他依舊不解為什麼蕭聿沁要堅持離開，但生氣歸生氣……他依然放不下她。

兩人都沒有說話，就像石像般的僵在門口。過了一會蕭聿沁轉身放他進屋，開口打破這尷尬的局面：「怎麼來了？」

「我怕妳沒吃東西，煮了玉米雞肉粥來給妳。」葉子珩熟練的在簡易小玄關換上室內拖鞋，一邊淡然的回著。他並沒有說謊，認識了這麼久他早已熟知蕭聿沁的個性，這女人每每心情不好便不吃飯餓著自己，想必這幾天也沒吃多少東西。今天下午忽然想到這點，他下班後便趕回家裡煮粥來給她吃了。

他說的自然，走到客廳的蕭聿沁倒是因他的話愣了一下，眉頭在眨眼間擰成一道道皺褶：「我餓了我可以自己點外送，何必這麼大費周章。」

「現在這個時間點，叫外送要等比較久。」

「有什麼關係？我又不是不能等的人。」

「妳點外送還得下樓拿，很麻煩。」

「我……」蕭聿沁感到莫名其妙，這男人什麼時候這麼廬了？「我可以請外送員或管理員幫我送上來。」

葉子珩沉默，一雙眼靜靜的看著她，半晌後輕聲開口：「我就是想找理由來看妳，不明顯嗎？」

蕭聿沁聽著他的話閉上了嘴，過了一會璇過身走向沙發，拿了顆抱枕抱在胸前，一把將自己摔進沙發裡。葉子珩還以為她打算裝沒聽到，沒想到她居然開口說了話：「我不可能接受你，你看不出來嗎？」

現在是什麼情況她自己清楚，儘管CONSTANCE已經解除危機，但想必徐毅能依然緊盯著她，只要跟她有關係的人都可能會有危險，她已經見識過一次，又怎麼可能把葉子珩拖下水？

一旁的葉子珩聽著愣了愣，下一秒卻泰然自若的彎下身將保溫鍋放到桌上，又從帶來的手提袋裡拿出一個小碗替她盛粥。不到一分鐘的時間，一碗粥便這麼塞到她的手裡：「剛剛妳說的話，我會當作沒聽到。」

蕭聿沁深吸了一口氣，決定不對他的話多做回應。低下頭吃了一口粥，那味道跟上次葉子珩煮的一模一樣，沒有絲毫相差。她曾無意間提過他煮的玉米雞肉粥好吃，沒想到他便這麼記下了。

她靜靜的吃著粥，葉子珩便默默的在一旁看著她。過了一會才輕聲開口：「蕭聿沁，如果沒有擁抱惡意的勇氣，就要強大到能夠抵擋惡意。」

蕭聿沁聽著頓住手上吃粥的動作，明白他是希望她能夠面對徐毅能的事，但是徐毅能的勢力如此龐大，她的抵抗根本是螳臂擋車。除非徐毅能垮台，否則她只能一輩子這樣活下去。

不過葉子珩的一席話倒讓她覺得有趣，她嘴角笑出一抹自嘲，一雙眼跟著看向葉子珩：「那如果我已經強大到足以抵擋惡意呢？」

「那我想擁抱妳。」

葉子珩的話成功的讓蕭聿沁傻在原地，手上的湯匙甚至差點掉了下去，還是她連忙回過神來握緊才免去了湯匙掉落的危機。兩人四眼對望，氣氛正好，下一秒蕭聿沁卻忽然皺緊眉頭：「葉子珩，你講話可不可以正常一點？」

她說著一頓，知道葉子珩是認真的打算跟她處理感情這塊的問題，所以她也打算認真的回覆他，免得被他當成開玩笑那就真的不好了：「我對愛情……沒有太大的憧憬。我的前男友劈腿、摯友轉身就走、合作廠商變了一個德性。我不喜歡這種感覺、也討厭受傷，人都會變……」

「我知道人都會變，感情也會變質。」葉子珩認真的打斷她想說的話，「我也不敢保證這份感情會存在多久，也許是幾年、也許是一輩子。我不喜歡說冠冕堂皇的話，我能承諾的，只有在我也變質之前，我會一直喜歡妳。」

蕭聿沁沒有說話，只是一雙眼直勾勾的望著他，像是在猶豫著什麼。葉子珩知道她一向顧慮的多，也不打算要她馬上回答，下一秒轉了話題：「算了，不逼妳，我們聊別的。」

「既然都離開CONSTANCE了，下一步妳打算怎麼辦？」

他的話讓蕭聿沁再次沉默，其實她在稍早已經下了決定，但是葉子珩的話竟讓她動搖了。她也喜歡他，但是她更不想拖累他。

因為珍惜，所以不忍心將他拖下水。她不敢再拿任何東西去賭，尤其是她所在乎的人事物。

注意到她的反常，葉子珩一雙眼關心的上下打量著她：「怎麼了？怎麼不說話？」

蕭聿沁對上他的雙眼，在心裡掙扎著、猶疑著，最終艱澀的開口：「……我想去美國。」

聽見她的話，葉子珩整張臉僵了下來，有些不敢置信的盯著她的雙眼，卻沒能從中看出半點遲疑——她是真心的想離開台灣。

他也明白離開台灣對蕭聿沁而言是最好的選擇，她是個優秀有能力的人，若是待在台灣的出版界，她只怕一輩子都無法發光發熱。這點倒不要緊，蕭聿沁不是太過在乎名利的人，只是待在台灣，她的能力便沒有發展的空間。

但是蕭聿沁去美國的話……只怕要很久才能再回來了吧？

要是她在台灣，他還能找各種理由去找她，可她偏偏去了美國，這讓他如何找她？再者，他的工作、朋友都在台灣，這些都是他努力許久才打拚來的，他不可能拋下工作到美國去，要他拋下所有努力的結果去換一個未知的未來？他真的沒有這份勇氣。

若是他們還是十七八歲的青春年華，也許他們還能為彼此奮不顧身的勇敢一次。但到底他們已經長大了，在成長的途中磨掉了勇氣，成了事事畏縮事事顧慮的大人。

畢竟成人世界的愛情，是不可能不顧及麵包的。

他自然清楚自己可以偶爾飛到美國去，機票的費用對他來講也不成問題，但是相隔一個太平洋，總是不像在台灣這麼容易見面。何況感情是會淡的，他願意等她接受自己的心意，但是蕭聿沁呢？她會不會在彼岸遇到了合適的人，然後他們便這麼錯過了？

但他也無法自私的要求蕭聿沁留下，美國的確有她可以發展的空間，也可以讓她暫時離開這裡，不必受過去所擾。嚴格說起來，去美國的唯一壞處，就只是他們之間沒有結果而已。

一旁的蕭聿沁壓根不敢看向他失落的神情，她能明白葉子珩有多失望，但她有她這麼做的理由。她必須離開台灣才有機會，CONSTANCE已經成了全台第一，她也該尋找其他的目標才行。

她自然捨不下在台灣的人們，忌莫、葉子珩，甚至是還在冷戰中的葉欣潼；她也想念那些曾經去過的地方，山區的木工廠、葉子珩的大學教授所泡的熱茶、員工旅遊時的五星級飯店、葉子珩的酒吧……在台灣有太多太多她所眷戀的人和風景，但也正因為她如此眷戀，所以必須離開。

要她親眼看著所愛所喜遭人摧毀，她寧可自己離開。

「……我知道了，我支持妳。」最終，葉子珩艱難的吐出這句話。一旁的蕭聿沁揚起淺笑，卻也忍不住紅了眼眶。

她沒有說話，只是自顧自的又為自己舀了一碗玉米雞肉粥，格外珍惜的一口一口吃著。

下次再吃到這鍋粥，不知道是什麼時候了。

也說不定……根本沒有下次了。

當晚送走葉子珩後，蕭聿沁馬上回房間收拾行李，她這幾天想了很久，最終打算搭明天的班機前往美國。她自然也跟葉子珩提了，不過葉子珩表示這兩天有一個室內設計案必須到南部出差，所以沒辦法到機場送她。蕭聿沁想著想著黯下眼眸，今晚……大概是他們兩個最後一次見面了。

說不惆悵是不可能的，說捨得下也都是騙人的。她這麼執著的一個人，就算走得再瀟灑也依然有執念及眷戀。

但又能怎麼樣呢？只能走一步算一步了。

隔天中午，蕭聿沁坐在機場大廳裡候機，她的行李早已託運完成，接下來就等著時間到時出關而已。她要離開的事早跟忌莫說了，不過忌莫今天得回老家一趟，只能在昨晚請她吃飯替她送行；葉欣潼那邊她沒提起過，忌莫倒是替她說了，不過葉欣潼這一個禮拜以來沒消沒息的，連一封訊息也沒傳給她，今天只怕也不會來了。

想到這裡，蕭聿沁忍不住苦笑。也好，讓她一個人靜靜地離開，不必帶給身邊的人困擾。她本就不是矯情的人，也實在不適合這種送別的場面。

只是……這次過後，應該要很久以後才能再回來了吧。

想著想著，她忍不住重重的嘆了口氣。若說景物依舊，人事已非是世界上最深的感慨，景物已非，人事依舊便是世上最深的祝福。那麼她呢？她最後盼來的究竟會是祝福，還是感慨？

機場大廳傳來廣播，蕭聿沁這才回過神來，背起隨身包包緩緩往另一頭走去。總算要離開了，她曾奢望不會有離開的那一天，但終究還是要離開了。

「蕭聿沁！」

後方忽然傳來葉欣潼的聲音，蕭聿沁狐疑的皺起眉頭，葉欣潼根本還在氣頭上，怎麼可能會過來？她只當自己聽錯了，連頭都沒回便繼續往前走，沒想到下一秒不滿的聲音再次從後頭傳來：「蕭聿沁！妳是聾了嗎？」

這下蕭聿沁真的聽清了，她錯愕的回過身，只見葉欣潼氣喘吁吁的站在她身後不遠處。她根本還沒回過神，葉欣潼便一步一步的朝她走來，一步、再一步，一直到最後她抱住了她，有些不滿的咕噥著：「要走也不打聲招呼，算什麼朋友？」

蕭聿沁過了一會才回過神來，無奈的輕笑：「還不知道上禮拜是誰說我們不要當朋友的。」

「我們不是朋友啊。」葉欣潼說著突然有些哽咽，「我們是摯交欸。」

她的話讓蕭聿沁紅了眼眶，嘴角跟著揚起一抹微笑。是啊，她們是摯交，一起走過將近二十年風雨的摯交。今後沒能再常聊常聚了，甚至有委屈也沒辦法在第一時間訴說，不過沒關係的，她們依然會隔著太平洋守護彼此。

風大雨大，但總有屬於她們的天晴，會等到的。

不知道過了多久，蕭聿沁輕輕的拍了拍葉欣潼的背示意她放開：「好了，我得走了，不然出不了關。」

「出不了關最好，我們找人一起去把徐毅能毒打一頓。」說歸說，葉欣潼依然放開了抱著她的手，一雙眼直勾勾的盯著她，良久才吐出一句：「都好。」

這時候說什麼照顧身體、小心安全根本沒有多大用處，所以她只說了句「都好」。她會把CONSTANCE顧好，也希望她在美國一切都好。未來還有太多未知在等著她們，所以她們都要好好的，直到再次見面的一天。

「會的。」蕭聿沁微笑，轉身往出關處走。她本想裝作瀟灑地離開，卻又在入關前忍不住回頭看了機場一圈。葉子珩說過他今天有事得出差的，但她依然抱著一點希望，期盼能在機場見到他。

葉子珩的身影並未出現在視線裡，倒是遠處的葉欣潼用力地朝她揮揮手，她揚起淺笑跟著揮手道別，接著走進出關的檢驗口裡。

錯的時間對的人，他跟她，恐怕就只到這裡了吧。

她沒有發覺，有一道身影始終站在角落，直到她進入檢驗口後才轉身離開。葉子珩收起眼底的不捨走出機場，一雙眼抬頭看向天上的藍天，他也想過要去機場送行，但他怕自己忍不住開口挽留蕭聿沁，更怕蕭聿沁會選擇留下來。

他知道離開對她而言是最好的選擇，他也不想成為束縛她的韁繩，所以他選擇說了謊。他今天根本沒有案子需要出差，就算真的要出差，他也會為了蕭聿沁將日期推延，這點是無庸置疑的。

他也不知道蕭聿沁是真的相信了他所說的謊，還是其實她拆穿了，但選擇接受他那善意的謊言。不管是哪一個，總之蕭聿沁離開了，而他選擇只在機場的一角默默守護著。

他自然捨不得，但正因為太愛了，所以不想將她綁著。如果去美國真的能夠免去她會受到的傷害，那就讓她去美國吧。

他想看她飛翔，而不是被關在鳥籠裡——以那痛苦的模樣。

將車子停在機場不遠處的道路旁，葉子珩在車裡靜靜等待著，從這裡可以看到起飛的班機，兩個小時後蕭聿沁的班機起飛，這會是他最後能目送她的地方。

也是最後能夠守護她的地方。

兩個小時後，蕭聿沁坐在機上靠窗的位子上，飛機正在跑道上快速行駛，她一雙眼向外看向天空，下一次要看到台灣的藍天，不知道得等到何時了。

她曾想過，如果那時葉子珩叫她不要去美國，也許今天的她不會在機場，甚至會果斷的選擇留下。偏偏他沒有開口，而她從沒問過便選擇沉默。

曾聽人說過，愛情裡面最動人的，是雙向的奔赴。偏偏她沒有向他前進的勇氣，而他始終過於尊重她的決定，所以依然沒能走在一起。

她不想拖累他；他想著尊重她。他們都太擅長用成全這種拙劣的方式愛一個人，偏偏兩相成全的結果下，便是錯過彼此。當她確定她喜歡葉子珩時，就正好差這麼一點點，便陰錯陽差的讓他們回到原點。他們與幸福曾經只有一步之遙，偏偏還是差了那步。

到底還是錯過了。

她也不知道自己還會不會回來，更不知道自己和葉子珩還能不能有個結果。但是現在這種情況，她也只能硬著頭皮往前走下去。

再見，台灣。

再見，CONSTANCE。

後會無期。

第八章　反撲

蕭聿沁離開雜誌社後的一個月，一切全都回到正軌，一開始大家都還有些不習慣，但到頭來還是適應了沒有嚴厲總編的生活。沒有蕭聿沁的日子裡，雜誌社照樣運作、每期的刊物依然照常出版、讀者群也照樣穩定成長，雜誌社沒有受到半點影響——看似沒有。

葉欣潼看著身邊成堆的文件嘆了口氣，蕭聿沁離開的這一個月裡，大大小小的文件全都由她攬下，雖說Vivian幫她分擔了不少，但她也有自己的專欄得做，總不可能叫她放掉專欄來處理文件。如果Vivian今天是總編的身分，叫她將手上的工作交給其他人自然沒有問題，現在的問題是……Vivian始終不願意接手總編的位子。

Vivian倒也沒有明確表明她不願意，但每當她提起，Vivian總會含糊的帶過。社長早已答應了由Vivian接任總編的請求，人事部那邊也沒有異議，然而Vivian總是不願接下。雖然說她的確可以用人事命令強逼Vivian上任，但是強摘的果實總是不甜，要是她坐這個位子坐的不甘願，又怎麼能好好的帶領公司？

偏偏她始終沒有找到Vivian不願接任的原因，Vivian也始終閉口不談。她實在想不到解決方法，新任總編的事便這麼一拖再拖。

社長那邊倒也一直都沒有催促，也許是他們都還在等吧，總是期盼著蕭聿沁能有回國的一天。他們幾個都是公司的老屁股，一起為公司熬了多少個夜晚、遭受多少次打擊，說沒有革命情感是騙人的，所以他們依然期盼著，等待能夠再次一起奮鬥的那天。

「副座。」辦公室的門被敲響，Vivian打開門走了進來，「徐家榆有事找您。」

徐家榆？葉欣潼聽著蹙起眉頭，徐家榆早在蕭聿沁離開後便提了辭職，現在已經跟公司沒有半點關係了，怎麼會忽然跑來？「有說是什麼事嗎？」

「她說……」Vivian湊近她耳邊低聲開口，「是跟總編有關的事。」

總編？蕭聿沁？葉欣潼聽著眉頭皺得更緊，這女人葫蘆裡賣的是什麼藥？「去請她進來。」

Vivian微微頷首，沒一會徐家榆便被她帶了進來，葉欣潼看著她的身影一愣，她跟徐家榆上一次見面只怕是兩、三個月前的事，畢竟她提離職的時候她剛巧出差，根本沒看到她本人。不過短短幾個月不見，徐家榆整個人變了不少，以前的她總是那副柔弱模樣，但如今的她走起路來自信堅定，整個人的氣場也變得不一樣了。

更重要的是……葉欣潼瞇起雙眸，這女人的氣場，跟蕭聿沁竟有幾分相似。到底發生了什麼，居然讓徐家榆變成這個樣子？

「坐吧。」儘管疑惑，葉欣潼依然起身走向前頭的沙發區，徐家榆也自然的跟著坐下，絲毫沒有半點過去的彆扭，「什麼事？」

「這個。」徐家榆從包包裡拿出黃色牛皮紙袋，從那厚度便能看出裡頭裝了不少東西，「這是徐毅能的所有犯罪證據。」

葉欣潼一愣，有些不敢置信的接過牛皮紙袋。將文件全放出來一看，裡頭全是徐毅能的財產流向以及資金偽造紀錄，官商勾結、私下賄賂、收受回扣的證據一應具全，若是將這些資料交給警方，徐毅能是絕對會垮台的，但是……

「妳為什麼會有這些東西？」葉欣潼語帶防備的看向徐家榆，「徐毅能這個老狐狸一向小心謹慎，不可能讓這些資料輕易被拿到手，妳又是怎麼拿到的？」

徐家榆像是明白她的疑惑，微微一笑故作輕鬆的開口：「因為我是他女兒。」

什麼？她的話像鐵鎚般砸上葉欣潼的腦門，她為之震撼的盯著她，滿臉的不敢置信。過了一會才皺起眉頭開口：「不、不可能，我查過妳的家世背景，妳的母親姓徐，父親早在出生前便被人撞死，妳怎麼可能是徐毅能的女兒？」

「因為我是私生女啊。」徐家榆笑出一抹輕嘲，「我媽是他無數小三的其中之一，偏偏還心甘情願地替他生了個孩子。妳看過的資料自然是他偽造過的，他可是人脈甚廣的徐毅能，偽造這些資料有什麼難的？」

葉欣潼看著徐家榆，心中竟生出了幾分膽寒，徐家榆這個人並不差，但是此刻她的眼裡閃著憎恨，她是真切的在恨著徐毅能。她曾經怨過徐家榆搶走蕭聿沁的光環、認為她根本不會懂蕭聿沁的心情，沒想到她……她居然也是見不得光的人嗎？一樣沒有一個像樣的身分、一樣不能被接納……其實從頭到尾最懂蕭聿沁的，就是她吧？

「那為什麼……」葉欣潼看著眼前成堆的資料，一時間想不出適當的措詞，「為什麼妳以前不披露他，卻選擇在現在披露？」

「因為現在是他頂峰時刻啊。」徐家榆揚起淺笑，「我等了這麼久，就是為了在他頂峰之時一舉推翻他。我裝作順從他、私下幫他管理公司，為的就是能偷偷蒐集證據。畢竟我好歹是他的私生女，他又怎麼會懷疑到我頭上？那老頭到底還是個渴望親情的人，我說什麼他便全都答應了。」

「啊！不過我得先說明，我是真的不知道他在迫害蕭總編。」徐家榆的眼神轉為誠懇，「他從來沒有跟我說過他在針對誰，我會來CONSTANCE當代理總編，也只是因為我小時候曾經想當雜誌社編輯，所以才偷偷接下了這份工作。我沒有受誰指使、更沒有幫徐毅能迫害蕭聿沁，我從頭到尾對雜誌社都是真心真意的。只針對徐毅能，沒有針對妳們。」

她說的誠懇，饒是葉欣潼也忍不住信了半分，不過她還是抱持著幾分懷疑：「但他好歹是妳的親生父親，妳真的能這麼狠心？」

「為什麼不能？」徐家榆反問著，「我媽生我時難產，從那之後便大病小病不斷，那時候我還小，徐毅能沒給我們半毛錢，我媽是撐著身體去麵店洗碗才能夠養我長大的。」

「我七歲的時候我媽出車禍，緊急送醫搶救，那男人從沒來看過一眼，連一毛錢都沒給。是我的國小老師集資出錢籌醫藥費，我媽才能夠活到今天。」徐家榆說著紅了眼眶，「妳知道嗎？有血緣關係不一定代表有愛。的確，那男人渴望家人、渴望親情，但同時他也害怕接受親情。他從來不曾接受過任何一個家人，無論是他的元配、無論是我、我媽，甚至是他任何一個小三，都不曾被他真心的接受過。」

「是，他以為他把我們當成家人了，他的確是這麼相信著。後來他老了，也忙到沒時間在外頭玩女人了，情婦一一離開，他的確因為虧欠而對我們有求必應，但是那不是愛。」葉欣潼因為她的話愣了愣，她是真的沒想過以往看似與世無爭的徐家榆有這樣的過去，「葉小姐，妳懂嗎？他看著我們的眼神裡是沒有愛的，在他的潛意識裡，家人依然只是他手中的棋子。他自己都不敢付出愛，但是卻渴望能擁有愛，不覺得很可笑嗎？」

「忍了這麼多年的委屈，當年他把我們母女拋下的情景我沒有忘。」徐家榆說著平淡了語氣，轉瞬間便沒了原本的激昂，「我只是來通知妳，徐毅能準備垮台了，蕭聿沁也可以準備回來了。我是真的不知道徐毅能在針對蕭聿沁，否則我一定會插手的，我本來還打算再延一陣子再揭發他，這就當作是我對蕭聿沁的補償吧，我是真的很抱歉。」

她淡淡的說著，眸子裡卻明顯的寫著愧疚，到CONSTANCE應徵真的是陰錯陽差下的結果，她只知道蕭聿沁因為某些原因不能在外界面前出現，所以便這麼接下了她的工作，殊不知她居然是被自己的爸爸迫害的。當她從秘書那邊聽到風聲時，蕭聿沁已經辭職離開雜誌社，她好幾天都寢食難安，最終決定提前將徐毅能的惡行揭發出來。

但她自始至終對CONSTANCE都是真心真意的，她是真的喜歡雜誌社的氛圍，每一次跟蕭聿沁的對談、每一次對外的開會她都充分的準備，因為她是真心的想為這個地方付出。要不是為了報復徐毅能，也許今天她也會是某家雜誌社的一份子，只不過她終究做出了抉擇。

一切的一切，都只不過是選擇不同罷了。

「來不及了。」葉欣潼忍不住苦笑，「她已經離開台灣去美國了。不過……我想應該還是有用，如果徐毅能垮台就不會有人刁難她，她自然可以回來台灣。」

她說著忽然頓了頓：「不過妳這些東西是怎麼取得的？妳應該知道毒樹果實理論吧？要是妳這些東西的取得途徑不合法，也沒辦法定他的罪。」

「我知道，所以妳沒看這些東西都是副本嗎？」徐家榆輕笑，葉欣潼這才仔細看了一眼，的確是副本沒錯，「正本全在徐毅能的辦公室以及家裡，不過我猜警方已經搜索完畢了。」

她才正說著，口袋裡的手機忽然傳來訊息通知聲，她點開一看輕笑：「嗯，警方搜索完畢，徐毅能也被帶回偵訊了。」

聽到徐毅能被警方帶回，葉欣潼依然難以放心，畢竟徐毅能在政商界的人脈可不小，長年來始終沒有人能夠撼動，徐家榆不過是個不見天日的私生女，能有多大能耐？

像是知道她在想什麼，徐家榆輕笑著說道：「妳放心，那傢伙在這幾年間得罪了不少人，大家都是因為看他勢力龐大才不敢多說些什麼，他被帶回偵訊的消息一出來，妳等著看有多少牆頭草等著倒吧。證據確鑿，那些法官、商人能不牽連到自己就已是萬幸了，哪可能讓自己染的一身腥？」

「我先走了，我晚點有個記者會，有空的話可以看看。」她說著起身往門口走，「蕭聿沁才是CONSTANCE總編的事很快就會爆出來了，你們也準備一下記者會說明吧。記得叫蕭聿沁回來繼續接任總編的位子，然後……幫我跟她說聲對不起。」

畢竟儘管無意，她依舊是間接造成如今這種場面的共犯。

葉欣潼目送著她的背影離開，一時間還有些恍惚，像是不敢相信徐毅能便這麼被解決掉了。現在的情況的確對她們有利，儘管蕭聿沁已經離開了一個月，但要馬上回來應該也不是什麼難事。

只是……葉欣潼皺緊眉頭，她在徐家榆的眼裡完全看不到一絲快樂的痕跡。今天這個局面的確是她所盼望的，她也為此隱忍許久，但……她真的快樂嗎？

正如徐家榆所言，徐毅能被警方帶走偵訊的事情在短短半個小時內傳開，大批記者圍堵在警局門口，警方在幾小時後說明證據確鑿，將由檢察官向法院申請羈押。

事情到了這種地步，與徐毅能有關的各大廠商紛紛撇清關係，甚至開始在網路上傳起徐毅能開會時的各種脫序情節；徐毅能的妻子更向外表明將請律師進行離婚事宜。徐毅能根本沒有任何防備便遭徐家榆出賣，短時間內失去所有後援的他根本沒了退路，只能等候警方查清所有證據依法送辦。

與此同時，徐家榆發布了聲明，表示徐毅能的所有消息皆是由她揭露，並提到將在一個小時後召開記者會，記者一得知消息便紛紛趕往記者會現場。拜託！前CONSTANCE總編居然有搞垮徐毅能的能耐，誰不想知道是怎麼一回事？最好是能夠搶個獨家頭條，說不定還能有記嘉獎的機會。

快要過年了，大家都想要多一點年終獎金啊！

一個小時後，徐家榆坐在台上看著眼前的記者們，嘴角挑起微幅的淺笑。終於，輪到她能見天日的那天了。

「大家好，我是徐家榆。」她拿起麥克風揚聲開口，原本嘈雜的現場頓時安靜了下來，攝影師們一個個開啟攝影機，甚至做起現場直播，「正如我稍早所說的，今天的記者會主要是為了揭露徐毅能的所有荒唐惡行，以及……替被他迫害的人討個公道。」

「關於他的基本惡舉，想必以大家的能耐都已經翻出來了。在外三妻四妾、勾結官員、收受回扣甚至教唆傷人，相關證據都已經交送給檢方，稍早檢方在記者會上也有提起，我便不多說了。」徐家榆說著頓了頓，「但是我今天要說的，是另一件不犯法，卻罪大惡極的事。」

「在十九年前，徐毅能已經穩站橫跨文法商政四界之大位，當時的他還身兼出版社編輯，我想這段過往各位全都知情。」徐家榆說著，底下幾個資深的記者紛紛點頭，徐毅能的確在出版社待過，那家出版社後來也成為徐毅能投資的產業，「就在當時，徐毅能以簽約新興作家為由，邀請一名女大生到飯店一樓咖啡廳共享餐敘，卻在那名女孩到場後，要求她一同到樓上開房間，以公事之名行私利之實。」

「各位不知道的是，其實徐毅能是打算將那名女大生當作禮物送給合作夥伴。偏偏後來那名女大生跑了，他的合作夥伴氣得不輕，從此終止了與徐毅能的合作。徐毅能損失了上千萬，自此懷恨在心，處處針對那名女大生長達十九年的時間，如何針對、做了什麼以及證據我稍後請人傳資料給各位。」徐家榆說著看向一旁的助理，示意她準備發送相關資料，「而那名女大生的身分，各位不熟悉卻也不陌生，正是CONSTANCE真正的總編。」

「真、真正的總編？」底下的記者一個個錯愕的愣在原地，一個反應稍快的女記者忽然驚呼，「難、難道……」

「沒錯。」徐家榆給予肯定的答覆，「我只是CONSTANCE的掛名總編，真正的總編另有其人。不過這點我不便多加說明，各位可以親自詢問CONSTANCE的公關部，相信他們會出面解釋。」

儘管對她的披露感到震驚，依然有記者心存質疑：「但是這些資料是哪裡來的？妳跟徐毅能是什麼關係？我們又怎麼知道這些資料可不可信？」

像是知道會有人問這個問題，徐家榆挑起了一抹明亮的笑意，說出的話正式宣判了徐毅能的死期。

「因為我是他在外養的私生女。」

這話說出口後，現場炸開了鍋，記者們一個個電話回報頭條，根本沒有人有空理會徐家榆何時離開、從何離開。另一頭的葉欣潼看著電腦螢幕上的現場直播，她從沒想過蕭聿沁的總編身分居然會以這種方式被揭開，徐家榆的確沒有提到她的名字，但眾人此刻已經知道CONSTANCE的總編另有其人了。

這樣的結果的確讓她開心，但心裡依舊有些惆悵，要是蕭聿沁再晚個兩個月出國該有多好？如此她便不必離開了。

想著想著，葉欣潼像是想起什麼似的看向辦公桌一角的室內電話，現在徐家榆爆出了這樣的消息，等等CONSTANCE的電話只怕會被打爆吧？不只嗜血的記者，還有那些雜誌社的忠實讀者，突然得知CONSTANCE的總編另有其人，他們的震驚可想而知。

口袋裡傳來的震動聲打斷了葉欣潼的思考，拿出手機一看，竟然是蕭聿沁傳來的訊息。這傢伙，去美國一個多月沒消沒息的，每次都要她打電話過去，從來不會打電話報平安，這下居然會傳訊息給她？她狐疑的點開一看，只有短短的一行字。

「我猜等等CONSTANCE會安排記者會，能不能幫我帶句話？」

#

正如葉欣潼所預料的，CONSTANCE的電話在短短一個小時內被人打爆，記者、讀者們都想確認事情的真偽。本來這種事應該只有公關部受到波及，不過總有這麼些不肖記者打電話到其他部門的分機，希望能探到點口風。

大眾的反應比預料中的熱烈，CONSTANCE宣布將召開臨時記者會。一個小時後葉欣潼坐在記者會的主講台上，這樣的場合原本該由公關部接手，但是所有人裡面她最清楚事件的始末，由她來講最是適合，再加上公關部門沒有意見，於是這場記者會便由她負責主持。

「各位記者朋友大家好，相信大家都知道今天召開記者會的原因，那我們也就不多說廢話了。」葉欣潼說著深吸一口氣，「回應外界疑問，沒錯，CONSTANCE的總編並非徐家榆，而是另一個始終在檯面下不能見光的女人，蕭聿沁。」

「想請問，根據徐家榆提供的資料，蕭總編從二十二歲畢業後開始找工作，卻在各方面上都遭受刁難，甚至有面試官一看到蕭總編的名字便請她離開，這些是真的嗎？」一名記者絲毫不管現場尚未開放提問，迫不及待的問著。

「是真的。」葉欣潼給予肯定的答覆，「我跟蕭總編認識十九年，十幾年來她始終受到徐毅能的暗中監控及迫害。前陣子CONSTANCE遭人惡意抹黑，甚至突然遭到各家公司解約，這些也都是徐毅能對蕭總編的報復。」

「照您這樣說，現今徐毅能入獄，蕭總編總算可以出現在眾人面前。」記者說著看了圈現場的陣仗，「但是今天現場看到的都是熟面孔，社長、副座、公關部長，為什麼不見蕭總編的蹤影？這之中是否有什麼隱情？」

「蕭總編早在徐毅能被披露前便離開台灣了。」葉欣潼淡淡的說出讓眾人震驚的言論，「當初CONSTANCE遭人抹黑，正是因為蕭總編的離開才得以告一段落，否則如今的CONSTANCE不可能依然屹立不搖。」

「這……」記者們一個個面面相覷，原本還想著能夠見到真正的總編，沒想到她居然已經出國了？

「那……是否方便提供蕭總編的聯絡方式？另外，蕭總編是否還會回國繼續總編的職務？」

「這些問題涉及隱私及公司機密，恕我們無法回答。」一旁的公關部長禮貌的頷首致意，「今天的記者會就此告一段落，其他問題我們不會再做回應。謝謝各位，辛苦了。」

「等等！蕭總編從頭到尾都沒對外說明，難道沒有打算給眾讀者一個交代嗎？好歹正式跟大家碰面一次？」

記者的話讓原本轉過身準備離開的葉欣潼想起什麼似的頓下腳步，一把拿起放在桌上的麥克風，輕聲開口：「交代的話，蕭總編的確有話請我傳達給支持CONSTANCE的眾人。」

一旁的人們全愣了愣，連社長跟公關部長也錯愕的看著她，誰都不知道葉欣潼跟蕭聿沁聯絡過，更不知道蕭聿沁居然有請葉欣潼傳話。下一秒，葉欣潼一雙眼定定的看著前方，一字一字的說出蕭聿沁稍早打出的句子。

「即使不能見光，但我依然在暗處陪著各位。這條路上我沒有缺席，如此足矣。」

接連兩場記者會讓外界大為震撼，大批網民在得知事情真相後紛紛湧入官網留言區替蕭聿沁打氣，CONSTANCE更躍上網路熱搜數日。尤有甚者，許多跟此事無關的網民蛋洗徐毅能的住宅，徐毅能可以說在一夕間從天堂掉到了谷底。

#

記者會後的第三天，雜誌社忽然湧入大批信件，幫忙簽收的打雜小妹看到那一疊一疊的信簡直傻了眼，她在這裡打工了不少日子，以前一個禮拜收的信只怕都沒有現在一天簽收的多。來信者全署名信件要交給CONSTANCE總編輯，不過跟以往不同的是……這次信上的收信人，是蕭聿沁的名字。

葉欣潼請人一查才發現，原來在網路上有幾個支持CONSTANCE雜誌的私密社團，有網友在裡頭發起活動，讓有興趣的人寫信寄給蕭聿沁總編。葉欣潼忍不住打開幾封信件看看，裡頭清一色都是鼓勵的話，以及感謝蕭聿沁一直以來對雜誌的付出，讓他們得以閱讀到品質優良的雜誌。

葉欣潼看著那疊信件紅了眼眶，拿了個大的鐵盒子仔細的將每一封信件裝進裡頭。過往蕭聿沁也會收到讀者的信件，但上頭署名的往往是徐家榆的名字，如今這些信件更顯得別具意義。那些讀者是真心的喜歡CONSTANCE，也是真心喜歡蕭聿沁在過往創造出來的每一個專欄、每一次企劃，更是真心的在心疼隱姓埋名十九年的蕭聿沁。

這些心疼的確來得有些晚了，但終於還是來了。

「副座。」副社長辦公室的門被敲響，Vivian抱著一疊信封走了進來，「這是今天送來的信。」

葉欣潼無奈的看著那一疊白黃交加的信封，這樣的信件攻勢已經持續了至少半個月，她也早已見怪不怪，只是不知道這樣子幫蕭聿沁收信的日子還得持續多久。真是……為什麼看著那女人人在美國還可以收到這麼多的信件支持，她居然莫名的有些不爽？

輕扯嘴角，葉欣潼努努下巴指向放在一旁櫃子上的鐵盒子：「放進去吧。」

「但是副座……」Vivian有些尷尬的笑了笑，「那個鐵盒子昨天就已經裝滿了。」

「又裝滿了？」葉欣潼感到不可思議的瞪圓雙眼，這已經是第三盒裝滿的鐵盒子了，她去哪裡再生一個出來？難不成去便利商店買禮盒自己吃掉，好換空盒子嗎？「算了，妳先放旁邊吧，我再找紙箱裝起來。」

Vivian點頭表示了解，將那疊信整理好後放到一旁的櫃子上，離開前又想起什麼似的踅了回來：「對了副座，總編她……有打算要回來嗎？」

「我也不知道。」葉欣潼一雙眼裡寫著哀怨，無奈的嘆了口氣，「她這半個月也不知道在忙些什麼，訊息慢回，打電話也不接……」

她說著拿起擱在一旁的手機，不死心的又撥了一次電話，這次另一頭傳來接聽聲，讓原本不抱希望的她愣了一下，一雙眼錯愕的看向一旁的Vivian：「接了？」

另一頭的女人「喂」了一聲，葉欣潼這才趕緊開口：「欸蕭聿沁，妳是怎麼回事？為什麼一直沒接電……哦沒有啦，我只是想問妳，妳什麼時候要回台灣？」

「……什麼？」另一頭的蕭聿沁不知道說了什麼，惹得葉欣潼皺緊眉頭，「為什麼……哦，好啦妳先去忙，晚點聯絡。」

她說著掛了電話，一旁的Vivian見她那嚴肅的表情有些不安，擔憂的開口：「總編怎麼說？」

葉欣潼沉重的瞥了她一眼：「她說……她暫時不打算回來。」

辦公室裡陷入一片寂靜，兩個女人各自沉思著。能夠回到CONSTANCE絕對是蕭聿沁所希望的，可偏偏如今她好不容易可以回來了，她居然又說不打算回來。這女人到底在想什麼？

「暫、暫時嘛。」沒一會，Vivian僵硬的扯起嘴角，偏偏說出口的話沒有半分底氣，「總編說暫時不會回來，代表她總有一天會回來的吧？」

「嗯，也許吧。」葉欣潼一雙眼看向她，「Vivian，我現在真的需要一個得力的左右手來幫我，蕭聿沁在離開前就一直在培育妳，我不相信妳沒有發覺。所以……妳願意接下總編的擔子嗎？」

見她問的認真，Vivian難得的沒有逃避話題，一雙眼靜靜的看著她，過了一會才沉重的吐出答覆：「副座對不起，我沒辦法答應妳。」

「為什麼？」

「如果是臨時代理總編，我願意接受。」Vivian說著深吸一口氣，「但是總編輯的位子是總編努力了十幾年才換來的，總編坐的實至名歸，沒理由這樣被人莫明取代。她已經當地下總編當了十多年，要在這種時候讓我坐上她的位子，對她並不公平。除非總編親口說出她永遠不打算回CONSTANCE，否則這個位子我絕不會接下。」

葉欣潼一雙眼靜靜的看著她，下一秒莞爾笑了出來，Vivian的眼神跟二十幾歲時的蕭聿沁簡直一模一樣，也難怪她會是蕭聿沁中意的總編人選：「好，那就請妳暫時代理總編吧。」

「謝謝副座。」Vivian笑的開懷，卻又忽然僵住了嘴角，「但是副座，總編已經遞了辭職信，萬一總編回國……該怎麼讓她回公司？」

葉欣潼聽著挑起一抹自信的微笑，不疾不徐的轉著辦公椅，一邊悠哉的開口：「是誰告訴妳，蕭聿沁確定離職啦？」

「……什麼？」

「社長那邊沒有批准她的辭呈，她離開台灣前的確交代過我，但我也沒去人事部幫她辦離職手續，所以現在她依然是雜誌社的總編。」葉欣潼說著頓了頓，「本來是打算讓妳接任總編，等她回來再排個職務給她的，但妳都說了妳只願意當臨時代理總編，那麼要是外界問起，公關部發出的聲明就會是——CONSTANCE總編請長假進修，暫時由代理總編接管職務。當然，除非外界問起，不然公關部不會對外聲明，免得引來媒體惹得一身腥。」

葉欣潼說著一雙眼茫然的看向前方，喃喃道：「雖然我也不知道她到底會不會回來就是了。」

「會的。」Vivian揚起肯定的微笑，閃爍著光芒的眼定定地看著她，「一定會的。」

葉欣潼深看了她一眼，跟著挑起嘴角。是啊，她愛的人、她的朋友、她用十幾年扛起的雜誌社……她的所有眷戀都在台灣，她總有一天會回來的。

他們只能如此盼望著。

第九章　新的CONSTANCE

「都到了吧？那就開始吧。」一年半後的某個早晨，Vivian帶著小安走進會議室，現場還坐著活動組、財務組的成員，幾個部門要用一個早上的時間將這年的讀者同歡會事項討論完全。其實這原本該是活動組負責的工作，不過今年的讀者同歡會有新的企劃即將運行，更會公布CONSTANCE未來的全新走向，需要會同財務組及編輯部兩個部門協理，這也是他們會在這裡的原因。

會議正式開始，Vivian下意識的看了眼最前方的位子，那個位子是過去蕭聿沁最常坐的，然而如今那位子依然空著。整整一年半的時間，蕭聿沁都沒有回來，每當葉欣潼問起她何時回歸，她總推託自己在美國還有要事要辦，從沒說過明確的歸國日期。

一拖，就拖了一年半。在這一年半裡，CONSTANCE陸續推出了幾個熱門的新企劃，葉子珩的室內設計專欄依然大受好評，陸續接了幾個豪宅區的室內設計案。美國總公司甚至主動聯絡雜誌社，表明打算於CONSTANCE在台分公司設立一個專屬的時尚部門，未來CONSTANCE的雜誌將會有兩種取向，一種是過去的簡單生活風，另一種則是掌握流行的時尚風格，一舉將兩種受眾掌握在手，也能提升收益。

過去的一年半裡，社長、副座、編輯部都陸續跟美國總公司進行過視訊會議，雙方協調了許久才將全案拍板定案。這次的讀者同歡會除了同歡以外便是為了公開這個消息，然而儘管CONSTANCE又向前了這麼多，蕭聿沁依然沒有回來。

她真的會回來嗎？饒是當初信誓旦旦的Vivian也遲疑了。

「這次的讀者同歡會，活動部設計的活動不錯。」Vivian專業的翻閱手上的文件，一年半過去，她的氣場裡也增添了一抹幹練，「場地的部分，還是去年那個場地嗎？一樣租借一、二樓？」

「是，不過今年有新的專業部門要推出，舞台背景的部分可能需要比較高額的花費。」活動部部長認真報告著，一邊起身將手上的文件遞給Vivian，「另外，這是這次活動的紀念品項目，我們最終挑出了這幾項，再請您決定要哪一款，我請廠商報價。」

Vivian低頭看著文件上的紀念品項目，保溫杯、多肉植物盆栽、設計抱枕……多肉植物不好帶走，要是從南部上來的讀者只怕會在半路將盆栽打翻；保溫杯又太過平常寡淡：「就設計抱枕吧，但我覺得這個字樣不對，我請編輯部的美編用一份新的給你。」

活動組的組長點了點頭，Vivian轉頭又看向財務部長：「部長，這次活動的經費能不能再多給一點？今年有重大消息得宣布，編輯部已經把能省的都省下了，但是經費實在不夠。」

「這……」財務部長擦著額角的汗珠，「我們也很為難，公關部那邊也需要經費，而且這個月要的更多。」

「公關部？公關部最近又沒有什麼公關活動，除了例行性的公關宣傳以外，這個月沒有需要多花錢的地方吧？甚至花的還比上個月的少。」Vivian一雙眼質疑的盯著財務部長，一邊側首朝一旁的小安說道：「妳開完會後去找社長報告一下這個狀況，我覺得有點奇怪。」

「欸欸欸，不要這樣，大家都是出來混口飯吃的。」像是知道Vivian識破了他的行為，財務部長連忙擺擺手，「我知道了，我再挪一筆經費給妳們，公關部那邊我會負責溝通。」

「那就先謝謝您了。」Vivian挑起一抹絲毫不帶笑意的笑容，全公司誰不知道財務部和公關部總是私相授受，只是他們始終沒有太過火，大家便睜一隻眼閉一隻眼，這下可好，老虎不發威真當其他人是病貓了？「既然都討論完了，今天的會議就到這裡，大家辛苦了。」

會議正式宣告結束，活動部和財務部的部長拿著文件離開會議室，一旁的小安忍不住笑著開口：「Vivian，妳剛剛的架式好像總編哦！財務部長都被妳嚇的一愣一愣的。」

「我？」Vivian一愣，旋即失笑，「有嗎？」

「嗯，很像啊！不過也一年多沒有看到總編了，以前都覺得總編很嚴厲、不近人情，不知道為什麼現在居然有點想她。」小安說著哀怨的嘆了口氣，也許是因為從總編的身上總能看到她對工作的熱忱吧，所以過去不管被罵的多兇，他們倒也不曾對蕭聿沁有過多的埋怨。說到底……蕭聿沁已經比很多部門的上司還要好太多了。

像是想到了什麼，小安忽然從一旁的文件堆裡抽出一個資料夾：「對了，這個是要給妳審閱的雜誌美編草案，阿德剛剛請我交給妳，我差點忘了。」

「嗯，知道了。」接過小安遞上的草案，Vivian微微一笑，「妳先離開吧，我打算在這裡再待一下。」

小安點了點頭，拿了自己的東西便轉身離開。Vivian一雙眼環視著會議室，以往總編開完會也習慣在會議室裡看一會文件才離開，她到底是如何忍受空無一人又寧靜的會議室的？

以往她從來沒有發現，但接下了臨時總編的位子後她才發覺，總編在過去總喜歡一個人待在會議室裡，甚至常常一個人在公司待到深夜，這些都再再彰顯了她的極度孤獨。

過往她總以為總編只是工作狂而已，但如今才恍然驚醒，其實總編她……只是刻意讓自己習慣孤獨吧？一個習慣孤獨的人，會讓自己回到人群之中嗎？如果不會的話，那總編還有可能回來嗎？

會嗎？

#

一個月後，CONSTANCE一年一度的讀者同樂會正式登場，Vivian和葉欣潼一早便到場地進行準備事項。由於租借的場地跟去年相同，大家很快的便進入狀況，再加上活動部的成員昨晚熬夜趕工將現場布置完全，原本預計需要準備兩個小時的現場竟只花一小時便準備完畢。

葉欣潼站在場地最後方看著眼前的設置，合作廠商席、甜點區、服務區全都準備齊全，剩下的就等著讀者們到場，活動便能開始了。想著想著，她低頭看了眼手上的錶，還有將近一個小時的時間才開放讀者入場，她還能趁這段時間四處晃晃。

「Vivian，走。」她喚著Vivian的名字，努努下巴指向一旁的樓梯，「去樓上晃晃吧，就當是熟悉場地。」

「啊，好。」一旁的Vivian儘管錯愕，但還是跟上了她的步伐。只是……她一雙眼擔憂的盯著葉欣潼的側臉，今年的讀者同歡會總編依舊不在，副座幾乎是一個人獨攬整個編輯部的擔子，一個月的時間裡她瘦了不少，這樣的狀況下副座還能撐多久？

剛上二樓，葉欣潼遠遠的便瞧見蕭聿沁過去常站的位子，她微微放緩了腳步朝那裡走去，一樣的位子、一樣的風景，唯一不一樣的只有蕭聿沁這次不再站在那裡。但也僅僅是這麼些許的不同，便全都不一樣了。

「總編她……過去都站在這裡看著底下的人吧？」一旁的Vivian雙手輕撫眼前的木製欄杆，如今總編總算不必站在這裡了——但她也離開了。

「是啊。」葉欣潼淡淡的說著，一雙眼往下看向正在進行最後檢查的工作人員們。蕭聿沁在過去也是這樣吧？站在上頭孤零零地看著底下的眾人，卻又不能出現在他們面前，「今年她總算不用站在這裡了，也算是好事吧。」

「不說她了，妳呢？社長要妳去接任時尚部門的臨時總編，準備的怎麼樣了？」

Vivian聽著點了點頭：「在編輯部當代理總編一年多，該學的經驗我都有一點了，也許還稍嫌不足，但應該不成困難。不過……我是答應社長的要求了，但是編輯部要怎麼辦？畢竟時尚部是獨立部門，我去那裡之後恐怕很難繼續幫忙編輯部的工作。」

「社長說編輯部的部分他會想辦法。」葉欣潼淡淡的說著，一雙眼望向她的眼底「妳去時尚部就好好做，等到時尚部門也跟著壯大起來後，就可以迎來CONSTANCE的下一個巔峰了。」

下一個巔峰。這話讓Vivian揚起笑容，總編在CONSTANCE的最後幾個月創造了CONSTANCE的頂峰，在這一年半裡他們也用盡所有努力，如今終於能將CONSTANCE推向下一個新的世代。

在歷經這麼多關卡與波瀾後，CONSTANCE不但沒有倒下，甚至更加茁壯、更加屹立不搖。要是總編知道了，應該也會很開心吧？

「不過CONSTANCE都已經放出將有重大突破的最新消息了，總編一直都很關注雜誌社，應該也有看到吧？」Vivian說著一雙眼看向葉欣潼，「就算這樣，總編還是不打算從美國回來嗎？」

「我也不知道。」葉欣潼沒有看她，低著頭默默說著，「妳也知道的，她這個人一向很有自己的想法，她在美國忙到連電話都很少接，要她回來只怕比登天還難。」

一旁的Vivian皺緊眉頭，她也知道總編的脾氣，連副座都不一定有辦法治她。要是她真的不願意回來，只怕就很難有人能勸她回台灣了。

沒想到連她愛的人、她的朋友、她一手建立的雜誌社都沒能讓她有回國的渴望嗎？

想著想著，Vivian低下頭看向底下的人們，幾家合作廠商紛紛到場，葉子珩也早已簽到入座。說實在的，這一年多來他們將CONSTANCE又推向了另一個頂峰，這點也證實了雜誌社並非一定要有蕭聿沁不可。然而蕭聿沁不在，總讓人覺得少了這麼一點東西。畢竟蕭聿沁對雜誌社的努力與熱忱，可不是每個人都有的，更不是其他人能學得來的。

「副座、總編，活動即將開始了，麻煩妳們移駕到一樓。」一旁的樓梯口傳來小安的聲音，葉欣潼應了一聲表示自己明白。往下看向一旁的會場入口，參加讀者同歡會的讀者們不知道何時開始入場的，現場已經湧入了不少人潮。

「走吧。」葉欣潼淡淡的說著，一個轉身率先離開二樓。Vivian離開前再次環視了一圈現場，卻依舊找不著蕭聿沁的身影。

也是，前幾天她才跟總編通過電話，總編當時還在美國，也沒提過她要回台灣的事，又怎麼可能會突然回來呢？是她想多了。

走在前頭的葉欣潼自然知道她在想些什麼，她也沒打算阻止她，Vivian一直以來都對蕭聿沁萬分崇拜，在這種時候會想念她也是人之常情。

她不是不想念蕭聿沁，只是她能將想念化為動力，去開創CONSTANCE的下一個巔峰。比起浪費時間去叫蕭聿沁回來，不如將CONSTANCE顧好，讓蕭聿沁回到台灣時，能夠看到CONSTANCE更好、更完美的模樣。

化悲痛為動力，這是她跟蕭聿沁的共性，也是她們之所以能夠成為朋友的原因。

她沒讓自己胡思亂想，自顧自地走下樓梯，卻在一樓的樓梯口被小安一把叫住：「副座。」

「社長有重要的事需要跟您討論，請您過去後台一趟。」

幾分鐘後讀者同歡會開始，今年的活動較往年不同，過去CONSTANCE的讀者同歡會從不邀請記者，然而今年雜誌社破例讓記者們到現場拍攝，這讓各家記者爭相到場採訪，幾家電視台甚至帶了禮品過來，當作是為CONSTANCE即將宣布的重大消息祝賀。不過CONSTANCE也發出聲明，會開放採訪純屬破例，也僅此一次，下一次的讀者同歡會將如過往一樣私密舉行。

司儀在台前介紹與會貴賓，先是所有合作廠商在台前一字排開合照，緊接著又是社長、副社長、臨時代理總編的致詞。前前後後經過了一個小時，同歡會才正式進入重頭戲——宣布CONSTANCE的重大變革。

底下的記者們原本聽致詞都聽累了，見葉欣潼站到台前便一個個急忙站起身來，拿筆記本的拿筆記本、拿錄音機的拿錄音機，那模樣讓台前的葉欣潼感到有趣似的輕笑出聲。她伸手接過司儀手上的麥克風，輕啟雙唇：「接下來便是眾所期待的環節，我將在此宣布CONSTANCE在未來的重大改變。」

「從下一期的出刊開始，CONSTANCE將製作時尚雜誌，原本的生活風格雜誌並不會受到影響。也就是說，未來的每一期刊物裡，CONSTANCE將釋出生活風格及時尚風格兩種刊物，提供給讀者更多的選擇。」葉欣潼說著淺淺一笑，「為了這個重大變革，CONSTANCE在一年內跟美國總公司開了無數次會議，終於促成了新部門的誕生。未來CONSTANCE將設立獨立的時尚部門，所有時尚雜誌的內容都由時尚部門接手。此外，我們也成功請到國際知名時尚大師Allen為我們撰寫固定專欄。」

葉欣潼說著深吸了一口氣：「想當然的，要跟美國總公司申請成立新部門並不是件容易的事，在這之中我們也花費了極大的努力，然而在這背後還有一位幫忙牽線的人，我也是到方才才知情。」

「而那個人各位並不陌生——正是請長假到美國進修的蕭總編。」

「相信經歷過一年多前的那件披露案後，大多數的讀者都知道，CONSTANCE的總編另有其人。」台上的葉欣潼揚起微笑，「我也知道，有許多讀者來信詢問真正的總編何時會亮相。CONSTANCE當然知道大家的期望，所以今天，我們特地邀請了傳說中的地下總編來到現場。」

台下一片譁然，無論是讀者還是公司的員工們都面面相覷。大家都知道，CONSTANCE的總編早在披露案前便黯然離開台灣前往美國，各界都在尋找這個總編的蹤跡，卻從來沒有誰找到過。

這一年半的時間裡，也不是沒有傳聞說總編已經回到台灣，但CONSTANCE公關部始終否認，也從來不見她出席任何CONSTANCE的發表會。眾人只知道她的名字叫蕭聿沁，對於她的長相、特徵一概不知。

台下的葉子珩和Vivian也同樣錯愕，他們算是少數在這一年間還有跟蕭聿沁聯絡的人，甚至前幾天才跟蕭聿沁通過電話，不過蕭聿沁從來沒有提到要回來台灣的事。可是照葉欣潼這麼說……難道蕭聿沁回來了？

台上的投影布幕拉下，布幕上映著影片的視窗，底下的人們同時間唉了一聲，原本還以為能夠見到本人，沒想到居然只有影片。

不過儘管如此，大家依然專注的盯著投影螢幕，CONSTANCE的總編之於大眾始終是個謎，即使只能看到影片，那也已經足夠了。

影片開始播放，隨著音響傳出的是那熟悉的清冷嗓音：「各位CONSTANCE的忠實讀者，大家好，我是CONSTANCE的總編，蕭聿沁。今天是CONSTANCE創立的十五週年，無論各位是從什麼時候開始加入這個大家庭，我都要代表全體人員獻上最誠摯的感謝，謝謝各位對CONSTANCE的喜愛，讓我們能夠從默默無名的雜誌社，到現在成為全台首大雜誌公司。謝謝CONSTANCE的十六週年有你們，也希望未來CONSTANCE的每一次生日，都能夠有你們一同參與，謝謝大家。」

隨著影片播放完畢，台下響起了掌聲，與此同時，一道身影從後台緩緩走出，Vivian第一個注意到了，瞇起了眼想看個仔細，卻在看清楚來人後摀住嘴驚呼了一聲，瞬間紅了眼眶：「是總編！」

什麼？葉子珩始終專注的盯著螢幕中的蕭聿沁，一直到聽見Vivian的驚呼聲才回過神來。往台上看去，只見蕭聿沁依然是那標準的女版灰藍小西裝，腳上踩著黑色的高跟鞋，緩緩走到舞台中央。時隔一年多不見，她依然如初見時的自信，但與當初相比，如今的她眼角多了一點笑意。

他便這麼愣愣的看著，這一年多的時間裡他並不好過。儘管跟蕭聿沁依然有聯繫，但依舊不比她在台灣時方便。一年多來他們的通話頻率也越來越少，他甚至曾經懷疑過，自己是不是沒這麼喜歡蕭聿沁了。

一直到今天再次見到本人，心底的翻騰終於給出了答案。

她依然是那個蕭聿沁，依然清冷、依然昂首挺胸，依然能牽動他的所有情緒。

「是總編！」

「天啊！總編回來了！」

CONSTANCE的員工們第一個發現了她，一個個不可思議的驚呼著，底下的讀者聽見他們的談話，也一個個探出了頭，想看清楚傳說中的總編長什麼樣子。

「欸你們聽到了嗎？他們說台上那個是蕭總編！」

「真的假的？可是總編回來了嗎？一直都沒有消息啊！」

台上的蕭聿沁自然聽見了這些對話，但她並沒有理會，只是往台下的座位逡巡著，直到看見了某個熟悉的身影。

葉子珩和她對上了眼，兩人凝視了一會，蕭聿沁率先揚起了淺淺的微笑，葉子珩一愣，旋即也跟著笑了出來。

回來就好，沒事就好，她還能露出真摯的微笑，就一切都好。

一旁的司儀見時機差不多了，上前遞上麥克風給蕭聿沁。台下一時間全安靜了下來，屏息著等待她說話，蕭聿沁環視著台下的眾人，過了一會才拿起手上的麥克風，輕聲開口：「大家好，我是CONSTANCE的總編，蕭聿沁。」

短短一句話，卻讓台下的人們一個個興奮的站了起來，現場掌聲及閃光燈不斷，媒體記者們一個個忙著聯絡，誰都想搶先報出獨家新聞；許多讀者同時紅了眼眶，等了這麼久，他們終於得以見到將CONSTANCE一手撐起的那個人。

一旁的葉欣潼欣慰的看著她的側臉，方才社長找她過去，她才知道原來這一切都是蕭聿沁暗中牽線，甚至原本那名知名時尚大師根本不願意幫忙撰寫專欄，還是蕭聿沁花了近一年的時間才說服對方。而這傢伙昨天就回台灣了也不說一聲，就連社長也瞞著他們，直說是想給他們驚喜。

她當然驚喜，原來她一直都在彼岸一起努力著，原來她其實從沒離開過。

葉欣潼擦了擦眼角，張大手快步往她的方向走去，蕭聿沁見狀笑了，她當然知道她想做什麼，她也張開手，兩個女人就在舞台中央抱成一團。

「我回來了。」輕聲說著這話的同時，蕭聿沁的眼角落下了一滴淚，但她迅速的用手指抹去，不想讓誰發覺。

「歡迎回家。」葉欣潼早已濕了臉龐，短短的四個字，只有她們知道背後隱藏著多麼艱辛的故事。

蕭聿沁緩緩閉上眼，又是幾滴淚水自臉頰滾落，她用眼尾瞥向那些真心愛著CONSTANCE的人們，很慶幸，自己還能回到這裡與他們並肩。

初次見面，好久不見。

也終於見面。
一年半的時間，五百多個日子，她回到了她的家。
十五年的光陰，五千四百個朝夕，她終於得以以CONSTANCE總編的身分，站在眾人面前。
這次，她終於不必漂泊、不必流浪，也不必躲躲藏藏。
這次，她終於有了根，深深的扎下。

終章　兩個半輩子

「乾杯！」當晚，葉欣潼拉著蕭聿沁死不讓她回家，甚至直接帶她到葉子珩的酒吧，說是要一起慶祝她回國。葉子珩為此特地公休一天，就為了將場地提供給她們。

忌莫、葉欣潼、Vivian以及編輯部的所有成員都來了，蕭聿沁端著調酒默默的看著眼前吵鬧的眾人，她依然不習慣這樣子熱鬧的場面，但畢竟是大家的一片好意……算了，就忍這麼一天吧。

一旁的調酒師默默的盯著蕭聿沁的側臉，一年多沒有看到這位漂亮小姐，也已經一年多沒有看到葉子珩這麼開心的樣子了。這一年來，葉子珩接下不少案子，個人室內設計工作室的名氣也節節攀升，更獲得不少名人的一致好評。但儘管葉子珩表面上裝的一切正常，他依然看得出他並不快樂。

別的不說，光是他會看著蕭聿沁的通訊軟體一個小時卻遲遲不敢打電話過去，他便知道葉子珩是真的深陷下去，甚至無法抽身了。也好險蕭聿沁如今回國，否則看著葉子珩如行屍走肉般的活著，他也實在不忍心。

說到底誰沒愛過？誰沒深陷過？誰沒傷過？又有誰的傷口曾痊癒過？他們每個人都只是在血泊中尋找止血鉗的人罷了。如今葉子珩找回了他的止血鉗，他自然誠心的為他感到開心。

看著眼前編輯部的成員熱烈閒聊著，蕭聿沁偷偷繞進吧檯，打開木門走進內酒吧。她熟練的按下電燈開關，在看清裡頭的景象後忍不住紅了眼眶。

都一樣。這裡和一年半前一模一樣，完全沒有變過。

她深吸口氣嚥下滿腔的酸澀，緩步走到大落地窗前坐上高腳椅。外頭依然是大片的湖景，頂多是人行道的周圍多種了幾棵櫻花；情侶們依然牽著彼此走在一旁的步道上。這裡和她記憶中的那個內酒吧毫無相差，一直到此刻她才有明確的真實感，知道自己真的回到了台灣。

景物已非，人事依舊。曾經她最渴盼的祝福，如今終於成真了。

身後的木門喀噠一聲被人推開，不過顧著欣賞湖景的蕭聿沁並沒有發覺。一直到瓷碗放上桌子的碰撞聲傳來，蕭聿沁才回神看向碗裡的東西。下一秒，她的眼神從錯愕轉為驚喜：「這是……玉米雞肉粥？」

「嗯。」來人不是別人，正是葉子珩。他劃上淺笑，一手端著自己的調酒坐上旁邊的高腳椅，擺明是要來這裡陪她不醉不歸，「當初妳出國前很喜歡吃這個，我想說妳應該還會喜歡，就煮來給妳了。」

蕭聿沁聽著心底一暖，端過瓷碗有一下沒一下的攪拌著裡頭的粥。說實在的，在美國的這一年多裡，她最想念的便是葉子珩煮的玉米雞肉粥，她也曾到中國城去尋找台式小吃，然而沒有一家店能煮出葉子珩的味道。

「不只喜歡，是很想念。」蕭聿沁說著舀了一口粥送進嘴裡，「真的好久沒吃到了。」

葉子珩聞言輕笑，想起什麼似的忽然問了句：「對了，妳怎麼說都沒說一聲就自己跑進來？還沒找忌莫她們一起？」

蕭聿沁聽著頓了頓手上的動作，有些彆扭的開口：「就……不想讓其他人進來這個地方。」

這話可讓葉子珩等了好久，得知她對這裡有一份歸屬感在，他比誰都還要開心。不過他沒有多說什麼，只是閒話家常般的問了句：「在美國還好嗎？」

「你其實是想問，為什麼我這麼久才回來，對吧？」聰明如蕭聿沁，怎麼可能沒猜出他話裡的含意，

「其實當初知道徐毅能被捕的消息後，我本來已經買機票準備回台灣了。不過那件事實在鬧的太大，甚至傳到總公司那裡，總公司的執行長知道事情的始末後，不知道從哪裡要來我的聯絡方式，打電話跟我說要跟我談談。」

「到了總公司後，執行長對台灣分公司的表現很感興趣，問我對於未來的發展有沒有想法，設立時尚部門是我一直以來想做的事，而執行長的召見是很難得的機會。」蕭聿沁說著頓了頓，「我跟執行長說了我的想法，執行長也欣然同意。接著我便請執行長暗中牽線促成新部門的設立，也去找了設計師Allen請他負責未來的專欄，接下來的你應該就知道了。」

接著一切事情成功，她便以總編之姿回到台灣來，現身在眾人面前。

「所以……該說我離開CONSTANCE嗎？」蕭聿沁沉吟了一會，「我的確是離開了，但是也沒有離開。我只是在不同的地方跟大家一起努力，如此而已。」

葉子珩聽著眼底泛起了波瀾，一雙眼緊盯著她，有些慨然的開口：「我真的以為妳不會回來了。」

蕭聿沁自然明白他的擔憂從何而來，她又何嘗不是？她也曾以為自己永遠不會再踏上這片土地了：「我也從來不敢奢望我能有回來的這天。」

兩人四眼相對，不知道為什麼，蕭聿沁只覺得葉子珩不斷的朝她靠近，近到她甚至能感覺到他的鼻息。葉子珩向下瞥了眼她的唇瓣，說出的話似乎含著幾分委屈：「我等妳等了好久。」

「嗯。」她輕聲應著，擱在桌上的手輕輕握住他的，「所以我回來了。」

氣氛正好，然而電話也來的正巧。就在他即將吻上她的唇瓣之際，蕭聿沁放在桌上的手機忽然不合時宜的響起來電鈴聲，兩人嚇的拉開距離，過了一會蕭聿沁才有些窘迫的接起電話：「喂？」

「欸，妳跟葉子珩到底在裡面幹嘛？」另一頭的葉欣潼調侃的說著，「妳別以為我沒看到你們兩個一前一後的走進裡面。小倆口在裡面做什麼見不得人的事？」

她話說的大聲，饒是一旁的葉子珩也聽的一清二楚，蕭聿沁連忙起身往外酒吧走，不知道為什麼臉頰竟有些發燙：「什麼小倆口？不要亂講話。我要出去了，先掛。」

她說著掛掉電話一把拉開木門，才剛踏出內酒吧便發現葉欣潼和忌莫早已在外頭等著他們：「總算甘願出來了，不然我們還不知道要等到什麼時候才能吃蛋糕。」

「蛋糕？」蕭聿沁有些錯愕的看向一旁的眾人，這才發現一旁的桌子上不知何時擺上了蛋糕，上頭甚至還插著蠟燭，「幹嘛吃蛋糕？」

「回國慶功宴當然要吃蛋糕啊！妳是不是沒看過連續劇？」葉欣潼一如往常的嘴毒，一把將她推到蛋糕前，「我知道妳覺得唱歌很彆扭，但許願是一定要的，快點！」

許願啊……蕭聿沁有些遲疑的看著閃爍的燭光，沒頭沒尾的忽然冒出了句：「我可以三合一嗎？」

葉欣潼自然明白她的意思，忍不住白了她一眼，可以把願望當成三合一咖啡的大概也就蕭聿沁一個人了：「可以，蠟燭快燒完了，麻煩妳快一點。」

蕭聿沁難得笑了，經歷了這麼多之後反而更知道自己想要的是什麼，她閉上眼認真的許了願——希望他們每個人，都能擁有擁抱幸福與惡意的勇氣。

吹熄蠟燭後，周圍響起了掌聲。蕭聿沁向後找尋著葉子珩的身影，卻撞進一雙飽含柔情的眸子裡。葉子珩朝她挑起淺淺的微笑，用嘴型說了句：「歡迎回家。」

她，真的回到她的家了。

#

一個月後的早晨，蕭聿沁坐在辦公桌前忙著審理文件，隨著CONSTANCE的雜誌越來越成功，她的工作量也跟著增加了許多。累歸累，但至少她忙的很快樂。

將手上的草稿看到一段落，蕭聿沁上下左右將頭轉了幾圈好放鬆頸部，眼角忽然瞥見放在一旁櫃子上的幾個鐵盒子。那是葉欣潼在她回來的那天轉交給她的，她原本還以為葉欣潼想整她，卻在打開後發現裡頭全是CONSTANCE讀者寫給她的信。她花了整個晚上將所有的信件看完，後來便把那幾個鐵盒子放在她視線可及的地方，每當感到疲倦的時候往那裡看看，便能想起自己為什麼坐在這裡。

回過神來正打算將自己再次埋進文件堆裡，下一秒總編辦公室的門被敲響，葉欣潼一把打開門走了進來：「在忙嗎？」

「如果我說在忙，妳會出去嗎？」蕭聿沁無奈的問著，這女人進她的辦公室就像走自家廚房一樣，不等她說請進就自己跑進來了。

「當然不會。」葉欣潼果斷的回答，「我是要來問妳，社長打算讓妳跟Vivian各自負責編輯部和時尚部的總編，他想問妳的意見，看妳想待在編輯部還是去時尚部門闖闖。」

這問題可真的問倒了蕭聿沁，編輯部是她一直以來待著的地方，她怎麼也不可能捨下；但時尚部又是她一手促成的，她也想親眼看著時尚部門茁壯。她甚至想過未來可以讓編輯部和時尚部聯手打造一系列的活動，手心手背都是肉，要她做出決定實在殘忍。

答案再難，她依舊得做出抉擇，因為這就是人生。過了幾分鐘，蕭聿沁果斷地做了決定：「我留在編輯部吧，時尚部那邊讓Vivian負責。」

「哦？」葉欣潼饒有興致的挑高眉峰，「我還以為妳會選擇去時尚部，畢竟設立時尚部門是妳爭取來的，妳應該也會想親手領著它茁壯才對。」

「Vivian的能力不差，讓她帶領時尚部我不擔心。而且即使我待在編輯部，她有什麼問題還是可以來找我，這樣也算是陪著時尚部門茁壯吧。」蕭聿沁說著頓了頓，「而且……我打算等一年後雜誌社穩定了，就離開公司。」

「什麼？」這話嚇著葉欣潼了，「妳不是一直以來都想以總編的身分出現在眾人面前嗎？現在好不容易可以光明正大的當總編，妳為什麼要離開？」

「因為我目標達成了啊。」蕭聿沁輕聲說著，對於她的驚訝不以為意，「我也該尋找下一個目標才行，人總要向前的。」

「那妳接下來打算做什麼？」見蕭聿沁有了打算，葉欣潼也沒想多加阻攔。不願意安於現狀，這才是她所認識的蕭聿沁，「完了，妳這一走，不知道該有多少讀者要抗議了。」

「我可能會想去出版社吧。」蕭聿沁輕聳聳肩，當年她最希望的便是進到出版社工作，只是因為徐毅能的阻攔而逼不得已轉換跑道，「而且哪那麼誇張？真的怕讀者抗議，你們還是可以花錢請我寫專欄啊，讀者同樂會再讓我以神祕人的身分出場不就好了？」

「出版社是我一直以來都想嘗試的地方，而且工作相較之下會稍微輕鬆一點。我也想放過自己了，不想把心思全放在工作上。」

這一個月來，她和葉子珩始終處於曖昧的關係，興許是上次在酒吧的吻被葉欣潼打斷，他們兩個誰都沒有再向對方跨近一步。她會有事沒事跑去葉子珩家蹭飯，葉子珩也會找理由到她家找她，偏偏兩人都沒有開口，他們的關係便一直卡在那裡。

她明白他們兩個之間早已不同於往日，也明白自己再不可能割捨的下葉子珩。他們之間友達以上，戀人已滿，如今就只差那步了。過去都是葉子珩在努力朝她靠近，所以這步……她打算由她率先跨出去。

她明白自己有多幸運才能回到台灣，要是徐家榆不是徐毅能的私生女、要是徐毅能沒有讓徐家榆掌握證據、要是那些廠商沒有倒戈、要是法官沒有裁定判刑……這之間的任何一個環節出了紕漏，她都不可能回來台灣，更不可能有再次見到葉子珩的機會。

她明白這個機會有多麼得來不易，曾經她與幸福只有一步之遙，如今好不容易幸福又近在眼前，她怎麼能不把握？別說是一步，就算是一百步她也甘願去走。

聽出她的話中之意，葉欣潼揚起一抹欣慰的笑意：「怎麼？想通啦？」

「嗯，我跟葉子珩的關係一直卡在那裡，總不能一直卡下去。」蕭聿沁無奈的開口，「我也想稍微從工作中抽離一點了，不是不再拚盡全力，而是知道即使是拚命也得休息。」

某個男人比誰都還要心疼她，她又怎麼能不多心疼自己一點。

葉欣潼笑的可開心了，對於她的想通感到欣慰。她勸了蕭聿沁二十年，蕭聿沁依然改不掉她那工作狂的習慣，結果如今居然為了葉子珩想放鬆了？果真是愛情的力量最偉大：「欸，不過妳都回國這麼久了，明眼人都看得出來你們在曖昧，你們怎麼還沒有在一起啊？」

蕭聿沁無奈的瞥了她一眼，當初都快要吻上了卻被她打斷，否則她還需要自己告白嗎？「沒有就沒有，哪有為什麼？」

「不對啊，一個月前妳回來那天，你們兩個不是在裡面待了很久嗎？」葉欣潼狐疑地問著，「妳不要告訴我那天什麼都沒發生？」

蕭聿沁頓下手上的動作，有些彆扭的開口：「那時候就快接吻啦，誰知道妳突然打電話來。」

「啊……抱歉。」葉欣潼尷尬的道歉著，沒想到搞了半天居然是她壞了人家的好事，「不過妳剛剛說你們兩個的關係不能一直卡在那裡，所以妳打算怎麼辦？」

蕭聿沁整理著手上的文件，當她說廢話似的隨口應著：「就告白啊，還能怎麼辦？」

「告白？什麼時候？」

蕭聿沁聞言頓了頓，緩緩抬頭看向她，一雙眼裡滿是認真：「……今晚。」

這次，她一定會好好抓住幸福，絕不再放手。

#

當晚七點，蕭聿沁提著紙袋站在葉子珩家門前，深吸口氣後按響了他家門鈴。裡頭傳來走路的聲響，葉子珩沒一會便開了門，見到她時還嚇了一跳：「妳、妳怎麼突然跑來？」

對於他的訝異蕭聿沁並不意外，淺淺挑起嘴角往屋內看了一眼：「介意我來蹭個飯嗎？」

「當然不會。」葉子珩莞爾，退開身子讓她進門，卻在看到她手上的紙袋時愣了一下，「這是……」

「嗯？」蕭聿沁順著他的視線向下看，「哦，這是紅酒。」

「怎麼今天這麼有興致，還帶紅酒過來？」

「想喝啊。」蕭聿沁將紅酒放到客廳桌上，一雙眼瞅著他，像是他問了什麼廢話，「雖然你的調酒很好喝，但在你家還麻煩你調酒我也實在不好意思，所以就帶了這個過來。」

「就說過了，妳想喝什麼隨時說，我又不嫌麻煩。」葉子珩無奈的看著她，「妳今天晚餐想吃什麼？我去煮。」

「這麼好？」蕭聿沁聽著愣了愣，以往她來蹭飯都是葉子珩煮什麼她吃什麼，今天怎麼突然開放點餐了？「我來作客還可以點餐啊？」

葉子珩莞爾一笑，望著她的眼裡滿是柔情：「當然可以。」

蕭聿沁又怎麼會沒有發覺他眼底的溫柔？葉子珩這小子在這段時間是越來越露骨了，連藏都沒打算藏一下：「那我想吃玉米雞肉粥。」

又是玉米雞肉粥。葉子珩聞言輕笑，蕭聿沁還真是怎麼吃也吃不膩。好險他的冰箱裡隨時備著食材，否則今天只怕要讓她失望了：「知道了，妳先坐吧，我去煮。」

「確定不用我幫忙？」

「不用。」蕭聿沁本來只是意思意思的問著，卻換得了葉子珩的秒答。他沒忘記這女人上個禮拜說要去廚房幫忙，結果差點把他家廚房給炸了，他可不敢再讓她進到廚房去。

有人寵著多好，她負責享受就好。

目送他走進廚房，蕭聿沁笑著坐上沙發。往四周看了眼，一切都跟她前幾天來時一模一樣，看來葉子珩最近的生活並沒有什麼太大變化。她眼尾瞥見一旁的月曆，卻發現原本空白的月曆上，今天的日期被用紅筆用力圈了起來，蕭聿沁有些狐疑的皺起眉頭，她記得前幾天來時還沒有看到這個記號，今天怎麼加上去了？

她轉頭看向廚房那忙碌的背影，今天是什麼特別的日子嗎？

實在不想瞎猜，蕭聿沁索性拿出手機翻看社群軟體，卻在解鎖時看見了忌莫的訊息：「我聽欣潼說了，告白加油啊！有需要助攻的話打個電話，隨傳隨到！」

蕭聿沁無奈的回了個謝謝的貼圖回去，忌莫可真是哪壺不開提哪壺，她好不容易沒那麼緊張了，忌莫偏偏又把她的緊張感喚了回來。

她有些懊惱的重重嘆口氣，她該怎麼說啊？直接跟葉子珩說她喜歡他？還是問葉子珩喜不喜歡她？還是像偶像劇裡的強吻？她不會啊！

要她一個整天埋在文件堆裡的人告白，這未免也太強人所難了點，早知道就問一下葉欣潼的意見，那女人連續劇看得多，鬼點子應該也很多吧？不過都已經到葉子珩家了，現在說這些也來不及，她恐怕只能自己看著辦。

半個小時後，葉子珩端著兩碗粥從廚房走出來，看著熱騰騰的粥被端到自己面前，蕭聿沁揚起了淺淺的笑意。一直以來她所想要的便是平淡的幸福，就像此刻一樣。

葉子珩又怎麼可能錯過她那滿足的神情？柔聲道：「吃吧，等等就涼了。」

蕭聿沁輕點點頭，一口一口珍惜的吃著粥，兩人從頭到尾都沒說半句話，不過倒也不覺得尷尬。因為歷經過大風大浪，才能理解此刻寧靜的珍貴；也因為嘗過人間風雨，所以安於當下平淡的幸福。

吃飽喝足後，兩人洗完碗回到客廳，葉子珩不忘從櫥櫃裡拿了高腳杯出來，坐在沙發上的蕭聿沁主動替他裝滿紅酒，最終將高腳杯遞到他手裡：「乾杯。」

葉子珩輕笑，高腳杯輕碰的清脆鏗噹聲迴盪在房內，兩人啜飲幾口後相視而笑，蕭聿沁卻像是想起什麼似的忽然嚴肅了臉龐，一把拿過他手裡的高腳杯放到桌子上，一雙眼認真的盯著他：「我有話想問你。」

見她那嚴肅的模樣，葉子珩也跟著認真了起來，輕點點頭：「妳說。」

她一雙眼望進他的眼底，像是想確定他眼裡的情緒，一直到看見他眼底映著的自己，她才安下了心。深吸口氣問道：「你還喜歡我嗎？」

「……不喜歡。」葉子珩的答案讓她的心跳瞬間漏了一拍，下一秒他的話卻讓她紅了眼眶，「才怪。」

「是非常喜歡。」

「但是你要想清楚哦。」蕭聿沁並沒有因為他的話而放心，反倒認真的說道：「跟我在一起的話，會有很多閒言閒語，你可能會被說是姊弟戀、可能被指指點點說是被包養，甚至可能會被說靠女人。我也三十八歲了，未來生不生的出孩子都是未知數，這些風險你願意承擔嗎？」

「那妳也要想清楚。」葉子珩認真的望進她眼底，「跟我在一起的話，妳也會遇到很多閒言閒語，妳會被說成是老女人包養小鮮肉，甚至會收到外界很多的不祝福跟不看好，我的年收入比妳低，所以也可能會有人問妳妳的男人怎麼這麼沒用。這些風險，妳願意承擔嗎？」

「說什麼啊？」像是對他的話感到不滿，蕭聿沁微微皺起眉頭，「跟你在一起的是我，我知道你是怎麼樣的人就好了，幹嘛去管別人說什麼？」

「嗯。」葉子珩溫柔的笑了，「我的答案跟妳一樣。」

「我就是喜歡妳，我知道妳有多努力，更知道妳受了多少的傷。所以不管外人說了什麼，我就是喜歡。不會動搖，更不……唔！」

他的話沒能說完，因為下一秒蕭聿沁雙手環上他的頸子，用力地吻住了他。葉子珩錯愕的瞪大眸子，卻只能看見蕭聿沁緊閉的雙眼，沒一會他放鬆了下來，雙手跟著環上她的腰間——加深了這個吻。

長吻在混亂的鼻息中結束，兩人緩緩分離，一雙眼卻始終看著彼此。蕭聿沁望著映在他眼底的女人，葉子珩現在在她眼底看到的，應該也是他自己吧？

「欸。」像是想起什麼似的，蕭聿沁忽然輕喚了聲，「我剛剛看你的月曆，今天的日期被用紅筆圈起來，那是什麼意思？」

「哦。」葉子珩一瞬間明白她在說什麼，一雙眼卻始終盯著她的紅唇，對於剛剛的吻還有些意猶未盡，「我本來打算今天去妳家找妳告白的，沒想到妳居然搶先……唔！」

再次吻上。

第二次被強吻的葉子珩嘴角揚起無奈的笑意，這女人可不可以不要連接吻都這麼霸道？算了，她開心就好。

蕭聿沁根本沒察覺他的心思，眼角落下幾滴淚，但她知道這次是名為喜悅的淚水。

她的愛情和世俗眼裡的樣貌不太一樣，男小女大，她的薪水高，甚至靠她就足以養活一個家。但儘管不一樣，她依然覺得這是屬於她幸福的模樣。

她知道她依然有傷，過去的傷口沒有痊癒，甚至在未來也有可能會再次裂開。但她也知道，她的身邊有個願意擁抱她傷口的男人。

她花了十幾年養傷，而他願意用一輩子陪她；她三十九歲，他三十四歲，他們只剩半輩子的時間得以相愛相守，但她並不在意。

因為兩個半輩子，加起來，正好是一輩子。

（全文完）

後記

一直到打下後記的此刻，心裡依然有些不真實，我居然真的要出書了啊啊啊！後記的一開始難免要來場感謝祭，謝謝在連載期間支持我的讀者們，有你們的陪伴讓連載的日子更有意義；謝謝現實中的編大還有摯友，常在我迷惘的時候給我多的鼓勵；謝謝出版社的喬編在出版方面的協助，以及一路科普的各種出版業小知識。最後謝謝我的角色們，謝謝他們平凡卻也不凡，努力地走出屬於自己的人生。

寫這部作品其實是個意外，能夠出版也真的是個意外。這部作品沒有做過太多的鋪陳，只是一瞬間有一個念頭覺得「我要寫這樣的一個故事」，接著便洋洋灑灑地寫了出來。期間研究了很多東西，像是雜誌社整體運作、雜誌排版、木工、室內設計等等，我甚至還用設計軟體做出這本書裡的每一個場景，不得不感嘆原來作者也是需要十項全能的哈哈哈。

講了這麼多，還是得回到文章核心才行。先說說愛情的部分，在全文的愛情片段中，我印象最深刻的並非蕭聿沁跟葉子珩的相處，而是蕭聿沁的前男友對她說的那句：「別的女孩子會扭不開瓶蓋、帶她去高級餐廳她會感動的落淚，但妳不是，妳什麼都要獨立、什麼都要自己來、帶妳去高級餐廳也不見妳開心……妳也不會小鳥依人，我都懷疑妳跟我在一起是真的愛我嗎？」

其實這句話我一開始並沒有想到，只是在寫的當下讓我萬分震撼。我不知道大家有沒有在社群網站中看過這種語錄，說著「一個男人這樣才是真的愛你」、「這樣的女孩子才值得你愛」、「情人應該要做什麼事情」。每當我看到這樣的語錄都會感到很困惑，愛情什麼時候也有一定的衡量標準了？

我不否認部分語錄說的的確是愛情的其中一種面貌，但請看清楚，我說的是「其中一種面貌」，愛情沒有絕對的標準，它不是程式設計，輸入一個程式碼就可以跑出完美的結局；它也不是檢核表，得一一看著另一半有沒有做到，沒有做到就叫不愛。愛情不是這個樣子，它是需要雙方去經營、去理解、去磨合的。

如果愛情可以像程式碼或是檢核表一樣，又怎麼會有這麼多情侶對另一半不滿意呢？偏偏還常常在留言區看到不少人說「沒錯」、「就是這樣」，這讓我對愛情起了很大的疑惑。

每個人需要的愛情都不一樣。就像文中的謝立強和蕭聿沁，對謝立強而言，愛情應該是去吃高檔餐廳、過每一個紀念日；但是對蕭聿沁而言不是，蕭聿沁在過去經歷了這麼多風風雨雨，對她而言她想要的並不是高調的愛情，而是趨近於日常的平淡。謝立強要的是轟轟烈烈；蕭聿沁要的是細水長流，這也是他們走不到最後的原因。

所以你說愛情真的有固定公式或是標準檢核表嗎？至少此刻的我是不這麼認為的。

接下來是全文核心的部分。「每一個傷口都值得被好好擁抱。」說出來可能有點好笑，我真的只是想傳達這句話，所以寫了這樣的一個故事。看完全文可以發現，每個角色的背後都有傷痕。蕭聿沁有著黑暗的過去、葉欣潼有著瞞了將近二十年的秘密、徐家榆的身世可驚、徐毅能的童年又怎麼不值得同情？在這之中我還埋了不少伏筆，沒有提到的角色不代表他們沒有過去，只是想留個空間讓人想像。而這每一個角色的存在都只是想傳達一句話——每個人的身上都有傷。

受傷不可恥、受傷不可怕，我相信許多人在受挫時都會聽到身邊的人說著：「他的難過根本是在無病呻吟，我遇到的比他難十倍」然而我們誰也不是當事人，無法體會當事人的所想所感，究竟又何來的無病呻吟一說？所以在這個故事裡我想說的，就只有「療傷」這件事而已。

我始終相信悲傷是無法比較的，沒有誰的痛苦比較偉大，更沒有誰的悲傷比較廉價，再小的傷口依然值得被重視，就像手被紙張劃破依然會感到疼痛，這是一樣的道理。就像我在文章中提到的，每個人所重視的都不一樣，有人因為友情而困擾，有人因為親情而淚流；有人因為愛情而煩惱，亦有人為了路邊的流浪貓狗擔憂。追根究柢沒有誰的悲傷會一樣、更沒有誰的煩惱顯得多餘，在現實生活中我們會因為見到稀有物種而驚奇，那為什麼面對自己獨一無二的憂傷時，我們還得擔心自己是不是無病呻吟？

我一直相信，每個人的背後都有傷口。我也相信世界上一定會有一個願意擁抱、接納你的黑暗的人——你也許沒有遇到，但他一定存在。

看到這裡，如果你想起了某個人的名字，那麼恭喜你，你已經遇到了那個人。也或許在未來的日子裡，你還會遇到第二個、第三個；如果你還沒有想到誰，那也不必著急。

先好好擁抱自己吧。好好擁抱你的傷口，它不需要痊癒，但它值得擁抱，值得你為它哀悼。

我想說的只是，每一個傷痕都值得重視，你的傷口並不廉價。

故事說到這裡，我們的人生依然要繼續。願這個故事給你擁抱傷痛的勇氣，也願未來的日子裡，你會愛著有傷口的自己。

我們都支離破碎，但我們依然完整。願往後的日子裡，你身上的每道傷痕都有意義，每一次失去都不可惜。

謝謝每個讀到這裡的你們，願你們喜歡這個故事，也希望你們都能從中得到一點什麼。

我們下一個故事見。

星寧

要青春94　PG2783

要有光 FIAT LUX

兩個半輩子

作　　者	星　寧
責任編輯	喬齊安
圖文排版	陳彥妏
封面設計	蔡瑋筠

出版策劃	要有光
發 行 人	宋政坤
法律顧問	毛國樑　律師
印製發行	秀威資訊科技股份有限公司 114台北市內湖區瑞光路76巷65號1樓 電話：+886-2-2796-3638　傳真：+886-2-2796-1377 http://www.showwe.com.tw
劃撥帳號	19563868　戶名：秀威資訊科技股份有限公司 讀者服務信箱：service@showwe.com.tw
展售門市	國家書店（松江門市） 104台北市中山區松江路209號1樓 電話：+886-2-2518-0207　傳真：+886-2-2518-0778
網路訂購	秀威網路書店：https://store.showwe.tw 國家網路書店：https://www.govbooks.com.tw
總 經 銷	聯合發行股份有限公司 231新北市新店區寶橋路235巷6弄6號4F 電話：+886-2-2917-8022　傳真：+886-2-2915-6275

出版日期	2022年6月　BOD一版
定　　價	280元

讀者回函卡

Printed in Taiwan

國家圖書館出版品預行編目

兩個半輩子/星寧著. -- 一版. -- 臺北市 :
要有光出版, 2022.06
面； 公分. -- (要青春 ; 94)
BOD版
ISBN 978-626-7058-29-9(平裝)

863.57 111007131